Robert A. Heinlein

자신의 구두끈을 당겨서

By His Bootstraps

자신의 구두끈을 당겨서

배지훈 최세진 옮김

로버트 A. 하인라인 중단편 전집 6

ROBERT A. HEINLEIN

아작

차례

다른 시간

Elsewhen

배지훈 옮김

✦ 1941년 9월 〈어스타운딩 사이언스 픽션(Astounding Science Fiction)〉에
케일럽 사운더스라는 필명으로 발표

학자, 경찰을 따돌리다

시청 스캔들 밝혀지나

아서 프로스트 교수는 제자 다섯 명의 설명할 수 없는 실종사건 관련으로 취조를 받던 중 오늘 경찰대 바로 코앞에서 사라졌다. 이조스키 경사는 프로스트 교수가 블랙 마리아 차량 안에서 사라졌다며 경찰도 당황하고 있다고 밝혔다. 케임즈 지방검사는 이조스키 경사의 변명이 터무니없다며 철두철미한 수사를 하겠다고 약속했다.

— 〈스탠다드〉 석간에서 발췌

"하지만 서장님, 정말 단 1초도 혼자 내버려두지 않았단 말입니다!"

"허튼소리 말게!" 경찰서장이 대답했다. "자넨 지금 프로스트를 차량에 태워놓고 발 받침대에 한 발을 올린 채로 공책에 메모하고 있었는데,

고개를 들고 보니 사라졌다고 주장하고 있잖아. 대배심이 그런 말을 믿을 거라고 생각하나? 내가 그런 말을 믿을 거라고 생각했냐고?"

"사실입니다, 서장님." 이조스키 경사는 끈질기게 주장했다. "전 그냥 메모하려고 멈췄을 뿐…."

"뭘 적었나?"

"그가 하던 말이었습니다. 제가 그자에게 '이것 봐요, 교수님. 그냥 어디에 숨겼는지 말하지 그래요? 당신도 우리가 결국엔 찾아내서 파낼 거라는 거 알잖아요.' 그러자 그자가 좀 웃긴 멍한 표정을 짓더니 말하더라고요. '시간. 아, 시간…. 맞소. 파낼 수 있겠죠. 시간만 된다면.' 저는 그걸 중요한 자백이라고 생각하고 적었던 겁니다. 하지만 그자가 경찰차에서 나오려면 통과해야 할 차 문을 제가 가로막고 서 있었다고요. 보시다시피 제가 작은 사람도 아니잖습니까. 차 문에 꽉 찬단 말입니다."

"그런 말밖에 못 하겠다면." 서장이 가차 없이 비판했다. "이조스키, 자네는 술에 취했거나 미친 거야. 아니면 누군가가 자네에게 뇌물을 먹였든가. 자네가 하는 말은 불가능하단 말일세!"

✴

이조스키 경사는 정직했고 술에 취한 것도 미친 것도 아니었다.

나흘 전, 프로스트 교수의 사변 형이상학 세미나는 항상 그랬듯이 금요일 저녁 교수의 집에서 열렸다. 프로스트 교수가 말했다. "그렇다면 왜 안 되는 걸까? 왜 시간이 네 번째임과 동시에 다섯 번째 차원이면 안 된다는 걸까?"

완고한 공학부 학생인 하워드 젠킨스가 대답했다. "추측한다고 해될 건 없겠죠. 아마도요. 하지만 의미 없는 질문입니다, 교수님."

"왜지?" 프로스트 교수의 말투는 언뜻 보기엔 온화해 보였다.

"의미 없는 질문은 없어요." 헬렌 피셔가 끼어들었다.

"아, 그래? 위는 얼마나 높은데?"

"대답하도록 두게." 프로스트 교수가 중재했다.

"대답하죠." 하워드도 동의했다. "인간은 세 개의 공간 차원과 한 개의 시간 차원을 인식하도록 구성되어 있습니다. 그 이상의 차원이 있건 없건 의미가 없어요. 그 존재 여부를 우리로서는 절대, 절대 알아낼 수 없으니까요. 그런 추측은 해될 건 없겠지만, 시간 낭비입니다."

"그런가?" 프로스트 교수가 말했다. "J. W. 던의 연속 시간에 기반을 둔 연속 우주론에 대해서 들어본 적 있나? 그 사람도 공학자였지. 자네처럼 말이야. 그리고 우스펜스키도 빼먹으면 안 되지. 그도 시간을 다차원이라고 가정했네."*

"잠시만요, 교수님." 로버트 먼로가 끼어들었다. "저도 그 사람들 저작을 봤는데요, 그래도 하워드의 주장이 적절한 반론이라고 생각합니다. 인간이 더 많은 차원을 인식하게 되어있지 않은데 그런 질문이 무슨 의미가 있겠어요? 수학과 마찬가지죠. 무슨 수학이든 발명할 수는 있어요. 아무 공준이나 만들면 되니까요. 하지만 어떤 자연 현상을 묘사하는 데 쓰이지 못한다면 뜬구름 잡는 소리죠."

"공정하게 말하지." 프로스트 교수가 양보했다. "자네들에게 공정한 대답을 해주겠네. 과학적 믿음은 관찰에 기반해 있지. 자신의 관찰이건 능력 있는 관측자건 말이야. 나는 2차원 시간을 믿어. 왜냐하면 사실 내가 직접 관측을 했기 때문이지."

몇 초 동안 시계 소리만 들렸다.

하워드가 말했다. "하지만 그건 불가능합니다, 교수님. 교수님 몸은 두 개의 시간 차원을 보게 되어 있지 않잖습니까."

"진정하게…." 프로스트 교수가 대답했다. "나는 하나의 시간 차원을 인식할 수 있게 되어 있지. 자네도 마찬가지고. 자네들에게 이 이야기를

* J. W. 던은 1927년 '시간과의 실험'을 발표하여 꿈을 꾸는 상태에서는 육신의 한계를 벗어나 시간을 자유롭게 오갈 수 있으며 시간을 선형으로 느끼는 것은 인간의 환상일 뿐이라고 주장했다. 러시아 신비학자 표트르 우스펜스키도 비슷한 주장을 했다.

해주기 전에 내 경험을 바탕으로 발전시킬 수밖에 없었던 시간 이론을 설명해줘야겠군. 사람은 대부분 시간을 마치 열차가 레일을 따라가듯이 탄생에서 죽음까지 멈춤 없이 달려가는 것으로 생각하지. 본능적으로 시간은 직선을 따라 움직이며 과거는 뒤에 있고 미래는 앞에 있다고 말이야. 이제 내가 믿게 된, 아니 알게 된 것은, 시간은 사실 선이 아니라 면과 닮아 있다는 걸세. 그리고 우리는 언덕 표면을 굴러가고 있는 거지. 이제 우리가 따라가고 있던 길이 언덕을 가로지르는 구불구불한 도로라고 생각해보지. 매번 도로는 갈래로 나누어지며 그 갈래는 옆에 있는 협곡으로 가게 되는 거야. 이 갈림길은 인생에서 중요한 선택의 순간 갈라지게 되지. 이따금 올라가기 위해서 지그재그로 올라가거나 강가로 내려가 수천, 수백만 년을 건너뛰기도 한다네. 길에만 집중하고 있으면 이런 지름길은 놓치게 되지.

가끔 또 다른 길이 자네들 길을 가로지르기도 해. 과거도 아니고 미래도 아니고 우리가 알고 있는 세계와 전혀 관련이 없는 곳이지. 만약 그곳에서 방향을 튼다면 또 다른 시공간의 또 다른 행성에 들어가게 되고 우리 세계와 우리 자신에 대한 것은 아무것도 남겨지지 않고 자아만이 계속 이어지게 될 거야.

충분한 지적 능력과 용기만 있다면 높은 확률의 길이나 도로에서 벗어날 수도 있을 것이고 가능한 시간의 언덕을 헤쳐나갈 수도 있을 걸세. 그리고 거꾸로 따라가며 과거를 앞에 둘 수도 있겠지. 아니면 언덕 위를 돌아다니며 아무 일도 안 할 수도 있겠지만 그건 일어날 성싶지 않은 일이군. 나는 그게 어떤 일일지 상상을 못 하겠어. 아마 거울 나라의 앨리스 같을지도 모르지.

이제 내 증거 말인데, 내가 열여덟 살에 결정을 내린 적 있네. 아버지가 자금난에 빠지셨고 난 대학을 그만두기로 했지. 결국, 나도 사업체를 차렸고 짧게 줄이자면 1958년에 사기죄로 감옥에 가게 됐어."

마사 로스가 끼어들었다. "1958년이라고요, 교수님? 48년이겠죠?"

"아니, 로스 양. 나는 이 시간선에서 일어나지 않은 사건에 대해 말하고 있는 걸세."

"오!" 그녀는 멍한 표정이 되더니 중얼거렸다. "주님은 무슨 일이든 가능케 하시죠."

"감옥에 있는 동안 실수를 후회할 시간을 가지게 되었네. 나는 문득 사업체 경영을 하고 싶지 않았다는 것을 깨달았고, 옛날 학교에 계속 남아 있었으면 좋았겠다고 생각했지. 감옥은 인간의 정신에 특이한 효과를 미친다네. 나는 현실에서 점점 더 멀리 떠나갔고 나 자신의 내면의 세계에 빠져서 살게 되었지. 어느 날 밤, 어떻게 된 일인지 나도 명확히는 모르네만, 나의 자아가 감옥을 벗어나 시간을 거슬러 올라갔고 대학 사교클럽 하우스의 내 방에서 깨어났어.

이번에 나는 더 현명했어. 학교를 떠나는 대신 시간제 직장을 구했고 졸업해서 대학원을 거쳐서 자네들이 보고 있는 이 자리에 서게 된 걸세." 그는 말을 잠시 멈추더니 둘러보았다.

"교수님." 젊은 로버트가 물었다. "그런 묘기를 어떻게 하실 수 있었는지 설명해주실 수 있나요?"

"할 수 있네." 프로스트 교수가 인정했다. "그 조건을 다시 알아내려고 수년 동안 이 문제를 연구했지. 최근 성공해서 여러 가능성 있는 곳으로 몇 번 답사를 다녀왔네."

이 시점까지 세 번째 여학생인 에스텔 마틴은 아무 말도 하지 않았다. 하지만 그녀는 매우 집중해서 듣고 있었다. 이제 그녀는 앞으로 기대더니 힘주어 속삭였다.

"어떻게 했는지 말씀해주세요, 프로스트 교수님!"

"방법은 간단해. 중요한 것은 무의식에 이런 일을 할 수 있다고 설득하는 것이지…."

"그러면 버클리 관념론이 증명되는 거잖아요!"*

"그렇게 볼 수도 있겠지, 에스텔. 버클리 주교의 철학, 즉 2차원 시간의 무한한 가능성을 믿는 사람에게는 정신이 그만의 세계를 만들 수 있다는 증명이 될 수도 있겠지. 하지만 여기 우리 친구 하워드 같은 스펜서 결정론자는 최대 확률의 길에서 결코 떠날 수 없겠고. 그에게 세계는 기계적이고 실제적일 테니까. 그리고 여기 자유의지를 믿는 정통 기독교도인 마사 같은 경우 여러 곁길로 빠질 수 있겠지만, 하워드의 세계와 비슷한 물리 환경에 머물겠지.

나는 다른 사람도 내가 여행한 시간의 패턴을 따라갈 수 있도록 하는 기법을 완성했네. 기구도 준비되었으니 누구라도 해볼 수 있지. 바로 이것이 금요일 밤 모임을 내 집에서 열자고 한 진짜 이유일세. 그래야 자네들이 원한다면 시도해볼 수 있을 테니까." 그는 일어나서 방 끝에 있는 캐비닛에 갔다.

"그러면 오늘 밤에 갈 수 있다는 얘기인가요, 교수님?"

"맞아, 바로 그걸세. 과정은 최면술과 암시로 이루어져 있지.

둘 다 사실 필요는 없지만, 무의식이 자신을 둘러싼 벽을 부수고 나가 원하는 대로 갈 수 있게 하려면 그게 가장 빠른 방법이거든. 여기 돌아가는 공을 이용해 의식을 최면 상태로 이끌 걸세. 그동안 피험자는 미리 녹음된 암시를 듣게 되지, 시간의 길을 따라 어디로든 갈 수 있다고 말이야. 그것뿐이야. 해보고 싶은 사람 있나?"

"이거 위험한가요, 교수님?"

프로스트 교수가 어깨를 으쓱했다. "과정은 위험하지 않아. 그냥 깊은 잠을 자고 녹음을 듣는 것뿐이니까. 하지만 방문하게 될 시간선의 세계는 이 시간선의 세계만큼 현실적이야. 자네들은 모두 스물한 살을 넘은 성인이네. 강요할 생각은 없어. 난 그저 기회를 제공할 뿐이고."

* 조지 버클리는 18세기 철학자로, 경험주의에 입각한 관념론자이다. 오로지 정신적인 사건과 그것을 지각하는 자아만이 존재한다고 주장했다.

로버트가 일어났다. "갈게요, 교수님."

"잘됐군! 여기 앉아서 이어폰을 끼게. 또 다른 사람 있나?"

"저도 가죠." 헬렌이었다.

에스텔도 합류했다. 하워드는 서둘러 그녀 옆에 같이 앉았다. "자기도 같이 갈 거야?"

"물론이지."

하워드는 프로스트 교수를 돌아봤다. "저도 하겠습니다, 교수님."

마지막으로 마사도 합류했다. 프로스트 교수는 그들을 앉혀놓고 이어폰을 끼게 한 후 물었다.

"자네들은 각자 할 수 있는 다양한 일들을 기억하게 될 걸세. 다른 세계로 가지를 뻗어 나가거나, 과거나 미래로 건너뛰거나 아니면 극히 불가능한 곳으로 이어지는 확률의 미로를 가로지르게 되거나. 나는 그 모든 경우에 대한 녹음을 준비했네."

로버트가 또다시 먼저 말했다. "전 90도 꺾어서 새로운 세계에 가보고 싶어요."

에스텔은 주저하지 않았다. "저는… 이걸 어떻게 말하죠, 둑 뒤를 올라서 미래에 있을 더 높은 길로 올라가고 싶습니다."

"저도 그걸로 하죠." 하워드였다.

"전 낮은 확률의 길을 가보겠습니다." 헬렌이 말했다.

"마사를 제외한 나머지는 다들 결정했군." 교수가 말했다. "아무래도 확률 가지 길을 선택할 수밖에 없는데 괜찮겠나?"

마사가 끄덕였다. "그걸로 해달라고 할 참이었어요."

"잘됐군. 모든 녹음에는 이 시간선 기준으로 2시간 후 이 방으로 돌아오도록 하는 암시가 들어가 있어. 이어폰을 끼게. 녹음은 30분 정도 돼. 녹음과 구체 회전을 시작하겠네."

교수는 반짝이는 다면체 구를 천장에 있는 걸이에 매달고 돌도록 했고 작은 스포트라이트를 켰다. 그러고는 다른 전등을 끄고 주 스위치를 올려 모든 녹음기를 일제히 작동시켰다. 구에서 비추는 빛이 빙글빙글 회전하더니 천천히 멈췄다가 반대방향으로 다시 회전했다. 프로스트 교수는 최면에 걸리기 전에 눈을 돌렸다. 이후 그는 홀로 나가 담배를 피웠다. 30분이 지났고 공 소리가 한 번 울렸다. 그가 서둘러 들어가서 전등을 켰다.

다섯 명 중 네 명이 사라져 있었다.

남아 있는 사람은 하워드였고, 그는 눈을 뜨더니 전등을 보고 눈을 껌뻑였다. "글쎄요, 교수님, 안 된 것 같네요."

교수는 눈썹을 치켜세웠다. "안 됐다고? 주위를 보게."

젊은이는 주위를 둘러보았다. "다른 애들은 어디 갔죠?"

"어디? 어디든 갔겠지." 프로스트 교수가 어깨를 으쓱했다. "언제로 갔느냐가 중요하겠지만."

하워드는 이어폰을 빼더니 벌떡 일어났다. "교수님, 에스텔에게 무슨 짓을 하신 겁니까?"

프로스트 교수는 소매에서 손을 살며시 뺐다. "난 아무 짓도 안 했네, 하워드. 그 애는 다른 시간선에 간 거야."

"하지만 저도 같이 가려고 했잖습니까!"

"그리고 나도 자네를 같이 보내려고 했지."

"그러면 왜 전 못 간 거죠?"

"모르겠군. 아마 암시가 자네의 회의주의를 뚫지 못했나 봐. 하지만 놀라지 말게, 젊은이, 2시간 후면 돌아올 테니까 말이야."

"놀라지 말라니요! 말은 쉽게 하시네요. 저는 처음부터 이 바보 같은 묘기에 에스텔이 참가하길 원하지도 않았다고요. 하지만 에스텔의 생각을 바꿀 수는 없으니 같이 가서 돌봐주려고 했단 말입니다. 왜 그렇게 세상 물정을 모르는 것인지! 그런데 모두의 육체는 어디에 있는 거죠, 교수님? 저는 우리가 트랜스 상태에서 이 방 안에 머물 거라고 생각했는데요."

"자네가 잘못 이해한 것 같군. 이 다른 시간선은 실재하네. 우리가 지금 있는 시간선이 실재하는 것과 똑같이. 그들의 존재 자체가 다른 시간선으로 간 거야. 마치 곁길로 돌아들어 간 것처럼 말이야."

"하지만 그건 불가능하다고요. 에너지 보존 법칙에 어긋난단 말입니다!"

"눈에 보이는 사실을 그대로 받아들일 필요가 있네. 그들은 사라졌어. 그건 그렇고, 이건 에너지 보존 법칙에 어긋나지도 않아. 법칙이 모든 우주로 확장되었을 뿐이지."

하워드는 얼굴을 손으로 비볐다. "그렇겠죠. 하지만 그런 경우, 에스텔에게 무슨 일이라도 일어날 수 있단 말입니다, 거기서 죽을 수도 있다고요. 그리고 난 아무 일도 할 수 없고요. 오, 우리 모두 이 망할 세미나에 참가하면 안 되는 거였는데!"

교수가 하워드의 어깨 위에 팔을 둘렀다. "에스텔을 도울 수 없으니 일단 진정하는 게 어떻겠나? 게다가 에스텔이 진짜 위험에 처해 있을 거라고 생각할 까닭이 전혀 없잖나. 왜 쓸데없는 걱정을 하나? 기다리는 동안 부엌에 가서 맥주나 따세." 하워드를 조용히 문 쪽으로 데려갔다.

맥주를 두 병 마시고 담배를 몇 대 피우고 나자 하워드는 어느 정도 진정을 했다.

교수가 말을 걸었다. "왜 이 수업을 신청했나, 하워드?"

"에스텔과 같이 들을 수 있는 수업이 이것뿐이었습니다."

"그럴 거라고 생각했네. 왜 그리 생각했는지 이유를 말해주지. 자네가 사변 철학에 관심이 없다는 건 알고 있었네. 하지만 자네의 완고한 유물론 덕에 이런 수업에서 항상 있기 마련인 엉뚱한 생각들을 진정시킬 수 있었어. 자네는 도움이 된 걸세. 예를 들어 헬렌을 보게. 헬렌은 부족한 증거로도 기발한 생각을 해내는 경향이 있지. 자네 덕에 헬렌이 현실적인 사고를 할 수 있게 된 거야."

"솔직히 말하죠. 프로스트 교수님, 전 이 모든 근거도 없는 토론을 볼 필요도 없었습니다. 저는 사실이 좋아요."

"하지만 자네 같은 공학자들은 형이상학자들만큼이나 최악이야. 저울에 달지 못하는 사실은 모두 무시하니까. 물어뜯을 수 없는 것은 사실이 아니라 이거지. 자네는 기계적이고 결정론적인 우주를 믿으며 인간의 정신과 인간의 의지, 그리고 선택의 자유가 존재한다는 사실은 무시해. 자네가 직접 경험하고 있는 그 사실을 말이야."

"하지만 그런 것들은 반사(reflex)란 개념으로 설명할 수 있잖습니까."

교수가 두 손을 활짝 폈다. "마사 같은 소리를 하는군. 마사는 바이블 벨트* 출신답게 기독교 근본주의로 모든 것을 설명하지. 자네들은 이제 좀, 이해할 수 없는 것이 세상에 있다는 걸 인정하는 게 어떤가?" 그는 말을 멈추더니 고개를 돌렸다. "방금 무슨 소리 들었나?"

"들은 것 같은데요."

"확인해보지. 아직 이르지만 한 명 정도는 돌아왔을지 모르겠군."

그들은 서둘러 서재로 향했고 그곳에서 믿을 수 없을 정도로 경탄을 자아내는 광경을 보게 되었다.

난로 근처에 하얀색 로브를 입은 사람이 공중에 떠서 부드러운 어머니 같은 진줏빛을 발산하고 있었다. 그들이 문에서 주저하고 있자 그 사람이 돌아보았다. 그 사람은 마사의 얼굴을 하고 있었다. 청결하게 정화되어 비인간적인 위엄을 자아내는 모습으로 그녀가 입을 열었다.

"형제들이여, 그대들에게도 평화가 깃드시길." 평화와 사랑스러운 친절함이 어머니의 축복과도 같이 그들에게 흘러들었다. 두 사람은 그 사람이 다가오자 어깨 위에 길고 하얀색에 전형적인 천사의 날개가 달린 것을 볼 수 있었다. 프로스트 교수는 조용히 냉정하고 단조로운 목소리로 욕을 했다.

"두려워 말아요. 당신이 말한 대로 돌아왔으니. 설명하기 위해. 그리고 당신을 돕기 위해."

* 미국 중남부에서 동남부까지 걸쳐진 종교적 보수지역

교수가 목소리를 가다듬었다. "당신은 마사 로스인가?"

"저는 그 이름에 대답합니다."

"이어폰을 끼고 있는 동안 무슨 일이 있었지?"

"아무 일도요. 잠시 자고 있었죠. 일어나서 집으로 갔어요."

"아무 일도 없었다고? 자네의 지금 모습은 어떻게 설명하겠나?"

"저의 모습은 하계의 사람들이 주님의 구원을 받은 자녀가 그렇게 생겼으리라 기대한 대로입니다. 한동안 저는 남미에서 선교사로 일했죠. 그곳에서 저의 육신을 주님에게 바쳐야 할 필요가 있었답니다. 그리고 저는 영원의 도시에 들어가게 되었죠."

"천국에 갔다고?"

"저는 수천 년간 황금 왕좌의 발아래에 앉았고, 주님의 이름을 찬양하며 호산나를 불렀어요."

하워드가 말을 막았다. "말해줘, 마사. 아니, 성 마사인가. 에스텔은 어딨어? 에스텔을 본 적 있어?"

그 사람은 천천히 몸을 돌리더니 하워드를 마주 보았다. "두려워 말아요."

"에스텔이 어디 있는지 말해줘!"

"그럴 필요는 없어요."

"아무 도움도 안 되네." 하워드는 씁쓸하게 말했다.

"제가 도와드리겠어요. 내 말을 잘 들어요. 충심을 다해 주 하느님을 사랑하세요, 그리고 이웃을 자기 몸처럼 아끼세요. 그것만 기억하시면 된답니다."

하워드는 대답할 말을 찾지 못하고 조용히 있었다. 하지만 만족하지 못했다. 곧 그 사람은 다시 말을 했다. "저는 가야만 해요. 여러분에게도 하느님의 축복이 있기를." 곧 깜빡거리더니 사라졌다.

교수는 젊은이의 팔을 건드렸다. "신선한 공기 좀 쐬지." 그는 말도 없고 저항도 하지 않는 하워드를 이끌고 정원으로 나갔다. 두 사람은 몇 분 동안 아무 말 없이 걸었다. 결국, 하워드가 질문을 던졌다. "방금 저 안에서 천사를 본 거 맞죠?"

"나도 그렇게 생각하네, 하워드."

"하지만 완전히 미친 일 아닌가요!"

"그렇게 생각하지 않는 사람이 수백만 명은 있네. 기묘한 일이긴 해도, 미치진 않았지."

"하지만 모든 현대적인 믿음과 배치되잖습니까, 천국, 지옥, 인격신, 부활. 제가 믿고 있던 모든 것이 틀렸다면 저는 지옥에 갈거라고요."

"꼭 그런건 아니야, 사실 그렇게 되진 않을 걸세. 난 자네가 천국이나 지옥을 보지 못할 거라 생각하네. 자신의 본성에 맞는 시간선을 따라가게 되니까 말이야."

"하지만 그녀는 실재하는 것으로 보였다고요."

"그녀는 실재였네. 내 생각에 전통적인 내세는 진심으로 믿는 사람에게는 실재하는 것 같군. 마사가 믿었던 것처럼 말일세. 하지만 자네는 불가지론자의 내세관을 따르겠지. 딱 한 가지 점만 제외하곤 말이야. 자네가 죽을 때는 완전히 죽지는 않을 걸세. 아무리 자네가 그렇게 될 거라고 강하게 주장하더라도 말이야. 누구든 자신의 죽음을 진정으로 믿는다는 것은 감정적으로 불가능하지. 그런 종류의 자기파괴는 불가능해. 자네에게도 내세가 있을 걸세. 유물론자에게 적절한 내세겠지만."

하지만 하워드는 듣지 않고 있었다. 그는 찌푸린 표정으로 아랫입술을 내밀었다. "말씀해보세요, 교수님. 왜 마사가 에스텔에게 무슨 일이 있었는지 말해주지 않은 걸까요? 그건 정말 치사한 짓이라고요."

"마사가 알고 있었을 것 같지 않군. 마사는 우리가 있는 곳에서 아주 조금 다른 시간선을 따라가고 있었지. 에스텔은 아주 먼 미래나 아주 먼 과거를 선택했네. 실제적인 관점에서 보자면 서로 존재하지 않는 것과 마찬가지였을 거야."

집 안에서 맑은 알토 목소리로 사람을 부르는 소리가 들려왔다. "교수님! 프로스트 교수님!"

하워드가 뒤를 돌아보았다. "에스텔이에요!" 그들은 집 안으로 뛰어 들어갔고 교수는 겨우 따라잡았다.

하지만 에스텔이 아니었다. 복도에 서 있는 사람은 헬렌 피셔였다. 헬렌의 스웨터는 찢기고 더러워졌다. 스타킹은 사라졌으며 뺨에는 막 생긴 흉터가 나 있었다. 프로스트 교수는 멈춰서 그녀를 살폈다. "괜찮나?" 그가 물었다.

헬렌은 수줍게 웃었다. "저는 괜찮아요. 상대편을 보셨어야 하는데."

"말해주겠나."

"잠시만요. 돌아온 탕아를 위해 커피 한 잔 정도는 주시겠죠? 그리고 스크램블드에그하고 토스트 조금, 아니 많이요. 제가 있었던 곳에서는 일정한 식사를 하기가 어려웠거든요."

"그래, 그랬겠지. 금방 가져오겠네." 프로스트 교수가 대답했다. "그런데 대체 어디에 있었나?"

"먼저 식사 좀 하자고요, 제발요." 헬렌이 애원했다. "아무것도 숨기지 않을 테니까요. 그런데 하워드는 표정이 왜 저래요?"

교수가 사정을 속삭여줬다. 헬렌은 불쌍하다는 듯이 젠킨스를 바라보았다. "아, 에스텔이 안 돌아왔어요? 제가 마지막으로 돌아올 줄 알았어요. 너무 오래 가 있었거든요. 오늘이 며칠이에요?"

프로스트 교수는 손목시계를 바라보았다. "자네는 제시간에 맞춰 돌아왔네. 정확히 11시에."

"젠장, 그럴 리가! 아, 죄송합니다, 교수님. '이상하네, 이상해. 앨리스가 말했습니다.' 모든 일이 2시간에 일어난 일이라니! 저는 최소한 몇 주는 가 있었어요."

커피를 석 잔째 마시고 마지막 남은 토스트까지 깨끗하게 먹어치우고 나서야 헬렌은 말을 시작했다.

"일어나자 위층에서 떨어지고 있었어요. 악몽으로 말이죠. 그것도 몇 개나 되는 악몽으로요. 그걸 묘사해달라고 말하진 마세요. 아무도 못 할 테니까. 그런 게 1주일 정도 계속되었고 점점 더 초점이 잡히기 시작하더군요. 일의 순서가 정확히 어떻게 되는지 잘 모르겠지만 먼저 작은 황량한 계곡에 서 있다는 사실은 확실했어요. 춥고 공기도 희박한 데다 매캐했죠. 목도 쓰라렸고요. 하늘에는 태양이 두 개 있었어요. 붉은색의 커다란 태양과 더 작고 너무 밝아서 쳐다볼 수도 없는 태양이요."

"태양이 두 개라니!" 하워드가 외쳤다. "그건 불가능해. 쌍성은 행성을 가질 수 없다고."*

헬렌이 하워드를 바라보았다. "받아들이건 말건 알아서 해. 나는 그곳에 직접 갔었다고. 이 모든 것을 받아들이려고 하는데 뭔가 윙 소리가 머리 위에서 나서 고개를 숙였어요. 그게 그곳을 마지막으로 본 순간이었죠.

그다음은 천천히 움직였죠. 지구…, 적어도 생긴 것은 지구처럼 생긴 도시에 와 있었어요. 크고 복잡한 도시였죠. 빠르게 움직이는 차량으로 가득 찬 도로에 있었어요. 저는 물러나서 차 한 대를 자세히 바라봤어요. 기다란 애벌레처럼 생겼고 바퀴가 50개쯤 달렸더군요. 그걸 운전하고 있는 것을 보고 서둘러 도망쳤죠. 그건 사람이 아니었고 동물도 아니었어요. 이제까지 듣도 보도 못한 것이었죠. 새도 아니었고 물고기도, 곤충도 아니었어요. 그 도시 주민을 만들어낸 신은 신앙을 받을 자격도 없다니까요. 그들이 누군지는 모르겠지만 엎드려서 기어 다녔고 지독한 냄새까지 났어요. 웩!"

헬렌은 말을 이었다. "그곳의 구덩이에 숨어다녔죠. 다시 시간선을 타는 방법을 발견할 때까지 2주 동안요. 저는 정말 절망적이어서 돌아가게 하는 암시가 작동을 안 하나 생각했어요. 먹을 것도 찾을 수가 없었고 가끔은 정신이 멍해지기도 했죠. 목이 말라 하수도 시설 같은 데서 흘러나오는 것을 마셨지만 그게 뭔지 물어볼 사람도 없었고 알고 싶지도 않았어요."

* 1993년 쌍성계 PSR B1620-26에서 목성 2.5배 크기의 행성이 발견된 이후 다수가 발견되었다.

“인간은 본 적 없나?”

“저도 잘 모르겠어요. 도시 아래의 터널 바닥에 둥글게 쭈그려 앉아 있는 사람들을 본 적 있는데 무언가에 놀랐는지 가까이 접근하기도 전에 흩어졌어요.”

“또 무슨 일이 있었나?”

“아무 일도요. 저는 방법을 다시 알아냈고 그날 밤 그곳을 최대한 빨리 떠났죠. 저는 과학자 정신까지 잃은 게 아닐까 두려웠어요, 교수님. 다른 쪽 사람들이 어찌 사는지 상관 안 했거든요.

이번에는 운이 좋았어요. 다시 지구에 왔는데 쾌적한 언덕이었어요, 마치 블루릿지산처럼 생긴 곳이었죠. 여름이었는데 아주 아름다운 곳이었어요. 작은 개울을 발견하고는 옷을 벗고 목욕을 했죠. 멋졌죠. 잘 익은 열매를 발견하고, 태양 아래 누워서 잠이 들었어요.

자고 있었는데 화들짝 놀라서 깼죠. 누가 절 내려다보고 있었어요. 남자였는데 아름답진 않았어요. 네안데르탈인이었죠. 도망가야 했는데 저는 옷부터 챙기려고 했고 그자에게 잡혔어요. 절 전리품처럼 끌고 마을로 데려갔어요, 제 봄 운동복은 한쪽 팔에 멋스럽게 끼고 말이죠.

나쁜 일을 당하진 않았어요. 저를 발견한 남자는 노인이었는데 절 기묘한 애완동물 정도로 대하더군요. 하렘의 일원이 아니라 뼈다귀를 물어오는 개처럼 대했죠. 너무 까다롭지만 않으면 먹을 것도 잘 먹었죠. 그 끔찍한 도시 밑바닥에 있었으니 까다로울 수가 없었죠.

네안데르탈인은 심성이 나쁜 자들은 아니었어요, 심성은 착한데 노는 게 거칠 뿐이었죠. 그 때문에 이 상처가 생겼어요.” 그녀는 볼의 흉터를 가리켰다. “그곳에 머무르며 그들을 관찰하기로 마음먹었는데 어느 날 실수를 저질렀죠. 쌀쌀한 아침이었는데 그곳에 도착한 이래 처음으로 제 옷을 입었던 거예요. 젊은 사내가 절 보더니 성적인 본성이 자극을 받았나 보더군요. 그때 노인이 다른 데 가서 없었고 누구도 그를 막을 자가 없었죠.

그는 저를 붙잡더니 내가 무슨 일이 일어나는지 깨닫기도 전에 자기 애정을 표현하더군요. 원시인에게 구애 당해본 적 있어, 하워드? 체취는 말할 것도 없고 구취도 심했죠. 저는 너무 놀라서 시간 기술에 집중할 수도 없었어요. 해냈다면 저는 시공간으로 빠져나가고 그놈은 공기만 껴안았을 텐데 말이에요."

프로스트 교수는 경악했다. "하느님 맙소사, 그런 일이! 그래서 어떻게 했나?"

"체육 수업에서 배운 유도 기술을 드디어 보여줬죠. 그다음에는 무작정 달려서 나무 위로 올라갔어요. 100까지 세면서 마음을 안정시켰죠.

그리고 곧 위층으로 쏘아 올려졌고 다시 악몽을 거쳤는데 아주 다행이라고 생각했죠."

"그리고 돌아온 건가?"

"정확히는 아니에요. 더 운이 안 좋을 수가 있을까요! 바로 이 현재에 도착한 것은 좋았고 차원도 맞았지만 수많은 것이 잘못되어 있었죠. 저는 뉴욕시 42번가 남쪽에 서 있었어요. 제가 가장 먼저 눈치챈 것은 타임스 건물 주위를 도는 커다란 전광판 문자에서 나오는 뉴스였어요. 반대로 돌아가고 있더군요. 제가 '디트로이트가 9회에 양키스를 이기다'라는 말을 해독했을 때 경찰 두 명이 전력을 다해 나에게 다가오더군요. 뒤로 말이에요. 제게서 멀어지는 방향으로요."

프로스트 교수는 고함을 지르려다 참았다. "뭐라고? 역전된 엔트로피야. 자네는 역방향 길에 들어간 거지. 자네의 시간 방향이 반대 방향을 가리키고 있었던 거로군."

"생각을 할 시간이 나자마자 저도 그걸 알아냈죠. 그때부터 바빠졌어요. 군중 속에서 텅 비어 있는 곳에 있었는데 둥글게 모인 사람들이 저의 뒤로 달리며 다가왔죠. 경찰들은 군중 속으로 사라졌고, 군중이 바로 제 앞까지 다가와 멈추더니 소리를 지르기 시작했어요. 그 일이 일어나자마자 교통신호가 바뀌고 차가 양쪽에서 튀어나오더군요. 반대방향으로 가면서요. 너무 견디기 힘든 일이었죠. 그래서 정신을 잃었어요. 그다음부터는 여러 장소를 비스듬하게 가로질렀어요…."

"잠시만." 하워드가 말을 막았다. "그 전에 무슨 일이 일어난 거야? 엔트로피는 잘 이해한다고 생각했는데 그건 전혀 모르겠는걸."

"글쎄." 프로스트 교수가 설명했다. "가장 쉬운 설명은 헬렌이 시간을 반대 방향으로 여행했다는 것이겠지. 미래가 과거가 되고 과거가 미래가 되고. 재빨리 빠져나와서 다행이었어. 인간의 대사작용이 그런 조건에서 유지될지 잘 모르겠으니 말이야."

"흠, 계속 말해줘, 헬렌."

"이 사선으로 가로지르기는 꽤 놀라운 일이었을 거예요. 제가 감정적으로 녹초가 된 상태만 아니었다면요. 저는 뒤로 물러나 앉아서 구경했죠. 마치 영화처럼요. 살바도르 달리가 각본을 쓴 것 같았어요. 지형이 마치 폭풍이 치는 바다처럼 융기하고 움직이는 것을 보았죠. 사람이 식물 속으로 녹아들고 있었어요. 확실치는 않은데 그때는 제 몸도 변화하는 것 같았어요. 그러다 야외가 아닌 실내에 와 있다는 걸 알게 됐죠. 몇 가지는 그냥 건너뛰죠. 저 스스로도 못 믿을 일이거든요.

그러고는 느려지더니 공간 차원이 하나 더 있는 곳에 가게 됐어요. 모든 것이 3차원으로 보였지만 그것에 대한 생각만으로도 그 형체가 변했죠. 고체로 된 물체의 안쪽을 그저 원하기만 해도 들여다볼 수 있었어요. 돌과 풀 속을 뜯어보다가 질려서 제 안을 들여다보기 시작했고 마찬가지로 잘 보이더군요. 이제 의학박사보다 해부학과 생리학에 대해 더 잘 알걸요. 심장이 뛰고 있는 모습은 재밌더라고요. 조금 귀엽다고나 할까요.

하지만 제 맹장이 부어 있었고 염증이 나 있었어요. 제가 손을 가져가 건드려보니까, 부드러웠어요. 저는 문제가 있는 걸 보고 비상 수술을 해야겠다고 결심했고 손톱으로 뜯어내 버렸어요. 하나도 아프지 않았을뿐더러 피도 한두 방울만 흘렸고 바로 아물었어요."

"맙소사! 복막염에 걸려서 죽을 수도 있었잖나."

"안 그랬을 거예요. 자외선을 온몸에 쬐고 있어서 세균을 죽였을 테니까요. 잠시 열은 있었지만, 내장이 태양 빛에 화상을 입어서 난 열이었다고 생각해요.

말하는 걸 깜빡 잊었는데 이곳에서는 걸어 다닐 수가 없었어요. 저 자신을 빼놓고는 아무것도 건드릴 수가 없었죠. 아무거나 만지려고 하면 그냥 통과해버렸고요. 곧 그냥 포기하고 긴장을 풀었어요. 편안해지자 마치 동면에 빠진 곰처럼 따뜻하고 행복한 잠에 빠져들었어요.

긴, 아주 기나긴 시간이 지나 푹 자고 일어나보니 안락의자 위였죠. 그게 전부예요."

*

하워드가 에스텔을 걱정하며 어디에 있는지 물었지만, 헬렌은 보지 못했다고 말했다. "그냥 진정하고 기다리는 게 어때? 에스텔이 아주 늦은 것도 아니잖아."

복도 쪽 문이 열리며 누군가가 그들을 방해했다. 작달막하고 강인한 몸매에 모자가 달린 갈색 튜닉과 꽉 끼는 갈색 반바지를 입은 자가 방으로 성큼성큼 들어왔다.

"프로스트 교수님 어디 계시죠? 오, 교수님, 도움이 필요합니다!"

로버트였다. 하지만 그는 거의 알아보지 못할 만큼 변해 있었다. 원래 작고 마른 체형이었는데 지금은 150도 안 되는 키에 다부지고 우람한 어깨 근육을 가지고 있었다. 갈색 의상에는 뾰족한 모자, 아니 헬멧을 쓰고 있었고 흔히 놈(gnome)이라 불리는 것과 매우 닮아 있었다.

프로스트 교수가 서둘러 다가갔다. "무슨 일인가, 로버트? 어떻게 도우면 되겠나?"

"이것부터요." 로버트는 앞으로 몸을 숙이더니 왼쪽 팔을 살폈다. 옷감은 해어진 데다 그을린 걸 보니 끔찍한 열에 노출된 모양이었다. "놈들이 쏜 게 살짝 스쳤군요. 하지만 치료하는 게 좋겠어요. 팔을 잃고 싶진 않으니까요."

프로스트 교수는 상처를 만지지 않고 살폈다. "자네를 병원에 데려가야 할 것 같네."

"시간이 없어요. 돌아가야 합니다. 그들이 저를 필요로 해요. 그리고 제가 가지고 갈 원조 물품도요."

교수가 고개를 저었다. "먼저 치료부터 받아야 해, 로버트. 자네가 있던 곳에서 자네를 필요로 한다고 할지라도 자네는 지금 다른 시간선에 있네. 여기서 시간을 소모한다 해서 그곳에서도 시간이 지나가리라는 법은 없지."

로버트가 말을 막았다. "제 생각에 그 세계와 이 세계는 시간 비율이 연결되어 있는 것 같아요. 서둘러야 합니다."

헬렌이 사이를 가로막았다. "팔을 보여줘, 로버트. 흠… 끔찍한 상처네. 하지만 내가 고칠 수 있을 것 같아. 교수님, 물 한 잔을 주전자에 넣어서 끓여주실래요. 끓자마자 찻잎을 한 움큼 넣으시고요."

헬렌은 부엌 식기 서랍을 샅샅이 뒤지고는 큰 가위를 가져와서 소매를 잘라냈고 화상 입은 피부를 세척했다. 그녀가 치료하는 동안 로버트가 말했다.

"하워드, 부탁 좀 들어줘. 연필하고 종이에 목록 좀 받아적어줘. 그곳에 들고 가야 할 물건이 잔뜩 있어. 모두 사교클럽 하우스에서 가져올 수 있는 것들이야. 네가 나 대신 가줘야 해. 보다시피 이런 모습으로는 큰일 날 테니까 말이야…. 왜 그래? 무슨 일 있어?"

헬렌이 하워드가 무엇에 마음을 뺏기고 있는지 재빨리 설명했다. 로버트는 공감하며 들었다.

"오! 거참 힘들겠다." 로버트는 눈살을 찌푸렸다. "하지만 이봐, 여기서 에스텔을 기다리는 일밖에 할 수 없잖아. 지금부터 한 30분 정도 너의 도움이 정말 필요해. 도와줄래?"

하워드는 어쩔 수 없이 동의했다. 로버트는 말을 계속했다.

"좋았어! 정말 고마워. 먼저 내 방에 가서 수학 관련 서적을 모아줘, 그리고 내 계산자도. 인도지로 된 무전기 설명서도 찾을 수 있을 거야. 그것도 가져와줘. 그리고 네가 가진 50센티미터짜리 로그-로그 2중 계산자도 줬으면 좋겠어. 대신 내 라블레와 〈드롤 이야기〉를 가지도록 해. 네가 가진 《마크의 기계공학 안내서》도 줘. 그리고 네가 가졌지만 나에게 없는 기술 관련 서적은 뭐든 괜찮으니까 줘. 대신 내 것도 뭐든 가져가고.

다음에는 스팅키 빈필드의 방으로 가서 녀석이 가진 《군사 공학 안내서》와 《화학전》 그리고 탄도학과 폭약 책을 챙겨. 맞다, 《밀러의 폭발 화학》도. 그것도 가지고 있다면 말이지만. 없으면 R.O.T.C.에 있는 녀석들 것을 하나 가져와줘. 이건 매우 중요해." 헬렌은 능숙하게 습포를 로버트의 팔에 붙였다. 로버트는 아직 따뜻한 찻잎이 드러난 상처를 건드리자 얼굴을 찡그렸지만 말을 계속했다.

"스팅키는 사무용 책상의 위쪽 서랍에 군용 자동권총을 두고 있어. 훔쳐오거나 설득해서 달라고 해. 가지고 올 수 있는 만큼 탄약도 챙겨와주고, 내 차 거래 계약서 써줄 테니까 네가 가져. 이제 가봐. 교수님에게 사정을 얘기해둘 테니까 나중에 들어. 여기, 내 차를 끌고 가." 로버트는 허벅지를 더듬다가 짜증을 냈다. "맙소사! 자동차 열쇠가 없잖아."

헬렌이 구조하러 와줬다. "내 차를 타. 복도 탁자에 있는 내 가방에 열쇠가 있어."

하워드가 일어섰다. "알았어. 최선을 다해볼게. 만약 유치장에 갇히게 되면 누가 담배라도 가져다줘." 그가 나갔다.

헬렌은 반창고에 마지막 손길을 가했다. "됐다! 이 정도면 된 것 같아. 어때?"

로버트는 조심스럽게 팔을 구부렸다. "괜찮아. 깔끔하게 잘됐네. 이러면 독기가 빠지겠어."

"탄닌 용액을 발라주면 나을 거야. 네가 가는 곳에 찻잎은 있어?"

"있어. 탄닌 산도 있고. 난 괜찮을 거야. 이제 설명을 해야 할 것 같네.

교수님, 담배 있으세요? 그 커피도 좀 주시면 좋겠군요."

"물론이지, 로버트." 프로스트 교수는 서둘러 대접했다.

로버트는 담배를 받아 들고 이야기를 시작했다.

"시작은 꽤 미친 상황이었죠. 잠에서 깼을 때 이미 지금 이 모습이었습니다. 이 옷을 입고 길고 깊은 해자를 행진해 가고 있었죠.

저는 어느 파견군의 3열 중 한 열에 속해 있었습니다. 이상한 점은 모든 것이 완벽하게 자연스럽게 느껴졌다는 거예요. 제가 어디에 있는지도 알고 있었고 왜 있는지도 알고 있었죠. 그리고 제가 누구인지도요. 저는 로버트 먼로가 아니라 그곳 이름으로 이고르라는 이름이었죠." 로버트는 이고르의 '르' 소리를 목 안쪽의 인후에서 떨리는 목소리로 발음했다. "제가 로버트 먼로라는 사실을 잊어버린 건 아니었어요. 그보다는 갑작스레 그 사실을 기억하게 된 것 같았죠. 정체성은 하나인데 과거는 두 개를 가지고 있었던 겁니다. 마치 어느 날 일어났는데 방금 꾼 꿈을 똑똑히 기억하고 있는 것 같았죠. 이 경우에는 꿈이 완전한 현실이었지만요. 저는 로버트가 현실이라는 것을 '알고' 있었고, 이고르 또한 현실이라는 것을 알고 있었어요.

저의 세계는 지구와 비슷했어요. 조금 작았지만 대략 비슷한 표면 중력이었죠. 저 같은 사람들이 지배 종족이었고 인류만큼은 문명화되어 있었지만 우리 문화는 다른 길을 따라갔어요. 우리 중 절반 정도는 지하에 살아요. 집이 그곳에 있고 산업시설도 지하에 있죠. 우리 세계의 지하는 따스하지만, 완전히 어둡지는 않아요. 약한 방사능이 있긴 한데 우리에게 해를 주진 않고요.

어쨌든 우린 지표에서 진화한 종족이었고 지하에 계속 있으면 건강상으로도 정신적으로도 좋지 않아요. 지금 전쟁이 벌어지고 있는데 우리는 8, 9개월 동안 지하에 머물러야 했어요. 누군가가 우리에게 전쟁을 건 거죠. 지금 우리 종족은 지표의 통제권을 잃었고 숫자는 사냥당하는 해충 수준으로 줄어들었어요.

중요한 건 우리가 인간과 싸우는 게 아니라는 거예요. 우리는 무엇과 싸우고 있는지도 몰랐죠. 아마 외우주에서 온 존재일지도요. 우리는 그 정체를 몰라요. 놈들이 여러 장소에 이제까지 듣도 보도 못한 거대한 고리 모양 비행 물체에 탄 채 나타나 동시에 공격을 가했죠. 경고도 없이 우리를 불태워버렸던 겁니다. 많은 수가 지하로 탈출했고 그곳까지 따라오지는 않았죠. 놈들은 밤에도 활동하지 않았어요. 아마 태양 빛이 있어야 활동이 가능한 모양이더군요. 그래서 교착상태에 빠졌어요. 아니, 놈들이 우리 터널에 가스 공격을 할 때까지만일지도 모르겠지만요.

우린 놈들을 하나도 잡지 못했고 그래서 약점을 알지도 못합니다. 추락한 고리를 조사했지만 알아낸 것은 별로 없었어요. 그 안에는 동물과 조금이라도 비슷하게 생긴 것이나 동물의 생명을 유지할 수 있을 만한 건 전혀 없었죠. 음식도 위생 장치도 없었다는 뜻이에요. 의견이 갈렸어요. 우리가 조사해본 것이 원격 조작이 되고 있다는 쪽과, 적이 어떤 비원형질적 지성체로 어떤 힘의 패턴이나 그 비슷한 기묘한 것이라는 쪽으로요.

우리의 주 무기는 에테르에 정지 상태를 만들어내는 광선이었고 적을 딱딱하게 얼려버릴 수 있었습니다. 더 정확히 말하자면, 모든 생명을 파괴하고 생장을 막아야 했죠. 하지만 고리는 잠시 고장 날 뿐이었어요. 추락하는 순간까지 계속 광선을 쏘지 않으면 회복해서 풀려났어요. 그러고는 동료가 와서 우리 위치를 불태우는 겁니다.

밤에 놈들의 지표 기지에 지뢰를 매설해서 폭파하는 데는 성공했습니다. 당연한 얘기지만 우린 능력 있는 공병이니까요. 하지만 더 나은 무기가 필요해요. 그래서 제가 하워드를 보낸 거예요. 제게 두 가지 아이디어가 있어요. 만약 적들이 단순히 지능이 있는 힘의 패턴 같은 존재나 그런 비슷한 것이라면 전파가 답이 될 겁니다. 에테르를 잡음으로 가득 채워서 놈들의 존재 자체를 틀어막을 수 있을 거예요. 만약 그것에 견딜 수 있을 정도라면 구식 대공 포화로 놈들에게 안녕을 고할 수 있을 거고요. 어느 쪽이든 이곳에 있는 기술 중에 우리가 보유하지 못한 기술이 너무나 많은데 그중에 해답이 있을지 모르죠. 시간만 있다면 이쪽 물건들을 가지고 돌아갈 텐데."

"꼭 돌아갈 생각인가, 로버트?"

"물론이죠. 그곳이 제가 있어야 할 곳이에요. 여기엔 가족도 없으니까요. 이해시켜드릴 수 있을지 모르겠지만요, 교수님, 그 사람들은 제 사람들이에요. 그곳이 제 세계고요. 만약 조건이 반대였다면 다르게 느꼈겠죠."

"알겠어." 헬렌이 말했다. "넌 처자식을 위해 싸우는 거구나."

로버트는 지친 표정으로 그녀를 바라보았다. "꼭 그렇진 않아. 그쪽에서 난 미혼이거든. 하지만 생각해야 할 가족은 있어. 누나가 내가 속한 부대 지휘관이 내 누나거든. 아, 맞다. 여자도 군에 있어. 작지만 강인해. 너처럼 말이야, 헬렌."

헬렌이 로버트의 팔을 가볍게 건드렸다. "이건 왜 생긴 거야?"

"화상? 우리가 행군하고 있었다고 말했잖아. 지상 습격 때문에 참호로 후퇴 중이었지. 우리는 잘 대피했다고 생각했는데 갑자기 고리 하나가 우리를 향해 급습해 왔어. 부대원 대부분은 흩어져버렸는데 난 하급 기술병이라 정지 광선으로 무장하고 있었거든. 나는 장비를 꺼내서 반격하려고 했지만 채 마치기도 전에 화상을 입었지. 다행히 가벼운 상처였고. 몇몇 동료들이 반격했어. 누나가 살아남았는지도 알 수가 없어. 그래서 내가 서두르는 거야.

다른 기술병 중 피격당하지 않은 병사가 후퇴하는 동안 후미를 엄호했어. 나는 지하로 끌려들어 갔고 치료소로 옮겨졌지. 위생병이 치료하려는 순간 정신을 잃었고 교수님의 서재로 오게 된 거야."

초인종이 울렸고 교수가 일어나 응답하러 갔다. 헬렌과 로버트도 따라갔다. 하워드가 전리품을 끌어안고 있었다.

"모두 구해 왔어?" 로버트가 걱정스러운 듯이 물었다.

"아마도. 스팅키도 있었는데 책을 빌리는 데 성공했어. 총은 조금 힘들었는데 친구에게 스팅키를 찾는 전화를 걸어달라고 했지. 방을 나간 동안에 집어 왔어. 이제 나도 범죄자군. 그건 정부 소유물이니."

"넌 진짜 친구야, 하워드. 설명을 들으면 그럴 만한 가치가 있는 일이었다는 걸 알게 될 거야. 그렇지, 헬렌?"

"물론이야!"

"그렇다면 네가 옳길 바랄게." 하워드는 의심스럽다는 듯이 대답했다. "혹시 몰라서 다른 것도 조금 가져왔어. 여기 받아." 그가 로버트에게 책 한 권을 건넸다.

"《항공 역학과 항공기 제작의 원리》" 로버트가 제목을 읽었다. "하느님 맙소사, 이거야! 고맙다, 하워드."

몇 분 후, 로버트는 소지품을 챙겨 몸에 묶었다. 그가 떠난다고 선언하려는 순간 교수가 마지막으로 확인을 했다.

"잠시만 기다리게, 로버트. 이 책들이 자네와 함께 갈지 어떻게 아나?"

"왜 안 된다는 거죠? 그래서 제 몸에 묶어둔 거잖습니까."

"처음에 갔을 때 지구제 의복도 같이 갔나?"

"아니요…." 로버트의 눈썹에 주름이 깊어졌다. "맙소사. 교수님, 어떻게 해야 하죠? 알아야 할 모든 걸 암기할 수는 없잖아요."

"모르겠군. 잠시 생각해보세." 교수는 말을 멈추고 천장을 바라보았다. 헬렌이 그의 손을 건드렸다.

"제가 도울 수 있을 것 같습니다, 교수님."

"어떻게 할 수 있다는 거지, 헬렌?"

"제가 시간선을 바꿀 때는 변화하지 않는 것 같아요. 어디를 가도 같은 옷을 입고 다녔고요. 제가 로버트 대신 이 물건들을 옮겨줄 수 없을까요?"

"흠, 그럴 수 있을 것 같군."

"안 돼, 그렇게까지 하게 할 수는 없어." 로버트가 반대했다. "죽거나 크게 다칠 수도 있잖아."

"그래도 해볼게."

"내게 생각이 있어." 하워드가 말했다. "프로스트 교수님의 암시를 써서 헬렌이 그곳에 도착했다가 즉시 돌아오게 할 수 있지 않을까? 어때요, 교수님?"

"음, 그래, 아마도."

하지만 헬렌이 손을 들었다. "소용없어요. 짐도 나랑 같이 튕겨져서 돌아오게 될걸요. 귀환 지시 사항 없이 그쪽으로 넘어가겠어요. 로버트의 세계가 썩 괜찮게 들리기도 하고요. 그곳에 머무르게 될지도 모르죠. 기사도는 넣어둬, 로버트. 내가 너희 세계가 마음에 드는 이유 중 하나가 남자와 여자를 동등하게 대한다는 것 때문이니까. 그 짐이나 풀어서 나에게 달아줘. 난 가겠어."

작지만 탄탄한 몸 여기저기에 열 몇 권이 넘는 책을 묶고, 자동권총을 차고 한 개는 짧고 한 개는 긴 계산자도 권총 벨트에 차고 나니 헬렌은 마치 크리스마스트리처럼 보였다.

하워드는 큰 계산자를 묶어주기 전에 만지작거렸다. "이 계산자를 잘 챙겨줘, 로버트." 그가 말했다. "6개월이나 담뱃값을 모아서 산 거니까."

프로스트 교수는 서재의 소파에 두 사람을 나란히 앉혔다. 헬렌은 로버트의 손을 잡았다. 반짝이는 공이 돌아가기 시작했고, 교수는 하워드에게 문을 닫고 조명을 끄라고 했다. 그러고는 단조로운 목소리로 최면 암시를 반복했다.

10분 후 가볍게 공기가 휙하고 움직이는 것을 느꼈다. 프로스트 교수는 전등을 켰다. 소파는 비어 있었다. 책도 없었다.

프로스트 교수와 하워드는 에스텔의 귀환을 기다리면서 불편한 철야를 계속했다. 하워드는 불안한 듯 서재를 이리저리 걸어 다녔고 별로 관심도 없는 물건을 살펴보면서 줄담배를 피웠다. 교수는 편안한 의자에 조용히 앉아 지금 느끼지 못하는 불안감에서 벗어나는 감각을 상상했다. 두 사람의 대화는 단편적인 말뿐이었다.

"하지만 제가 이해가 안 되는 것은 말입니다." 살펴보던 하워드가 말했다. "헬렌은 몇 개나 되는 세계를 갔으면서 전혀 변하지 않았고, 로버트는 한 곳밖에 못 갔는데 거의 알아보기도 힘들도록 변했다는 겁니다. 더 작아지고, 무거워지고, 이국적인 옷으로 치장하고 말이죠. 원래 입고 있던 평범한 옷은 어찌 된 거죠? 이런 것들을 어떻게 설명하실 건가요, 교수님?"

"어? 난 그런 것들을 설명하지 않아. 그저 관찰할 뿐이지. 내 생각에 로버트가 변하고 헬렌이 변하지 않은 이유는 헬렌은 그저 방문자로서 세계를 방문한 것이지만 로버트는 그곳에 소속되어 있었고 그 세계의 패턴에 맞아떨어지는 증인이었다는 것 때문이 아닐까 싶네. 아마도 위대한 창조주께서 건너가길 원하셨나 보지."

"네? 맙소사. 교수님, 설마 신이 정해놓은 운명 같은 걸 믿는 건 아니시겠죠?"

"그런 의미로는 아닐세. 하지만 하워드, 자네의 기계적 회의론도 좀 지겨워지는군. 만물이 '그냥 자라났다'라고 하는 접근방식은 유치한 데다 그걸 믿는 것도 순진한 것 같네. 자네 말에 따르자면 엔트로피의 우연으로 일어난 사고로 베토벤의 9번 교향곡이 만들어질 수 있다고 말하는 거잖나."

"그건 불공평한 것 같습니다, 교수님. 사람에게 이성적인 설명도 제공하지 않고서 상식에 반하는 사실들을 믿을 거라 기대하면 안 되죠."

프로스트 교수는 콧방귀를 뀌었다. "왜 기대하면 안 되나. 자신의 눈과 귀로 직접 관찰을 하거나 원천이 믿을 만하다고 알려진 곳에서 얻은 것이라면 말이야. 사실이 참이 되기 위해서 이해까지 해야할 필요는 없네. 물론 이성적인 정신을 가진 사람이라면 설명을 원하겠지. 하지만 자신의 철학에 맞지 않는다고 사실을 거부하는 것도 어리석은 일이야.

이제 오늘 일어난 일들을 보자면, 자네는 정통적인 용어로 합리화시키지 못해 안달이 나 있네만, 그 일들은 과학자들이 설명할 수 없다는 이유로 거부해온 수많은 것에 단서를 제공해주고 있지. 말 주위를 한 바퀴 돈 남자에 관한 이야기 들은 적 있나? 없어? 1810년경 벤저민 베서스트는 주오스트리아 대사였는데 독일 페를레베르크의 여관에 도착했지. 종자와 비서도 같이 말이야. 그들은 조명이 있는 여관 정원에 말을 타고 들어갔어. 베서스트가 내려서 제삼자와 두 명의 직원들이 보고 있는 가운데 말들 주위를 돌았네. 이후 아무도 그를 본 사람이 없어."*

"무슨 일이 일어난 거죠?"

"아무도 몰라. 내 생각에 그는 다른 생각을 하다가 우연히 다른 시간선으로 흘러들어 간 것 같네. 하지만 이런 비슷한 사건이 수백 건이 되지. 그냥 웃어서 넘기기엔 너무 많아. 두 개의 시간 차원 이론으로 대부분 설명할 수 있네. 하지만 진실이 아니라 치부된 사건 중에서도 아직 꿈도 꾸지 못한 자연의 원리가 있을 거라고 나는 추측한다네."

하워드는 걸음을 멈추더니 아랫입술을 내밀었다. "그럴지도 모르죠, 교수님. 하지만 지금 전 속상해서 생각도 제대로 못하겠어요. 이거 보세요. 벌써 1시잖아요. 지금쯤이면 돌아왔어야 하는 거 아닌가요?"

"아무래도 그런 것 같네."

"헬렌이 안 돌아온다는 얘기인가요?"

"그런 것 같군."

젊은이는 소파에 무너지듯 쓰러져서 울음을 터뜨렸다. 어깨가 들썩거렸다. 하지만 곧 하워드는 진정했다. 프로스트 교수는 하워드의 입술이 움직이는 것을 보고 기도하는 거라고 추측했다. 그러고는 엉망이 된 얼굴로 교수를 봤다.

"우리가 할 수 있는 일이 전혀 없나요?"

"대답하기 어려운 질문이군, 하워드. 우리는 헬렌이 어디로 갔는지 모르잖나. 알고 있는 것은 헬렌이 최면 암시하에 과거나 미래의 고리로 건너갔다는 것뿐이지."

"헬렌이 갔던 방법을 따라서 쫓아갈 수는 없습니까?"

* 벤저민 베서스트는 실존했던 영국 외교관으로 1809년 11월 25일 실종되었다.

"모르겠어. 그런 일을 해본 경험은 없네."

"뭔가 해야지, 아니면 미쳐버리겠어요."

"진정하게. 내가 더 생각해보지." 교수는 조용히 담배를 피웠고 하워드는 고함을 지르거나 가구나 무엇이든 부수는 짓 같은 것을 하지 않으려고 충동을 억제해야 했다.

프로스트 교수가 재를 떨고 시가를 재떨이에 조심스럽게 내려놓았다. "내 생각에 한 번의 기회가 있을 것 같네. 확률이 낮겠지만."

"뭐든 좋아요!"

"내가 에스텔이 들었던 녹음을 듣고 건너가겠어. 나는 완전히 깨어 있는 상태에서 할 거야. 그녀에게 집중하면서 말이야. 아마 어떤 공명을 구성할 수 있을 것 같네. 초감각적인 연결 같은 것 말이야. 그걸 이용해 헬렌에게 안내하도록 하는 거지." 프로스트 교수는 말을 하면서 즉시 준비에 착수했다. "내가 갈 때 자네는 이 방에 그대로 남아 있게. 그래야 할 수 있다는 것을 믿을 수 있을 테니까."

하워드는 조용히 교수가 헤드폰을 쓰는 것을 바라보았다. 교수는 가만히 서서 눈을 감았다. 교수는 거의 15분 정도를 가만히 있다가 앞으로 짧은 걸음을 걸어 나왔다. 이어폰이 바닥에 덜컥거리며 떨어졌다. 교수가 사라져 있었다.

프로스트 교수는 변이 이전에 찾아오는, 시간이 존재하지 않는 연옥과도 같은 곳으로 떠내려가는 감각을 느꼈다. 그는 또다시 평범한 수면에서 느낄 수 있는 떠오른 채로 안내되는 감각을 느꼈고 자면서 꾸는 꿈이 진짜 경험인지 의미 없는 의문을 백 번째로 떠올렸다. 그는 진짜라고 생각하고 싶었다. 그러고는 죄책감에서 시작된 임무를 떠올리며 에스텔 생각에 강하게 집중했다.

교수는 길을 따라 걷고 있었고 햇살이 온통 하얬다. 앞에는 도시의 관문이 있었다. 문지기는 그가 입은 묘한 의복을 노려보았지만 통과시켜줬다. 그는 가로수가 있는 넓은 거리를 지나며 이 길이 우주항에서 국회로

가는 길이라는 것을 이미 간파하고 있었다. 그는 모퉁이를 돌아 신들의 길로 들어간 뒤 여사제의 숲에 다다랐다. 그곳에 찾고 있던 집이 있었다. 대리석 벽은 태양 빛에 분홍색으로 물들었고 분수는 아침 바람을 타고 물방울을 뿌렸다. 그는 숲에 발을 들였다.

늙은 정원사가 태양 빛 아래에서 고개를 끄덕이고는 그를 집 안으로 들여보냈다. 거의 결혼 적령기도 안 되어 보이는 깡마른 하녀가 그를 내실로 안내했고, 여주인이 한쪽 팔로 기대어 일어나며 방문자를 나른한 눈으로 쳐다보았다. 프로스트 교수가 그녀를 불렀다. "이제 돌아갈 시간이야, 에스텔."

그녀는 놀란 듯 눈썹을 치켜올렸다. "당신은 이상하고 야만스러운 말투를 쓰는군요, 노인. 그런데 아주 이상해요. 들어본 적 있는 목소리네요. 원하는 게 뭐죠?"

프로스트 교수가 참을 수 없다는 듯이 말했다. "에스텔, 돌아갈 시간이라니까!"

"돌아가다니요? 무슨 헛소리죠? 어디로 돌아간다는 거죠? 그리고 내 이름은 스타 라이트지, '이스 텔'이 아니랍니다. 당신은 누구죠? 그리고 어디서 왔나요?" 그녀는 그의 얼굴을 살피더니 가느다란 손가락으로 가리켰다. "당신을 알아요! 꿈에서 나온 사람이군요. 당신은 스승님이었고 나에게 고대의 지식을 가르쳐줬죠."

"에스텔, 그 꿈에서 한 젊은이가 기억나나?"

"또 그 이상한 이름으로 부르는군요! 그래요, 젊은이가 있었죠. 그는 아주 착하고 직선적이며 산속의 소나무처럼 키가 컸어요. 그의 꿈을 종종 꾼답니다." 그녀는 길고 하얀 팔을 휘둘렀다. "그 젊은이는 누구죠?"

"하워드가 기다리고 있네. 돌아갈 시간이야."

"돌아가다니요! 꿈의 장소에 돌아갈 수는 없어요!"

"그곳으로 데려갈 수 있네."

"이 무슨 신성모독이죠? 당신은 사제인가요? 마법을 부릴 수 있나요? 왜 신성한 무녀가 꿈의 나라로 가야 한다는 거죠?"

"마법이 아닐세. 하워드는 자네를 잃고 가슴 아파하고 있어. 그에게 다시 데려다줄 수 있네."

에스텔은 주저했고 의심하는 눈으로 대답했다. "할 수 있다고 치죠. 왜 내가 명예롭고 성스러운 직책을 버리고 냉혹하고 무(無)로 가득 찬 꿈으로 가야 한다는 거죠?"

프로스트 교수는 친절한 말투로 대답했다. "자네 마음은 뭐라고 말하고 있지, 에스텔?"

에스텔은 눈을 크게 뜨고 노려보다가 갑자기 눈물을 쏟아냈다. 그러고는 등 돌려 소파에 드러누워버렸다. 그녀가 막힌 목소리로 대답했다.

"가버려요! 그런 남자 따윈 없어요. 내 꿈속에서만 있을 뿐이에요. 그곳에서 찾겠어요!"

프로스트 교수가 집요하게 물었지만 에스텔은 더 이상 대답하지 않았다. 결국, 그는 포기하고 무거운 마음으로 떠났다.

*

프로스트 교수가 돌아오자마자 하워드가 양팔을 붙잡았다. "어떻게 됐습니까, 교수님? 네? 에스텔을 찾았어요?"

프로스트 교수는 의자에 힘없이 무너지듯 앉았다. "그래, 찾아냈네."

"괜찮던가요? 왜 같이 오지 않았나요?"

"에스텔은 완벽하게 잘 지내고 있어. 하지만 돌아오라고 설득할 수가 없었네."

하워드는 마치 한 대 얻어맞은 것 같은 표정이 되었다. "에스텔에게 내가 돌아와줬으면 한다는 이야기를 안 하셨어요?"

"했어. 하지만 내 말을 믿질 않았네."

"안 믿었다뇨?"

"에스텔은 이곳의 인생 대부분을 잊어버렸어, 하워드. 그녀는 자네를 그저 꿈이라고 생각한다네."

"하지만 그건 불가능하다고요!"

프로스트 교수는 더욱 지친 표정이 되었다. "이제 그런 개념은 그만 쓸 때가 되지 않았나?"

하워드는 대답 대신 다른 말로 답했다. "교수님, 저를 에스텔에게 데려다주세요!" 프로스트 교수는 반신반의하는 표정이었다.

"할 수 있으시겠어요, 교수님?"

"아마 할 수 있겠지. 자네가 불신을 극복할 수 있다면 말일세. 그래도…."

"불신요? 이제 강제로 믿을 수밖에 없어요. 빨리 가요."

프로스트 교수는 움직이지 않았다. "내가 동의해야 할지 잘 모르겠네, 하워드. 에스텔이 갔을 때랑은 조건이 상당히 달라. 그건 그녀에게 적합한 방법이었지. 하지만 그 방법으로 자네를 그녀에게 데려갈 수 있을지 확신이 없네."

"왜 안 된다는 거죠? 에스텔이 저를 보고 싶어 하지 않던가요?"

"맞아. 내 생각에 보고 싶어 하는 것 같았네. 자네를 환영해줄 거라고 확신해. 하지만 조건이 너무 달라."

"조건 따위 알 게 뭐예요. 가요."

프로스트 교수가 일어났다. "좋아, 자네 바람대로 해야지."

교수는 하워드를 편안한 의자에 앉힌 후 젊은이의 눈에 자신의 시선을 고정했다. 그는 천천히 잔잔하고 다듬어지지 않은 목소리로 말했다.

프로스트 교수는 하워드를 일으킨 후 밀어냈다. 하워드가 웃으며 길바닥에서 묻은 하얀색 먼지를 손으로 훑었다.

"굴러떨어질 뻔했습니다, 스승님. 마치 앉고 있던 의자를 누가 확 뺀 듯했어요."

"선 채로 할 걸 그랬군."

"그러게요." 하워드는 벨트에서 여러 개의 관이 달린 커다란 권총을 꺼냈다. "안전장치가 켜져 있어서 다행이지 성층권으로 날아갈 뻔했습니다. 이제 갈까요?"

프로스트 교수는 동반자를 바라보았다. 하워드는 헬멧과 짧은 군용 킬트을 입고 있었고 단검과 장비를 허벅지에 달고 있었다. 교수는 눈을 끔뻑거리고는 대답했다. "그래. 그래, 그러지."

그들은 시의 관문에 들어갔다. 프로스트 교수가 물었다. "어디로 향해야 할지 알고 있나?"

"네, 물론이죠. 여사제의 숲에 있는 스타 라이트의 저택이죠."

"그리고 거기서 무엇을 보게 될지 알고 있나?"

"아, 우리가 나눴던 대화 말이군요. 저는 이곳 관습을 알고 있습니다.

스승님, 기쁜 마음으로 확실하게 말씀드리지요. 스타 라이트와 저는 서로 잘 이해하고 있습니다. 그녀는 '눈에서 멀어지면 마음도 멀어지는' 여자입니다. 이제 울티마 툴레에 돌아왔으니 그녀는 사제직을 포기하고 정착한 뒤 통통한 아이를 많이 낳을 겁니다."

"울티마 툴레? 내 연구를 기억하나?"

"물론이죠. 그리고 로버트와 헬렌 그리고 나머지 일들도요."

"울티마 툴레라고 말한 건 그런 뜻이었나?"

"정확히는 아닙니다. 설명해드리기 힘들군요, 스승님. 전 실용주의적인 군인입니다. 그런 것들은 사제와 교사들에게 맡기도록 하죠."

하워드는 에스텔의 집 앞에서 멈췄다. "같이 들어가시겠습니까, 스승님?"

"아니, 괜찮네. 난 돌아가야 해."

"그렇겠죠." 하워드가 교수의 어깨를 두드렸다. "스승님께선 저의 진정한 친구셨습니다. 우리 첫 아이를 스승님 이름을 따서 짓겠습니다."

"고맙네, 하워드. 잘 있게, 두 사람 모두에게 행운이 있길 빌겠네."

"스승님도요." 하워드는 자신감 있는 걸음걸이로 집에 들어갔다.

프로스트 교수는 게이트를 향해서 천천히 걸었다. 그의 머릿속은 여러 생각으로 가득 차 있었다. 물질이건 정신이건 순열과 조합에는 끝이 없는 것 같았다. 마사, 로버트, 헬렌… 이제 하워드와 에스텔. 이 정도면 이 모든 것을 설명할 수 있는 이론을 뽑아낼 수 있어야 했다.

그는 숙고하는 동안 튀어나온 보도블록에 발이 걸려 넘어졌고 안락의자에서 굴러떨어졌다.

✳

다섯 학생의 실종은 설명하기 어려운 일이었다. 프로스트 교수는 그걸 알고 있었고 그래서 누구에게도 말하지 않았다. 그들이 사라졌다는 사실을 아무도 알아채지 못한 채로 주말이 지나갔다. 월요일에 경찰관이 와서 질문했다.

교수의 대답은 그다지 진실을 밝혀주지는 못했다. 당연히 진실을 이야기할 수는 없었기 때문이었다. 지방검사는 납치나 대량 살인 같은 심각한 범죄가 일어났다는 냄새를 맡았다. 아니면 무슨 신흥 사이비종교일지도 몰랐다. 이 교수가 무슨 짓을 저질렀을지 아무도 알 수 없는 법이었으니까!

화요일 아침, 그의 앞으로 영장이 발부되었고 이조스키 경사가 그를 연행하러 왔다.

교수는 조용히 나와서 검은색 경찰 차량에 반항 없이 들어갔다. "이봐요, 교수님." 고분고분한 것을 보고 순순히 불지도 모르겠다고 생각한 경사가 말했다. "그냥 어디에 숨겼는지 말하지 그래요? 당신도 우리가 결국엔 찾아내서 파낼 거라는 거 알잖아요."

프로스트 교수가 고개를 돌려 두 눈을 마주 보고는 웃으며 말했다. "시간." 그는 조용히 말했다. "아, 시간…. 맞소. 파낼 수 있겠죠. 시간만 된다면." 그는 경찰 차량에 들어가 조용히 앉았고 눈을 감고는 필수적이고 고요한 감수성 상태에 들어갔다.

경사는 차량 발판에 한 발을 올리고 있었고 열려 있는 유일한 문을 덩치로 가로막은 채로 공책을 꺼냈다. 경사가 메모를 다 하고 고개를 들었다.

프로스트 교수는 사라지고 없었다.

*

프로스트 교수는 하워드와 에스텔을 찾을 작정이었다. 그런데 우연히 결정적인 순간에 헬렌과 로버트에 대한 생각으로 흐르고 말았다. '착륙'하고 보니, 그곳은 두 번 방문한 적 있는 미래의 세계가 아니었다. 지구 같았지만, 어디인지도 언제인지도 알 수 없었다.

삼림이 있고 기복이 있는 시골 지역이었다. 마치 미주리주 남부의 언덕이나 뉴저지주와 비슷했다. 프로스트 교수는 식물학에 대해 충분한 지식이 없었기 때문에 지금 주위에 보이는 수종이 친숙한 식물인지 아닌지 알 수 없었다. 그리고 자세하게 살필 시간도 없었다.

외침 소리가 들렸고 이어서 대답하는 소리가 들렸다. 인영이 숲속에서 뛰쳐나와 지그재그로 달렸다. 처음엔 그를 공격하려는 줄 알고 피할 곳을 황급히 찾았지만 숨을 데가 없었다. 하지만 그들은 그를 무시하고 지나쳐 갔고, 지나가려던 사람 중 가장 가까이 있던 이가 바라보며 서둘러 뭔가 외쳤다. 그러고는 그도 사라졌다.

프로스트 교수는 작은 숲속 공터에 남겨진 채로 당황한 채 서 있었다.

일어난 일들을 하나로 통합할 시간을 가져보기도 전에 조금 전 도망갔던 사람이 다시 나타나 그에게 소리를 지르며 다른 의미로 오해하는 것이 불가능한 손짓을 취했다. 그는 따라가려 했다.

프로스트 교수는 머뭇거렸다. 그 사람은 달려오더니 그를 덮쳐 왔다. 몇 초간 매우 혼란스러웠지만, 정신을 차리고 보니 지금 세상이 거꾸로 보이고 있다는 사실을 알 수 있었다. 낯선 이가 그를 어깨에 둘러멘 후 힘찬 발걸음으로 뛰어가는 중이었다.

덤불이 교수의 얼굴을 스쳤다. 낯선 이는 몇 미터 아래로 내려가나 싶더니 아무렇지도 않게 그를 바닥에 내려놓았다. 그는 똑바로 앉아서 눈을 비볐다.

교수는 햇빛이 비치는 위쪽에서 어디로 향하는지 전혀 알 수 없는 아래쪽으로 이어지는 터널에 있었다. 인영들이 주위를 서성거렸지만 그를 무시했다. 두 명이 무리와 터널 입구 사이에 어떤 기구를 설치했다. 그들은 극히 서둘러 움직였고 시작한 지 겨우 몇 초 만에 일을 마무리하고는 물러섰다. 프로스트 교수는 낮고 가늘게 웅웅거리는 소리를 들었다.

터널 입구는 조금 흐릿하게 보였다. 그는 곧 이유를 알게 되었다. 기구가 벽에서 맞은편 벽까지 거미줄을 회전시켜 입구를 막았던 것이다. 거미줄은 점점 두꺼워지며 반투명상태가 되었다. 이후 윙윙 소리는 몇 분이나 계속되었고 이상한 기계는 계속해서 거미줄을 짜며 두껍게 만들었다. 무리 중 하나가 기계의 벨트를 흘끗 보고 명령조로 한마디를 하자 웅웅 소리가 멈췄다.

프로스트 교수는 따뜻한 불빛이 사람들을 뒤덮자 안심했다. 그는 매우 급한 위험에서 벗어났다는 것을 직관적으로 알 수 있었고 긴장을 풀기 시작했다.

기계를 멈추라고 명령한 사람이 몸을 돌리더니 우연히 프로스트 교수를 발견했다. 그 사람이 곁으로 다가와서 친절하지만 단호한 소프라노 목소리로 몇 가지 질문을 던졌다. 프로스트는 갑자기 세 가지 사실을 깨달았다, 우두머리는 여성이었고 그를 구한 것이 바로 그 지도자였으며 옷이나 대체적인 모습을 볼 때 로버트 먼로가 변신했던 바로 그 형태와 맞아떨어진다는 사실이었다.

교수의 얼굴에 웃음이 퍼졌다. 모든 것이 잘될 것이었다!

*

질문이 반복되는 동안 우두머리의 참을성이 점점 사라지는 듯 보였다. 프로스트 교수는 대답하고 싶었지만 그녀의 언어를 이해하지 못했고 그녀가 영어를 이해할 리도 없었다. 그래도 혹시 모르니까….

"부인." 교수는 영어로 말하며 일어나서 정중한 절을 했다. "저는 당신의 언어를 모르고 질문이 무엇인지 모르지만 아마 내 생명을 구해주신 것 같군요. 감사드립니다."

지도자는 조금은 어리둥절하고 조금은 짜증 나는 표정이 되더니 이번에는 다른 것을 요구했다. 프로스트 교수는 다른 질문일 거라고 생각했지만 확신할 수는 없었다. 결론이 나지를 않았다. 그는 이 언어의 난이도가 거의 참을 수 없을 지경이라는 것을 깨달았다. 극복하려면 며칠, 몇 주일, 몇 달이 걸릴 수도 있었다. 그동안 이 사람들은 전쟁을 하느라 바쁠 테고, 이 쓸모 없고 종잡을 수도 없는 낯선 이를 위해 시간을 내줄 여유는 없을 것이었다.

그는 지표로 내쫓기기는 싫었다.

'너무나 짜증 나. 바보스러울 정도로 짜증 나 죽겠군!' 그는 생각했다. 아마 로버트와 헬렌은 이 근처 어딘가에 있겠지만 그가 늙어 죽을 때까지 못 찾을 수도 있었다. 이 행성의 어디 다른 곳에 있을지도 몰랐다. 미국인이 티베트에 떨어졌는데 통역사가 남미에 있다면 어떻게 의사소통을 해야 할까? 어딘지도 모르는 곳인데? 어떻게 티베트인에게 통역사가 존재한다는 사실을 알릴 수나 있을까? 성가신 일이었다!

그래도 시도는 해봐야 했다. 로버트의 이곳 이름이 뭐였지? 이곤, 아니 이고르였다. 그거다, 이고르.

"이고르." 그가 말했다.

지도자가 고개를 까딱했다. "이고르?" 그녀가 말하자 프로스트 교수는 열심히 고개를 끄덕였다. "이고르."

그녀는 뒤로 돌더니 외쳤다. "이고르!" 그녀가 내는 '르' 발음은 로버트가 냈던 것과 마찬가지로 후두음이었다. 한 남자가 나왔다. 교수는 그를 고대하며 바라봤지만, 나머지 사람들과 마찬가지로 모르는 자였다. 지도자는 그자를 가리키며 말했다. "이고르."

프로스트 교수는 일이 더 복잡하게 됐다고 생각했다. 아마 이고르는 이곳에서 꽤 흔한 이름인 모양이었다. 너무나 흔한 이름. 그러다 갑자기 좋은 생각이 떠올랐다.

만약 로버트와 헬렌이 이곳에 도착했다면, 그들이 그토록 필요로 했던 소지품 때문에 유명해졌을지도 몰랐다. "이고르." 그리고 이어 말했다. "헬렌 피셔."

지도자는 즉시 알아들더니 얼굴이 밝아졌다. "엘렌 퓌셔?"

그가 반복해서 말했다. "맞아요, 맞아…. 헬렌 피셔."

그녀는 조용히 입을 다물더니 생각을 했다. 이 말이 그녀에게 무언가 의미가 있는 것은 확실했다. 그녀가 손뼉을 치고는 명령조로 말했다. 두 명의 남자가 앞으로 나섰다. 그녀는 잠시 빠른 말로 뭐라고 했다.

두 사람은 프로스트 교수에게 다가와서 한쪽씩 팔을 잡았다. 그들은 그를 어딘가로 데려가기 시작했다. 교수는 잠시 움츠러들었지만 어깨너머로 말했다. "헬렌 피셔?"

"엘렌 퓌셔!" 지도자가 확인시켜줬다. 그는 그것으로 만족해야 했다.

*

대략 2시간이 지났다. 푸대접을 하거나 하지는 않았고 지금 있는 곳도 편안한 곳이었지만 감옥이나 마찬가지였다. 적어도 방문은 잠겨 있었다. 아마 그가 무언가 잘못된 것을 말했든지, 아니면 뱉은 말 중에 단순한 이름인데도 여기서는 전혀 다른 말로 해석될 수 있는 음절이 있었을지도 몰랐다.

그가 있는 방에는 거의 아무것도 없었고 벽 조명만이 은은하게 빛났다. 이 조명은 이 지하 세계 어디를 가나 만날 수 있었다. 이곳이 지긋지긋해지고 소란이라도 피워야 하나 생각할 즈음에 문에서 인기척이 났다.

문이 열렸고 엄숙한 중년의 얼굴에 웃음을 띤 지도자가 나타났다. 그녀는 자신의 언어로 말을 하더니 뒤에 덧붙였다. "이고르… 엘렌 퓌셔."

교수는 그녀를 따라갔다.

그는 빛이 나는 복도를 지났고 사람으로 붐비는 광장에서는 호기심 어린 눈초리에 둘러싸였다. 엘리베이터인 줄 모르고 있다가 갑자기 내려가기 시작하는 바람에 놀라기도 했다. 그 뒤엔 캡슐 같은 차량에 탑승했다. 문이 밀폐된 후 갑작스러운 가속을 통해 어딘가로 아주 빠르게 가고 있다는 것을 알 수 있었고 곧 가속이 멈추는 것도 느꼈다. 물을 방법이 없었으므로 말이 안 통하는 안내를 계속 따랐다. 동반자들의 태도가 거칠긴 했어도 악의가 있는 것은 아니라는 것을 알고는 긴장을 풀고 이 순간을 즐겼다. 그들의 태도가 거친 것은 명령하는 데 익숙하고 일상적인 친밀함을 권유하는 관습이 없기 때문인 것 같았다.

마침내 다다른 문을 그녀가 열고 안으로 들어섰다. 프로스트 교수는 따라 들어가다가 갑자기 나타난 자가 달려들어서 양팔로 껴안는 바람에 넘어질 뻔했다. "교수님! 프로스트 교수님!"

헬렌 피셔였다. 헬렌은 이곳의 남녀가 모두 입는 의상을 입고 있었다. 그녀 뒤에는 로버트, 아니 노움 모습인 이고르가 활짝 웃는 얼굴로 서 있었다.

교수는 조용히 헬렌의 팔을 풀었다. "이런." 얼떨떨하게 말했다. "여기서 이렇게 만나게 될 줄은 상상도 못 했네."

"저야말로 교수님이랑 이렇게 만나게 될 줄은 상상도 못했다고요." 그녀가 반박했다. "교수님, 왜 우세요!"

"아, 아니, 아무 일도 아니야." 그는 다급히 말하고는 로버트를 바라봤다. "자네도 만나서 정말 반갑네, 로버트."

"저도 마찬가지입니다, 교수님." 로버트도 같은 생각이었다.

지도자가 로버트에게 무어라 말했다. 그는 그들의 언어로 뭔가 빠르게 대답했고 프로스트 교수를 돌아봤다. "교수님, 이쪽은 제 누님인 마그리, 악툰 마그리입니다. 대충 마그리 소령 정도 되겠네요."

"매우 친절하게 대해주셨다네." 프로스트 교수는 말을 하고는 그녀에게 고개 숙여 절을 하며 소개받았다는 것을 확인시켜줬다. 마그리는 허리춤에서 손뼉을 두드렸고 무표정하게 고개를 숙였다.

"누님이 동등하다는 의미의 경례를 했습니다." 로버트, 아니 이고르가 설명했다. "제가 교수라는 호칭을 최대한 잘 번역하려고 했는데, 누님은 그녀와 같은 계급이라고 인식한 것 같아요."

"이제 어째야 하지?"

"똑같이 따라 하세요."

프로스트 교수는 어색하게 동작을 따라 했다.

*

프로스트 교수는 제자들에게 '지금'까지, 비록 이제 다른 시간 축에 있었으므로 '지금'이란 말은 적절치 않았지만, 일어난 일에 대해 말했다. 그가 경찰 때문에 겪은 곤경을 듣고는 헬렌이 경악하며 소리를 질렀다. "그런 일을 당하시다니! 정말 끔찍한 자들이네요!"

"아, 그렇게 말하기도 어렵지." 프로스트 교수가 반박했다. "그들이 알고 있는 한 그것이 이성적인 결론이었으니까. 하지만 다시 돌아갈 수는 없을 것 같네."

"그러실 필요 없어요." 이고르가 안심시켜줬다. "여기 계시겠다면 대환영입니다."

"아마 전쟁 일을 도울 수 있겠지."

"아마도요. 하지만 이미 누구보다 더 큰 도움을 주셨어요. 지금 우리가 작업 중이에요." 이고르는 팔로 방 전체를 가리켰다.

이고르는 전투 임무에서 벗어나 지구 기술을 응용하기 위해 내근직으로 배정되었다. 헬렌은 그를 돕고 있었다. "누님 말고는 제 얘기를 믿어주는 사람이 없었죠." 그도 인정했다. "하지만 이 일이 얼마나 중요한지 깨닫도록 사람들을 설득할 수 있었어요. 그래서 제 마음대로 쓸 수 있는 일손을 얻었고 사람들은 우리가 만들어낼 것을 기다리고 있습니다. 지금 제트 전투기와 공격용 로켓을 만들게 시켰습니다."

프로스트 교수는 놀랐다. 어떻게 그렇게 빨리 만들 수 있었을까? 이곳은 시간의 속도가 다른가? 헬렌과 이고르가 건너가고 이 시간 축에서는 벌써 몇 주나 지난 걸까?

그는 아니라는 대답을 들었다. 이고르의 민족은 지구의 기술은 없지만 제작 생산 기술은 지구보다 훨씬 앞서 있다고 했다. 그들은 평범한 생산 설비 한 가지로 무엇이든 만들어낼 수 있었다. 이고르는 청사진보다 더 우수한 형태의 설계도를 그 기계에 입력했다. 아주 정밀하게 만든 축소 모형이었다. 기계는 혼자 재구성을 마친 뒤 가공품을 생산했다. 이러한 방식을 통해 플라스틱으로 만든 전투기 동체가 통째로 한 번에 제작되었다.

"우리는 이 동체를 정지 광선과 로켓으로 무장시킬 겁니다." 이고르가 말했다. "얼려버린 다음 통제가 불가능한 상태에 있을 때 그 망할 것을 쏴버리는 거죠."

대화를 나누는 몇 분 동안 프로스트 교수 눈에 이고르가 점점 안절부절못하는 것이 보였다. 이유를 추측해보고는 잠시 물러나겠다고 했다. 이고르는 그 기회를 놓치지 않았다. "잠시 후에 뵐게요." 그는 안심하는 듯했다. "교수님을 위해 숙소를 하나 파내야겠군요. 지금 모두 바쁘거든요. 전쟁 일이란 게 그렇죠. 물론 이해하시겠지만요."

그날 밤, 프로스트 교수는 이 두 젊은 친구와 그 친구들의 싸움을 어떻게 도와야 할지 계획을 짜다가 잠들었다.

*

하지만 일이 그렇게 돌아가지는 않았다. 그가 받은 교육은 실용적이기보다는 학술적이었고, 이고르와 헬렌이 가져왔던 참고서적들은 거의 그리스어처럼 보일 지경이었다. 더 최악인 것은 그가 그리스어를 알고 있다는 점이었다. 이고르가 프로스트 교수를 필요한 요원이며 가치를 따질 수 없는 신무기를 준 행성에서 온 사람이라고 보증해줬기 때문에 그는 모든 명예와 편안한 생활을 보장받았다. 그러나 곧 자신이 손을 써야 하는 작업에서 쓸모가 없다는 것을 깨달았고, 심지어 통역사에도 적합하지 않았다.

그는 해롭진 않지만 성가신, 연금생활자 같은 존재였고 그 자신도 그 사실을 알고 있었다.

그리고 지하 생활도 짜증이 나기 시작했다. 꺼지지 않는 빛도 성가시게 느껴졌다. 그는 방사능에 대한 무지에서 비롯된 비이성적인 공포를 느끼고 있었는데 이고르가 안전하다고 말해줬음에도 공포를 쉽게 떨쳐버릴 수가 없었다. 전쟁도 그를 우울하게 만들었다. 그는 기질상 전쟁의 긴장 속에서 견디고 살 만할 사람이 아니었다. 전쟁 활동에 도움을 줄 수 없다는 무력감, 동료의식의 부재 그리고 무료함까지 겹쳐 막연한 불안감만 가중되었다.

하루는 이고르와 헬렌의 작업실로 들어가며 너무 바쁘지만 않으면 잡담이나 하려고 했다. 그러나 그들은 바빴다. 이고르는 위아래로 서성거렸고 헬렌은 걱정스러운 눈으로 그를 바라보고 있었다.

교수가 헛기침했다. "어, 무슨 일 있나?"

이고르가 고개를 끄덕이고는 말했다. "조금 일이 있었습니다." 그렇게 말하고는 다시 몰두하고 있던 생각으로 돌아가버렸다.

"이런 일이에요." 헬렌이 말했다. "신무기가 있는데도 여전히 불리해요. 이고르는 다음에 무엇을 해야 할지 생각하고 있는 거고요."

"아, 알겠네. 미안하구먼." 교수는 나가려고 했다.

"가지 마세요. 앉으세요."

교수는 그대로 한 후 머릿속에서 지금의 상황을 곱씹었다. 짜증 나는 일이었다. 정말 짜증 나는 일이었다!

"아무래도 난 별로 도움이 되지 못할 것 같네." 교수는 결국 헬렌에게 말했다. "하워드 젠킨스가 여기 있으면 좋았을 텐데."

"그건 별로 문제가 되지 않는 것 같아요. 현대 지구 공학의 정수가 담긴 책들이 있잖아요."

"내 말은 그게 아닐세. 하워드가 간 곳에서는 하워드 그 자신이 쓸모있을 거라는 얘기였어. 그들에겐 블래스터라고 불리는 미래 장치가 있더군. 내 생각에 매우 강력한 무기인 듯했네."

이고르는 이 얘기를 엿듣다가 돌아보았다. "어떤 거였죠? 어떻게 작동하는 거였습니까?"

"글쎄." 프로스트 교수가 말했다 "난 잘 모르겠군. 자네도 알다시피 난 그런 것에 대해서 잘 모르니 말일세. 일종의 분해 광선인 것 같더군."

"그려주실 수 있겠습니까? 생각해보세요. 생각을요!"

프로스트 교수는 시도해봤다. 그는 곧 멈추더니 말했다. "아무래도 이건 아무 도움도 안 될 것 같군. 잘 기억도 안 나는 데다가 그 내부에 대해서는 전혀 모르니 말이야."

이고르가 한숨을 쉬더니 앉아서 머리를 헝클어뜨렸다.

우울한 침묵이 몇 분이나 지속된 뒤 헬렌이 말했다. "가서 가져오면 안 될까요?"

"어? 어떻게 말인가? 하워드를 어떻게 찾아낸다는 거지?"

"교수님이 찾으실 수 있지 않나요?"

프로스트 교수가 똑바로 앉았다. "나도 모르겠군." 그는 천천히 말했다. "하지만 시도는 해봐야지!"

저곳에 도시가 있었다. 맞았다. 그리고 한 번 통과한 적이 있는 관문도 있었다. 그는 서둘렀다.

*

스타 라이트는 그를 반갑게 맞이했지만 별로 놀란 것 같지는 않았다. 프로스트 교수는 이 꿈꾸는 듯한 여자가 무엇에 놀라기나 할까 하는 의문을 품었다. 하지만 하워드는 그녀에게 없는 의욕을 채워주고도 남았다. 그는 거의 늑막염에 걸릴 정도로 프로스트 교수의 등을 강하게 두드렸다. "집에 잘 오셨습니다, 스승님! 잘 오셨어요! 다시 오실지 잘 몰랐지만 그래도 맞이할 준비는 되어 있었습니다. 언제 오실지 몰랐지만 오로지 스승님을 위한 방을 치워뒀죠. 어떻게 생각하세요? 저희와 같이 사는 거요. 천박한 학교에 돌아간다는 건 말도 안 되잖아요."

프로스트 교수는 고맙다고 말했다. "나는 일 때문에 왔네. 자네 도움이 필요해, 급하게 말이야."

"그러세요? 그랬군요, 말씀만 하세요!"

프로스트 교수가 설명했다. "그러니까 내가 블래스터의 비밀을 가지고 돌아가야 한다는 얘기야. 그들에게 필요해. 반드시 가져야 하네."

"그렇다면 그러셔야죠." 하워드도 동의했다.

잠시 후 문제는 조금 더 복잡하게 되었다. 아무리 노력해도 비밀을 가지고 돌아갈 수 있을 만큼 기술적 지식을 흡수하는 것이 불가능했던 것이다. 교육학적 문제도 있었지만, 무지한 야만인더러 무선 기술을 배우게 한 뒤 무선 기술에 익숙하지 않은 공학자에게 그 야만인이 대형 무선 시설을 만드는 방법을 가르치게끔 시키는 것이나 다름없었다. 그리고 프로스트 교수는 블래스터를 다른 시간의 나라에 가지고 갈 수 있을지 자신이 없었다.

"그렇다면." 하워드가 결국 말했다. "그냥 제가 같이 가야겠군요."

조용히 듣기만 하고 있던 스타 라이트는 처음으로 강렬한 흥미를 보였다. "여보! 그러면 안 돼…."

"그만해." 젠킨스가 단호한 표정으로 말했다. "이건 책임과 의무의 문제야. 상관하지 말아줘."

프로스트 교수는 마치 부부가 의견을 달리하는 대화를 어쩔 수 없이 엿들을 때 느끼는 강한 부끄러움을 느꼈다.

두 사람이 준비를 마치고 프로스트 교수가 하워드의 팔을 잡았다. "내 눈을 보게." 그가 말했다. "전에 어떻게 했는지 기억나나?"

하워드가 떨고 있었다. "기억납니다. 스승님, 절 놓치지 않으실 수 있겠죠?"

“그러길 바라네.” 프로스트 교수가 말했다. “이제 긴장을 풀게.”

그들은 교수가 출발한 방으로 돌아왔다. 주변 상황을 보고 프로스트 교수는 안심했다. 또다시 친구들을 찾으러 행성 반대쪽으로 여행해야 했다면 상당히 어색했을 테니까. 그는 아직도 시간 차원에 공간 차원이 어떻게 들어맞는지 알아내지 못하고 있었다. 언젠가 그 문제를 연구해서 가설을 만든 후 검증해볼 작정이었다.

이고르와 하워드는 사회적 요식행위에 시간을 낭비하지 않았다. 그들은 헬렌이 교수에게 환영인사를 다 끝마치기도 전에 공학 문제에 대해 깊숙하게 토론하기 시작했다.

“여기까지야.” 한참 후, 하워드가 말했다. “이 정도면 전부 되겠군. 내 블래스터를 모형으로 남겨놓을게. 질문 더 있어?”

“아니.” 이고르가 말했다. “이해했어. 그리고 네가 한 모든 말을 녹음해뒀고. 이게 얼마나 큰 의미를 갖는지 알지? 네 덕분에 우리는 이 전쟁에서 이길 수 있을 거야.”

“아마도 그렇겠지.” 하워드가 말했다. “이 작은 기계가 태양계 평화유지의 대들보니까 말이야. 준비되셨나요, 교수님? 지금 좀 걱정이 되기 시작해서요.”

“교수님은 안 가시죠?” 헬렌이 소리쳤다. 그건 질문이자 반대 의사였다.

“이 사람을 안내해서 돌아가야 하네.” 프로스트 교수가 말했다.

“맞아.” 하워드도 확인했다. “하지만 우리와 같이 사실 거야. 그렇죠, 스승님?”

“아, 안 돼요!” 이번에도 헬렌이었다.

이고르가 헬렌을 감싸 안았다. “너무 보채지 마. 교수님이 여기서 불행했다는 거 알잖아. 하워드의 집이 더 편하실 거야. 그럴 만한 자격도 있으시고.”

헬렌은 생각을 해보더니 프로스트 교수에 다가와서 어깨에 두 손을 놓고 발끝을 들어 키스했다. “안녕히 가세요, 교수님.” 그녀는 울먹이는 목소리로 말했다. "어쨌든, 오 흐부아(au revoir)!"*

프로스트 교수는 어깨에 걸린 그녀의 손을 토닥였다.

✳

프로스트 교수는 태양 빛 아래에 누워 늙은 뼛속까지 그 빛이 스며들도록 했다. 이곳은 분명히 안락한 곳이었다. 헬렌과 이고르가 조금 보고 싶기도 했지만, 그들은 자신을 그다지 보고 싶어 하지 않을 거라고 생각했다. 그리고 하워드와 스타 라이트와 사는 것이 그와 잘 맞았다. 공식적으로 그는 그들 자녀의 가정교사가 될 예정이었다. 태어나면 얘기지만. 사실 그는 언제나 원했던 것처럼 게으르고 아무 짝에 쓸모없어진 채로 시간만이 잔뜩 남아돌게 되었다. 시간… 시간.

그는 딱 한 가지 알고 싶은 것이 있었다. 이조스키 경사가 고개를 들어 경찰차 안이 비어 있는 걸 봤을 때 뭐라고 했을까? 아마 불가능한 일이라 생각했을 텐데.

상관없었다. 그는 그런 걸 신경 쓰기에는 너무 게으르고 졸렸다. 점심 전에 낮잠 잘 시간은 충분히 있었다.

충분한 시간이….

* 프랑스어로 '다시 만날 때까지 안녕히'라는 뜻이다.

자신의 구두끈을 당겨서

By His Bootstraps

배지훈 옮김

✦ 1941년 10월 〈어스타운딩 사이언스 픽션(Astounding Science Fiction)〉에
앤슨 맥도날드라는 필명으로 발표

밥 윌슨은 원이 커지는 것을 보지 못했다.

말이 나와서 말인데, 낯선 이가 원에서 나와 윌슨의 뒤쪽에서 그를 바라보는 것도 보지 못했다. 낯선 이는 강력하고 생소한 감정상태 때문인지 숨을 몰아쉬고 있었다.

윌슨은 자기 방에 다른 누군가가 있을 거라고 의심할 이유가 없었고, 그 반대로 아무도 없을 거라고 생각할 이유는 많았다. 그는 한 번에 몰아서 졸업 논문을 완성하겠다는 목적으로 이 방 안에 자신을 가둬두고 있었다. 제출일이 내일인데 어제까지 논문의 제목만이 정해져 있었으니 그럴 수밖에 없었다. 〈형이상학의 엄격한 수학적 측면에 대한 조사〉.

52개비의 담배, 커피 네 주전자 그리고 13시간 동안의 지속적인 작업을 거쳐 제목 아래에 7천 단어 길이의 글을 추가할 수 있었다. 논문의 타당성에 대해서는 지금 너무 피곤해서 신경 쓸 계제가 아니었다. 해치우자, 그것만 생각하고 있었다. 해치우자. 제출하고, 독한 술 석 잔을 비운 후 1주일 동안 자는 거다.

그는 눈을 들어 옷장 문을 보며 쉬었다. 그 문 뒤에는 거의 마시지 않고 쟁여둔 진 한 병이 있었다. '안 돼.' 그는 자신을 타일렀다. 한 잔이라도 마시면 논문은 절대 끝마치지 못할 거야.

뒤에 있는 낯선 자는 아무 말도 하지 않았다.

윌슨은 타자를 계속했다. "…상상할 수 있는 명제가 꼭 가능한 명제라고 가정하는 것이 정당하다는 뜻은 아니며, 특히 그 명제를 정확하게 설명하는 수학을 공식화하는 것이 가능하더라도 그러하다. 여기서 요점은 '시간 여행'의 개념이다. 시간 여행을 상상할 수 있으며 이 상상이 필요하다는 것은 모든 종류의 시간 이론 아래에서 각 이론의 역설을 해결할 수 있는 공식을 도출해낼 수 있다는 의미이다. 그럼에도 불구하고 우리는 시간의 본성에 대해서 경험적으로 몇몇 사실에 대해 알고 있으며 이를 이용해 상상할 수 있는 명제의 가능성을 미리 배제할 수 있을 것이다. 시간 경과는 의식의 행위이며 물질의 행위가 아니다. 이것은 물자체(物自體)가 아닌 것이다. 그러므로…."*

타자기의 키가 걸렸고 그 위에 세 개가 더 겹쳤다. 윌슨은 자그맣게 욕을 하고는 손을 뻗어서 말 안 듣는 기계를 고치려고 했다. "쓸데없는 짓이야." 그는 목소리를 들었다. "어차피 다 말도 안 되는 헛소리잖아."

윌슨이 반사적으로 일어나서는 천천히 고개를 돌렸다. 뒤에 누군가가 서 있기를 절실하게 바라고 있었다. 아니라면….

윌슨은 낯선 이를 보고 안심했다. "하느님 감사합니다." 그는 혼잣말했다. "잠시지만 내가 미친 줄 알았잖아." 안심은 극심한 짜증으로 변했다. "그런데 당신 대체 내 방에서 뭐 하는 거야?" 윌슨은 설명을 요구했다. 그러고는 의자를 밀치고 일어나 문으로 성큼성큼 걸어갔다. 여전히 잠겨 있었고 빗장도 안쪽에서 걸려 있었다.

창문도 아니었다, 창문은 책상과 붙어 있는 데다 붐비는 거리 위로 3층 높이나 되었다. "대체 어떻게 들어온 거야?" 윌슨이 말했다.

* 물자체는 칸트 철학에서 감각의 사용과 독립된 사물, 사건을 의미한다.

“저걸 통해서.” 낯선 이가 대답하면서 엄지로 원을 가리켰다. 윌슨은 원의 존재를 그제야 알아챘고 눈을 깜빡거린 후 다시 보았다. 원은 두 사람과 벽 사이에 떠 있었다. 그건 커다란 무(無)의 원판으로 눈을 꽉 감으면 보이는 색을 띠고 있었다.

윌슨은 세차게 고개를 저었다. 원은 계속 그 자리에 있었다. ‘맙소사.’ 그는 생각했다. ‘내 말이 처음으로 맞았잖아. 내가 언제 돌아버렸지?’ 그는 원판에 다가가서 손으로 건드리려고 했다.

“하지 마!” 낯선 이가 날카롭게 막았다.

“왜?” 윌슨이 신경질적으로 물었지만, 일단 멈췄다.

“설명해주지. 하지만 먼저 한잔하자.” 그자는 옷장으로 곧바로 걸어가서 문을 열더니 손을 집어넣어서 보지도 않고 진 병을 꺼냈다.

✳

“이봐!” 윌슨이 소리쳤다. “대체 무슨 짓이야? 그건 내 술이야.”

“네 술….” 낯선 이는 잠시 말을 멈췄다. “미안해. 내가 한 잔 마셔도 괜찮겠지?”

“괜찮아.” 밥 윌슨은 무뚝뚝한 목소리로 양보했다. “나도 한 잔 따라줘.”

“알았어.” 낯선 이가 말했다. “그러고 나면 내가 설명해주지.”

“잘 설명해야 할 거야.” 윌슨이 음산한 말투로 말했다. 어찌 되었든 자기 술을 마시고 낯선 이를 바라보았다.

낯선 이는 그가 보기에 자신과 같은 덩치에 비슷한 나이로 보였다. 더 나이 들어 보인다고도 느꼈는데 사흘은 안 깎은 것 같은 수염 때문에 그런 인상을 받았는지도 몰랐다. 낯선 이는 검은색 눈동자를 가지고 있었고 자른 지 얼마 안 된 머리칼에 윗입술은 심하게 부어 있었다. 윌슨은 그의 얼굴이 마음에 들지 않았다. 그래도 어딘가 익숙한 얼굴이었다. 다른 상황에서 많이 만났을 것 같은 얼굴이라 누군지 알아볼 수 있어야 할 것 같은 느낌이 들었다.

"당신 누구야?" 윌슨이 물었다.

"나?" 손님이 말했다. "나를 못 알아보겠어?"

"잘 모르겠는데." 윌슨이 인정했다. "언제 만난 적 있나?"

"글쎄… 정확히 말하자면 그렇지는 않아." 낯선 이는 잠시 조용히 있었다. "건너뛰자. 어차피 넌 이해하지 못할 거야."

"당신 이름은 뭐야?"

"내 이름? 어…. 그냥 조라고 불러."

윌슨은 자기 잔을 내려놓았다. "좋아, 조 아무개 씨. 이제부터 빨리 설명을 늘어놔 봐. 빨리 말이야."

"그럴게." 조도 동의했다. "내가 여기 올 때 통과한 저것 말인데." 그는 원을 가리켰다. "저게 시간 관문이야."

"뭐라고?"

"시간 관문. 저 관문 양쪽으로 서로 다른 시간이 흐르고 있어. 거의 수천 년 차이가 나지만 말이야. 몇천 년인지는 나도 잘 모르겠군. 하지만 저 관문은 지금부터 2시간 정도 열려 있을 거야. 저 원에 들어서는 것만으로 미래를 향해 걸어갈 수 있는 거지." 낯선 이가 말을 멈췄다.

윌슨은 책상을 두드렸다. "계속해. 들어줄 테니까. 재밌는 얘기군."

"날 믿지 못하겠어? 보여주지." 조가 일어나더니 옷장으로 가서 윌슨의 모자, 그의 유일한 모자이자 비싸게 샀지만 학부와 대학원 생활 6년 동안 잘못 다룬 탓에 예전의 모습을 잃어버린 그 모자를 꺼냈다. 조는 모자를 거의 잘 보이지도 않는 원판을 향해 내던졌다.

모자는 표면과 닿더니 아무 저항 없이 들어가 시야에서 사라졌다.

윌슨이 일어나 원 주위를 돌면서 바닥을 자세하게 살폈다. "멋진 속임수군." 그도 인정했다. "이제 다시 돌려주면 고맙겠는데."

낯선 이는 고개를 저으며 말했다. "네가 이걸 통해서 가면 직접 가져올 수 있어."

"뭐?"

"그래 맞아. 들어봐…." 조는 시간 관문에 대한 설명을 잠시 반복했다. 그는 월슨이 천 년에 한 번 오는 기회를 잡게 된 것이라고 주장했고, 서둘러서 저 원으로 들어가야만 한다고 말했다. 더 나아가 지금 당장은 자세히 설명할 수 없지만, 월슨이 원을 통과하는 게 아주 중요한 일이라고도 말했다.

*

월슨은 두 번째 잔을 비우고는 세 번째 잔을 따랐다. 기분이 좋아지고 논쟁을 걸고 싶은 기분이 드는 참이었다. "왜?" 그가 심드렁하게 말했다.

조는 성난 표정이었다. "제길, 저기 들어서기만 하면 설명 같은 것은 필요도 없을 거야. 하지만…." 조의 말에 의하면 반대편에는 월슨의 도움을 필요로 하는 나이든 남자가 있었다. 월슨의 도움으로 셋이서 나라를 다스릴 수 있다고 조는 말했다. 어떤 도움이 필요한 것인지 조는 자세하게 설명하려 하지도 않았고 할 수도 없었다. 대신 귀중한 모험을 하게 될 유일무이한 가능성이라는 것을 강조했다. "어느 시골 대학에서 돌대가리들에게 수업이나 하면서 노예로 살고 싶은 건 아니잖아." 그가 주장했다. "이번이 기회야. 잡으라고!"

월슨도 박사학위를 받고 강사가 되는 것이 자신의 존재 이유가 되지는 못한다는 것을 인정했다. 그래도 먹고살 수 있는 직장은 될 것이었다. 그는 진 술병을 바라보았다. 개탄스럽게도 이미 술 양이 줄어 있었다. 그걸로 설명이 됐다. 월슨은 비틀거리며 일어났다.

"아니, 친애하는 동료 양반." 월슨이 말했다. "난 당신의 저 회전목마에 올라타지 않을 거야. 왜인지 알아?"

"왜지?"

"난 취했거든. 그게 이유야. 당신은 지금 그 자리에 존재하지도 않는 거야. 저것도 저기 없고." 월슨은 원을 그리는 동작을 했다. "이곳에는 나밖에 없어. 그리고 취했지. 일을 너무 열심히 했어." 그는 사과하듯 말을 덧붙였다. "이제 침대로 갈래."

"넌 안 취했어."

"난 확실히 취했어. 간장 공장 공장장은 강 공장장이고 된장 공장 공장장은 공 공장장이다." 그는 침대 쪽으로 다가갔다.

조가 윌슨의 팔을 잡으며 말했다. "그러면 안 된다니까."

"그 손 떼!"

둘 다 뒤를 돌아보았다. 두 사람 앞에 세 번째 남자가 원 바로 앞에 서 있었다. 윌슨은 새로 온 사람을 보고는 다시 조를 보더니 눈을 깜빡거리면서 눈의 초점을 맞추려고 했다. 그는 두 사람이 매우 닮았다고 생각했다. 거의 형제라고 해도 될 정도였다. 아니면 사물을 이중으로 보고 있는 것일지도 몰랐다. 진은 안 좋은 술이었다. 예전에 럼으로 주종을 갈아탔어야 했는데. 럼은 좋은 술이다. 마실 수도 있고 아예 목욕을 할 수도 있다. 아니, 그건 진 얘기 아닌가… 아니다, 조 얘기였다.

어떻게 이렇게 바보 같을 수가! 조는 눈에 멍이 든 자였다. 어떻게 헷갈릴 수가 있는지 궁금할 정도였다.

그런데 대체 또 다른 얼간이는 누구란 말인가? 두 친구가 방해 안 받고 술을 마실 수도 없나?

"당신은 누구요?" 윌슨은 조용한 위엄을 보이며 말했다.

새로 온 자는 고개를 돌리더니 조를 바라보았다. "저 사람은 나를 알지." 그는 의미심장하게 말했다.

조는 새로 온 자를 천천히 바라보았다. "맞아." 조가 말했다. "맞아, 알 것도 같군. 하지만 당신이 여기는 왜 왔어? 그리고 왜 계획을 망치려는 거지?"

"길고 복잡한 설명 따위 할 시간이 없어. 너도 인정하겠지만 내가 너보다 더 많은 것을 알고 있고 고로 나의 판단이 네 판단보다 나아. 저자는 관문을 통과하면 안 돼."

"난 아무것도 인정 안 했…."

전화가 울렸다.

"받아!" 새로 온 자가 내뱉듯 말했다.

*

윌슨은 단호한 말투로 반박하려고 했지만 하지 않기로 했다. 그는 울리는 전화를 무시할 수 있을 만큼 침착한 사람이 아니었다. "여보세요?"

"여보세요." 전화 속 남자가 말했다. "밥 윌슨인가요?"

"네, 누구시죠?"

"그건 됐습니다. 그냥 거기 당신이 있나 해서 걸었습니다. 거기 있을 거라고 생각했죠. 당신은 제대로 제자리에 있군요. 딱 제자리에 있어."

윌슨은 낄낄대는 소리를 들었고 전화는 곧 딸깍하고 끊겼다. "여보세요." 그가 말했다. "여보세요!" 그는 전화기의 훅 스위치를 몇 번 두드려 보고는 끊었다.

"뭐였어?" 조가 물었다.

"아무것도 아니었어. 어떤 미친놈이 장난 전화 걸었나 봐." 전화가 다시 울렸다. 윌슨이 말했다. "또 그놈인가 보군." 그는 수화기를 들었다. "잘 들어, 이 새대가리 유인원 놈아! 나 바쁜 사람이야, 그리고 이건 공중전화가 아니라고."

"왜 그래, 윌슨!" 상처받은 여성의 목소리였다.

"어? 오, 당신이었군, 주느비에브. 미안해, 사과할게…."

"당연히 그래야지!"

"이해 못 할 거야. 장난 전화가 걸려왔었는데 그놈인 줄 알았어. 내가 자기한테 그런 말투를 쓸 리 없다는 거 알잖아."

"글쎄, 그럴 리가 없겠지. 특히 오늘 오후에 나에게 한 말이 있으니까. 우리가 서로에게 얼마나 소중한지 말이야."

"응? 오늘 오후? 방금 오늘 오후라고 했어?"

"물론이지. 하지만 지금 전화를 건 이유는 이거야. 당신이 모자를 내 아파트에 두고 갔어. 당신이 떠나고 몇 분 후에 발견했고 전화를 해서 어디 있는지 말해줘야겠다고 생각했어. 어쨌든….” 그녀는 수줍게 말했다. “당신 목소리를 다시 들을 수 있는 핑계도 되고.”

“물론이지. 좋아.” 윌슨이 기계적으로 말했다. “자기야, 난 지금 좀 헷갈려서 말인데. 오늘 온종일 성가신 일이 있었고 지금도 진행 중이야. 오늘 밤에 찾아가서 일을 정리하자. 하지만 내가 자기 아파트에 모자를 두고 나왔을 리가 없는데….”

“당신 모자잖아, 바보!”

“응? 오, 물론이지! 어쨌든, 오늘 밤 만나. 안녕.” 그는 서둘러 전화를 끊었다. ‘맙소사.’ 생각했다. ‘저 여자는 문제가 될 것 같네.’ 헛것을 보다니. 윌슨은 두 명의 동반자를 향해 몸을 돌렸다.

“아주 좋았어, 조. 당신이 준비되었다면 난 갈 준비가 됐어.” 윌슨은 언제, 그리고 왜 시간 장치를 통과할 결심을 했는지 잘 알지 못했지만 어쨌든 마음을 정했다. 대체 또 다른 작자는 자기가 누구라고 생각하길래 사람이 선택의 자유를 누리겠다는데 방해하려는 걸까?

“좋았어!” 조가 안심한 듯한 목소리로 말했다. “그냥 걸어 들어가. 그러면 돼.”

“아니, 안 돼!” 이번에는 어디서 나타났는지 알 수 없는 낯선 이였다. 그는 윌슨과 관문 사이를 가로막았다.

윌슨이 마주 봤다. “당신 내 말 잘 들어! 당신은 내가 무슨 등신이라고 생각해서 쳐들어왔는지 모르겠는데. 당신 마음에 안 들면 호수에라도 뛰어들라고, 나는 내 마음대로 할 테니까! 덤빌 테면 덤벼!”

낯선 자는 손을 뻗어서 윌슨의 멱살을 잡으려 했다. 윌슨은 주먹을 날렸지만 신통치 않았다. 소포 배달 속도만도 못한 주먹이었다. 낯선 이는 몸을 숙여 피하고는 윌슨의 입에 주먹을 날렸다. 제대로 강하게 말이다. 조는 윌슨을 도우려고 급히 다가왔다. 그들은 마구잡이로 주먹을 교환했고 윌슨도 의욕 있게 같이 참가했지만 별로 효율적이진 않았다. 윌슨이 날린 주먹이 유일하게 닿은 대상은 이론적 아군인 조였다. 원래 노린 건 세 번째 남자였지만 말이다.

낯선 자는 바로 이 실수를 이용해서 깨끗한 왼쪽 잽을 윌슨의 얼굴에 갈겼다. 턱 끝에서 몇 센티미터 위쪽에 맞았지만, 어안이 벙벙해진 윌슨이 모든 행동을 멈추기에는 충분한 일격이었다.

*

윌슨은 천천히 주위를 인식할 수 있게 되었다. 그는 약간 기울어져 있는 바닥에 앉아 있었다. 누군가가 고개를 숙여 내려다보고 있었다. "괜찮나?" 그 사람이 말했다.

"아마도요." 윌슨은 어색한 발음으로 말했다. 입안이 아팠고 손을 갖다 대자 피가 묻어나왔다. "머리가 아프군요."

"그럴 거라고 생각했네. 통과할 때 거꾸로 떨어졌으니 말이야. 착지할 때 머리로 한 것 같군."

윌슨의 의식은 돌아왔지만 여전히 혼란스러웠다. 통과? 구원자를 더 자세히 바라보았다. 그는 백발이 성성한 중년 남자로 짧고 깔끔하게 정돈된 수염을 하고 있었다. 윌슨의 눈에는 자주색 실내용 파자마를 입고 있는 것으로 보였다.

하지만 지금 있는 방은 그보다도 더 신경이 쓰였다. 방은 둥근 모양이었는데 천장이 아주 미묘하게 아치형을 그리고 있어서 얼마나 높은지 알기 힘들었다. 어디서 오는지 알 수 없었지만 밝은 빛이 방 안을 계속 비추고 있었다. 방 건너편에 보이는 높은 연단이나 교단 같은 물체를 제외하고는 가구도 없었다. "통과라고요? 뭘 통과했다는 거죠?"

"관문이지, 물론." 남자의 말투에서 어쩐지 이상한 느낌이 들었다. 남자에게 익숙한 언어가 영어가 아니라는 느낌이 든 것을 제외하면 무엇인지 딱 집어낼 수는 없었다.

윌슨이 그 사람의 시선을 따라서 어깨 뒤쪽을 보자 원이 눈에 들어왔다. 그걸 보자 두통이 더욱 심해졌다. '오, 맙소사.' 윌슨이 생각했다. '이제 완전히 미쳤나 보군. 왜 깨질 않는 거지?' 그는 정신을 차리려고 머리를 흔들었다.

소용없었다. 환상이 전혀 떨쳐지지 않았다. 그리고 원은 그 자리에 그대로 공중에 매달린 채로 있었다. 깊이가 없는 원은 무정형의 색과 모양을 띤 채 아무것도 비추지 않았다. "제가 저걸 통과한 건가요?"

"맞아."

"여기가 어딥니까?"

"노르칼 왕궁의 관문실이지. 하지만 중요한 것은 장소가 아니라 시간일세. 자네는 지금 3만 년 정도 미래에 와 있네."

'이제 내가 미친 게 확실해졌군.' 윌슨이 생각했다. 그는 비틀거리며 일어나서는 관문 쪽으로 향했다.

노인이 어깨에 손을 갖다 댔다. "어디에 가나?"

"돌아가야죠!"

"아직 안 되네. 돌아가게 될 거야. 내 약속하지. 하지만 먼저 상처부터 치료하세. 그리고 쉬는 게 좋겠어. 자네에게 해야 할 설명도 있고, 돌아갈 때 나 대신 해줄 심부름도 있네. 서로 돕자는 거지. 위대한 미래가 나와 자네를 기다리고 있다네, 젊은이. 위대한 미래 말이야!"

윌슨은 확신하지 못한 채 멈췄다. 노인의 주장이 막연히 불안하게 느껴졌다. "뭔가 마음에 안 드는데요."

그를 바라보는 노인의 눈이 가늘어졌다. "가기 전에 한잔하지 않겠나?"

윌슨은 물론 그러고 싶었다. 지금 이 순간 독한 술이야말로 지구 전체에서, 아니 시간 전체에서 가장 바라는 것이었다. "좋습니다."

"같이 가세." 노인이 벽에 있는 구조체 뒤로 데려가서 문을 통해 복도로 나갔다. 노인은 성큼성큼 걸어갔고 윌슨은 따라가기 바빴다.

"그나저나." 윌슨이 긴 복도를 지나는 도중 노인에게 물었다. "당신 이름은 뭐죠?"

"내 이름? 딕터라고 부르게. 다들 그렇게 부르지."

"좋아요, 딕터. 내 이름을 알고 싶어요?"

"자네 이름?" 딕터가 낄낄거렸다. "자네 이름은 알고 있지. 밥 윌슨이 잖나."

"네? 오… 조한테 들은 모양이군요."

"조? 그런 사람은 모르는데."

"모른다고요? 그자는 당신을 알던데요. 당신이 내가 만나야 할 사람이 아닐지 모르겠군요."

"하지만 내가 바로 그 사람이야. 난 자네를 기다리고 있었어. 뭐, 그렇게 말할 수 있겠지. 조라… 아, 조!" 딕터가 낄낄거리며 웃었다. "잠시 깜빡했었군. 그가 자기를 조라고 부르라고 했지?"

"그게 그의 이름 아닌가요?"

"다른 이름이든 뭐든 상관없지. 다 왔네." 딕터는 윌슨을 작지만 환한 방으로 안내했다. 가구 비슷한 것도 보이지 않았지만, 바닥은 마치 살갗처럼 부드럽고 따스했다. "앉게. 금방 오겠네."

윌슨은 앉을 의자를 찾다가 딕터에게 의자를 달라고 하려고 했다. 하지만 딕터는 가고 없었다. 더구나 들어온 문도 사라지고 없었다. 윌슨은 편안한 바닥에 앉아 걱정을 하지 않으려고 애썼다.

딕터는 금방 돌아왔다. 윌슨은 팽창하듯 생긴 문을 통해 그가 들어오는 것을 봤지만 어떻게 작동하는 것인지는 알아내지 못했다. 딕터는 거품이 올라오는 물병과 컵 하나를 가져왔다. "건배." 그는 활기차게 말하고는 한 잔 가득 따랐다. "마시게."

윌슨이 컵을 받아들었다. "당신은 안 마셔요?"

"이따가. 자네 상처부터 치료해야지."

"알겠습니다." 윌슨은 첫 잔을 거의 꿀사나울 정도로 빨리 들이켰다. 좋은 술이었다. 스카치위스키와 비슷한 느낌이었지만 조금 더 부드러웠고 스카치보다 드라이했다. 그사이에 딕터가 바른 연고는 처음에는 쿡쿡

쓰셨지만, 곧 아픔은 가셨다. "한 잔 더 해도 될까요?"

"알아서 마시게."

두 번째 잔은 천천히 마셨다. 그는 끝까지 마시지 못하고 힘이 풀린 손가락에서 컵을 놓쳤다. 술이 엎질러져 적갈색 얼룩이 바닥에 생겼다. 윌슨은 코를 골기 시작했다.

*

윌슨은 기분 좋게 완전한 휴식을 취하고 일어났다. 이유도 없이 힘이 넘쳤다. 잠시 눈을 감은 채로 편히 누워서 영혼이 육체를 다시 찾아 들어오기를 기다렸다. 좋은 하루가 될 거라는 예감이 들었다. 오, 맞다… 그는 그 망할 학위논문을 끝마쳤다. 아니, 아니잖아! 그는 소스라치며 일어나 앉았다.

주위를 둘러싼 기묘한 벽을 보고 나니 현실로 돌아올 수 있었다. 하지만 걱정이 들기 시작하기 직전에 문이 열리더니 딕터가 걸어들어왔다.

"기분 괜찮나?"

"음, 네. 괜찮습니다. 이게 무슨 일이죠?"

"그 얘기는 잠시 후에 하지. 아침 들겠나?"

윌슨의 가치 척도에서 아침 식사는 인생 그 자체보다 높고 영생의 가능성보다는 낮은 순위를 차지하고 있었다. 딕터는 그를 다른 방으로 안내했다. 처음에는 멋진 창문이 달린 것으로 보였는데, 사실은 방 절반 정도가 탁 트인 발코니였다. 푸르른 시골 지역이 내려다보였다. 부드럽고 따뜻한 여름 산들바람이 이곳을 감돌았다. 그들은 고급스러운 로마식 식사를 했고 그동안 딕터가 이런저런 설명을 했다.

윌슨은 딕터의 설명에 귀를 기울이지 않았다. 음식을 대접하고 있는 시종에게 관심이 쏠렸기 때문이었다. 처음에 시종은 커다란 과일 쟁반을 머리에 이고 나타났다. 과일은 아름다웠다. 시종도 마찬가지로 아름다웠다. 자세히 탐색해봐도 결점이 없었다.

입고 있는 의상도 탐색에 도움을 주었다.

시종은 처음에 딕터에게 가더니 한 번의 우아한 동작으로 무릎 한쪽을 꿇고 머리 위의 쟁반을 내려서 과일을 바쳤다. 딕터는 작고 붉은 과일을 가져가더니 시종에게 손짓했다. 시종은 똑같이 애교 있는 방법으로 윌슨에게도 과일을 권했다.

"내가 말한 대로." 딕터는 말을 이었다. "높은 자들이 어디서 왔는지, 지구를 떠나 어디로 갔는지는 확신할 수 없네. 난 시간 속으로 가버렸다고 생각하고 있지. 어찌 되었든 그들은 2만 년 가까이 지구를 지배했고 자네가 알고 있는 인류 문명을 완전무결하게 파괴했네. 자네와 나에게 중요한 점은 그들이 인간 정신에 남긴 영향일세. 20세기식 수완가라면 이곳에서 하고 싶은 일은 무엇이든 이룰 수 있어…. 듣고 있나?"

"응? 오, 네, 물론이죠. 근데 저 엄청나게 예쁜 여자 말인데요." 윌슨의 눈은 시종이 나간 출구에 아직껏 고정되어 있었다.

"누구? 오, 그래, 그렇겠지. 저 아이는 이 근처에서 특출나게 아름답진 않은 편이야."

"그건 믿을 수가 없군요. 저런 여자랑 사귈 방법을 배워야겠어요."

"마음에 드나? 아주 좋군. 그럼 저 아이는 자네 걸세."

"네?"

"저 아이는 노예야. 분개할 필요는 없네. 만약 좋다면 내가 선물로 주지. 저 아이도 기뻐할 거야." 곧 시종이 돌아왔다. 딕터는 윌슨에게는 낯선 언어로 시종을 불렀다. "이 아이 이름은 아르마야." 윌슨에게 그 말만 하고는 다시 시종과 잠시 대화를 했다.

아르마가 킥킥대며 웃었다. 그러고는 재빨리 얼굴을 추스르더니 윌슨이 드러누워 있는 곳으로 와서 두 무릎을 모두 바닥에 대고 머리를 숙인 후 두 손을 컵 모양으로 만들어 내밀었다. "이마를 만져주게." 딕터가 지시했다.

윌슨은 그대로 했다. 아르마는 일어나서 옆에서 차분하게 기다렸다.

딕터가 아르마에게 무슨 말을 했다. 아르마는 잠시 당황한 표정이었지만 방 밖으로 나갔다. "저 아이의 새 신분에는 맞지 않지만, 자네가 계속 아침 식사를 가져오길 원한다고 전했네."

✶

딕터는 식사가 계속 내어져 오는 가운데 설명을 이어갔다. 다음 요리는 아르마와 또 한 명의 여자가 가져왔다. 윌슨은 두 번째 여자를 보고 작게 휘파람 소리를 냈다. 그는 아르마를 달라고 한 것이 너무 성급한 결정이었음을 깨달았다. 자신의 외모 기준이 엄청나게 올라간 것이든지 아니면 딕터가 자기 시종들을 아주 세심하게 선택했든지 둘 중 하나라고 윌슨은 생각했다.

"…바로 그 이유에서." 딕터가 말했다. "시간 관문을 다시 한 번 통과해줄 필요가 있는 걸세. 첫 번째 할 일은 다른 자를 돌아오게 하는 일이야. 그러고는 다른 할 일도 있지. 그러고 나면 우리는 상당한 이득을 보게 될걸세. 이후에는 자네와 내가 똑같이 나누는 거지. 그리고 나눌 것은 충분히 많을 거야. 내가… 듣고 있나!"

"물론이죠, 대장. 당신이 한 말은 빼놓지 않고 듣고 있다고요." 윌슨은 턱을 만졌다. "여기 면도기 좀 빌릴 수 있을까요? 수염을 깎고 싶은데."

딕터는 두 개의 언어로 조용히 욕을 했다. "저 여자들에게서 눈 좀 떼고 내 말 잘 듣게! 할 일이 있단 말이야."

"물론이죠. 이해해요…. 시키는 대로 한다고요. 언제 시작하죠?" 윌슨은 이미 아까 결심했었다. 사실 아르마가 과일 쟁반을 이고 나타난 직후에 결론지었다. 만약 딕터와 협력해서 이런 꿈이 지속된다면 그렇게 할 것이었다. 학계 경력 따위 개나 주라지!

어쨌든 딕터가 원하는 것은 떠나온 곳으로 돌아가 그곳에서 만날 자가 관문을 통과하도록 설득하는 일이 전부였다. 최악의 일이 일어나봤자 20세기의 자기 자신으로 되돌아가는 일 정도일 것이었다. 잃을 게 뭐가 있겠는가?

딕터가 일어났다. "이제 일을 시작하지." 그리고 이어 말했다. "다시 주의력을 뺏기기 전에 말이야. 따라오게." 그는 윌슨 앞에서 종종걸음으로 걸어갔다.

딕터는 윌슨을 관문의 방에 데려가더니 멈췄다. "자네가 할 일은 저 관문 안으로 들어서는 것뿐이네. 거기서 자네는 자네 방에 도착할 거야. 그자를 설득해서 관문을 통과하도록 하게. 우리는 그가 필요해. 그리고 자네도 돌아오게."

윌슨은 손을 들어서 엄지와 검지를 모았다. "다 된 거나 마찬가집니다, 대장. 해치우죠." 그는 관문 안으로 들어갔다.

"잠깐만!" 딕터가 말했다. "자네는 시간 여행에 익숙지 않지. 통과하게 되면 엄청난 충격을 받게 될 거라고 경고를 해줘야겠군. 또 다른 자 말인데, 자네도 아는 사람일 거야."

"누구죠?"

"지금 설명해도 이해하지 못할 테니 말하지 않겠네. 하지만 보게 되면 알게 될 거야. 이것만 기억하게…. 시간 여행에는 아주 기묘한 역설이 있어. 무슨 일이 있더라도 일을 해내게. 내가 시키는 대로만 하면 다 괜찮을 거야."

"역설은 걱정이 안 됩니다." 윌슨이 자신만만하게 말했다. "그게 다예요? 준비됐어요."

"1분만 주게." 딕터가 연단 쪽으로 걸어갔다. 잠시 후 연단 옆으로 그의 머리가 나타났다. "지금 조종 장치를 맞추고 있네. 됐어. 가게!"

윌슨은 시간 관문으로 알려진 장소를 걸어서 통과했다.

이동하는 중에 무슨 특별한 느낌이 들거나 하지는 않았다. 커튼이 쳐진 문을 통과해서 어두운 방으로 걸어 들어가는 것 같았다. 건너편에서 잠시 멈춘 후 그는 어두워진 조명에 눈을 적응시켰다. 정말로 자기 방에 와 있었다.

자신의 책상에 한 남자가 앉아 있었다. 딕터 말이 맞았다. 관문으로 돌려보내야 할 녀석이 바로 저자였다. 딕터는 보면 알아볼 수 있을 거라고도 말했다. 글쎄, 이제 얼굴 좀 보자.

윌슨은 누군가가 자기 방의 자기 책상에 앉아 있다는 사실에 잠시 분노를 느꼈지만 참기로 했다. 어쨌든, 이 방은 그냥 임대였으니까. 그가 사라진다 해도 다시 누구에게 임대될 것이었다. 그는 얼마나 떠나 있었는지 알 도리가 없었다…. 맙소사, 1주일 넘게 지났을지도 몰랐다!

그의 눈에는 등밖에 보이지 않았지만 기묘하게도 그자가 익숙했다. 누구였더라? 말을 걸어서 돌아보게 해야 하나? 그자가 누군지 알아채기 전까지, 그는 왠지 그래야만 할 것 같다고 느끼고 있었다. 이 남자가 관문을 통과하도록 설득해야 한다는 몹시 기이한 시도를 해야 하기 때문에 그전에 어떤 사람인지 미리 알아두고 싶어 하는 것이 자연스럽다고 그는 자신을 합리화시켰다.

의자에 앉은 자는 계속 타자를 하다가 멈추고는 재떨이에서 타고 있는 담배를 문진으로 눌러 꺼버렸다.

윌슨은 그 동작을 알고 있었다.

오한이 등을 타고 흘러내렸다. "만약 저자가 다음 담뱃불이 불을 붙일 때." 그는 혼자 속삭였다. "내가 예상한 대로 한다면…."

책상의 남자는 담배를 한 대 더 꺼내더니 한쪽 끝을 톡톡 치고 다시 돌려 반대쪽으로 다지고는 주름이 져버린 종이를 왼쪽 엄지손톱에 대고 조심스럽게 펼쳐 그쪽을 입에 가져갔다.

윌슨은 목에 뛰는 맥박을 느낄 수 있었다. 지금 저 자리에 앉아서 등을 돌리고 앉아 있는 자는 바로 그 자신, 밥 윌슨이었다!

정신을 잃을 것 같았다. 눈을 감고 의자 뒤를 붙잡고 바로 섰다. "이럴 줄 알았어." 그는 생각했다. "완전히 말도 안 돼. 미친 거야. 내가 미친 게 확실해. 일종의 정신분열증일지도 모르지. 그렇게 열심히 일하는 게 아니었어."

타자 소리는 계속되었다.

그는 자신을 추스르고 당면한 일을 재고했다. 닥터는 충격을 받을 거라고 경고하면서 미리 설명해줄 수 없는 종류의 충격이라고 말했다. 믿지 못할 것이기 때문이라고 말이다. "좋아…. 내가 미치지 않았다고 치자. 만약 시간 여행이 가능하다고 하면 과거로 돌아와서 나 자신이 무언가 하는 모습을 보지 못할 이유도 없겠지. 내가 제정신이라면 이렇게 할 거야.

그리고 내가 미쳤다면, 무슨 짓을 하더라도 아무 영향도 없을 거야!

그리고 더 나아가서." 그는 자신의 말에 말을 보탰다. "내가 미쳤다면, 계속 미친 척하고 관문으로 돌아갈 수도 있겠지! 아니, 그건 말도 안 돼. 다른 일도 마찬가지고. 에라, 모르겠다!"

그는 조용히 뒤로 다가가서 자기 분신의 어깨너머를 들여다보았다. "시간 경과는 의식의 행위이며." 그가 읽었다. "물질의 행위가 아니다."

"이거 눈물 나네." 그는 생각했다. "시작한 곳으로 돌아와서 나 자신이 학위논문 쓰는 모습을 보게 되다니."

타자는 계속되었다. "이것은 물자체가 아니다. 그러므로…." 타자기의 키가 걸렸고 그 위로 키가 겹쳐졌다. 책상에 있는 분신은 욕을 하고는 한 손을 뻗어 키를 바로잡으려 했다.

"쓸데없는 짓이야." 윌슨이 갑자기 충동적으로 말했다. "어차피 다 말도 안 되는 헛소리잖아."

다른 밥 윌슨이 반사적으로 자세를 바로 하더니 주위를 천천히 돌아보았다. 놀란 표정을 보고 있자니 짜증이 났다. "당신 대체 내 방에서 뭐 하는 거야?" 그는 설명을 요구했다. 그는 대답을 기다리지도 않고 일어나 재빨리 문으로 가서 자물쇠를 확인했다. "대체 어떻게 들어온 거야?"

'이거 정말 힘들겠군.' 윌슨은 생각했다.

"저걸 통해서." 윌슨이 시간 관문을 가리키며 대답했다. 분신은 그가 가리키는 곳을 보더니 놀랐고 조심스럽게 다가가 만지려고 했다.

"하지 마!" 윌슨이 외쳤다.

다른 윌슨이 멈칫했다. "왜?" 그가 물었다.

왜 또 다른 자신이 관문을 건드리는 걸 허락하면 안 되는지 그 이유를 그 자신도 확실히 알지는 못했지만, 그 모습을 보고 있자니 재난이 닥쳐올 거라는 떨칠 수 없는 느낌이 덮쳐왔다. 그는 말을 하면서 시간을 끌었다. "설명해주지. 하지만 먼저 한잔하자." 어떤 경우에든 술 한 잔은 좋은 생각이다. 지금보다 술 한 잔이 더 필요한 적은 없었다. 그는 반사적으로 언제나 술을 보관하는 옷장으로 가서 거기에 있을 술병을 꺼냈다.

"이봐!" 상대방이 항의했다. "대체 무슨 짓이야? 그건 내 술이야."

"네 술…." 맙소사! 이건 저자의 술이었다. 아니, 아니었다. 이건 그들 모두의 술이었다. 오, 맙소사. 설명하려고 해도 너무 꼬여 있었다. "미안해. 내가 한 잔 마셔도 괜찮겠지?"

"괜찮아." 분신이 마지못해 말했다. "나도 한 잔 따라줘."

"알았어." 윌슨도 찬성했다. "그러고 나면 내가 설명해주지." 그는 한잔하기 전에는 너무나 설명하기 힘들 거라고 느꼈다. 사실 그 자신도 완전히 설명할 수 없었으니까.

"잘 설명해야 할 거야." 다른 쪽이 경고하듯 말하고는 술을 마시며 윌슨을 주의 깊게 바라보았다.

*

윌슨은 어린 자신이 혼란과 거의 억누를 수 없는 감정을 가지고 자신을 빤히 보고 있는 것을 지켜보았다. 어떻게 저 바보는 바로 앞에 있는 자기 얼굴도 못 알아보는 걸까? 지금 처한 상황도 모르는데 대체 어떻게 이해를 시킬 수 있단 말인가?

문득 자기 얼굴이 지치고 수염도 깎지 않아서 거의 알아볼 수 없을 거라는 생각이 스쳤다. 게다가 사람이란 거울 속에서라도 자신의 얼굴을 타인을 바라보는 방식으로 바라보지는 않기 마련이란 사실을 무시하고 있었다. 제정신을 가진 사람이라면 자기 얼굴이 다른 곳에 보이는 걸 예상하지 못할 것이었다.

이 상대는 윌슨의 외모에 어리둥절한 게 확실했지만 알아보지 못하는 것도 분명했다. "당신 누구야?" 다른 남자가 갑자기 물었다.

"나?" 윌슨이 대답했다. "나를 못 알아보겠어?"

"잘 모르겠는데. 언제 만난 적 있나?"

"글쎄… 정확히 말하자면 그렇지는 않아." 윌슨은 시간을 끌었다. 우리 둘이 쌍둥이보다도 조금 더 가까운 존재라는 것을 저쪽 사람에게 어떻게 말해야 할까? "건너뛰자. 어차피 넌 이해하지 못할 거야."

"당신 이름은 뭐야?"

"내 이름? 어…." 오! 이거 귀찮게 됐군! 이 모든 상황이 너무나 웃겼다. 그는 입을 열고 "밥 윌슨"이라고 말하려 했지만 완전히 쓸데없다는 느낌이 들어 포기했다. 마치 그 전에 만났던 사람처럼 진실을 믿어줄 리가 없으니 거짓말을 할 수밖에 없었다. "그냥 조라고 불러." 그는 대충 말을 마쳤다.

그는 문득 자신의 말에 놀랐다. 이 순간에 자신이 바로 "조", 전에 만났던 바로 그 조라는 사실을 깨달은 것이다. 그가 논문 작업을 멈춘 바로 그 순간 자신의 방에 내려앉았다는 사실을 이미 깨닫고 있었지만 이를 숙고할 시간이 없었다. 자신이 스스로를 조라고 하는 소릴 듣자, 지금 이 상황이 단순히 비슷한 장면이 아니라 이전에 겪었던 완전히 똑같은 장면이며, 이번에는 관점만 달리해서 다시 체험하고 있다는 사실이 마치 얼굴을 후려치듯 다가왔다.

적어도 똑같은 장면이라고 생각했다. 다른 부분이 있었던가? 나눴던 대화를 단어 하나하나를 다 기억하지는 못했기 때문에 확신할 수가 없었다.

기억의 바닥에 잠자고 있을, 이 장면을 기록한 완전한 녹취록을 꺼낼 수만 있다면 세금까지 더해서 현금 25달러 정도는 낼 용의가 있었다.

잠깐만… 그는 충동적이지 않았다. 그건 확실했다. 그가 했던 모든 행동과 말은 그 자신의 자유 의지에서 비롯된 것이었다. 녹취록이 기억나지는 않았지만 '조'가 무슨 말을 하지 않았는지 정도는 기억할 수 있었다. 예를 들자면 '떴다 떴다 비행기' 같은 말이었다. 그는 이런 동요를 불러서 이 망할 반복되는 쳇바퀴에서 벗어날 수 있었다. 다른 윌슨이 입을 열었다. "좋아, 조 아무개 씨." 그의 또 다른 자아가 조금 전까지는 120밀리리터의 진이 담겨 있었던 빈 잔을 내려놓으며 말했다. "이제부터 설명을 늘어놔봐. 빨리 말이야."

대답하려고 입을 열었다가 다시 다물었다. '진정하자, 진정해.' 속으로 말했다. '넌 자유로운 사람이야. 동요를 부르려면 해봐. 어서 해보라고. 대답하지 마. 그냥 동요를 부르는 거야. 그리고 이 악순환을 깨는 거야.'

하지만 적의와 의심에 가득 찬 자가 건너편에서 그를 바라보고 있으니 동요가 하나도 생각나지 않았다. 정신의 움직임이 멎은 것 같았다.

그는 항복했다. "그럴게. 내가 여기 올 때 통과한 저것 말인데 저게 시간 관문이야."

"뭐라고?"

"시간 관문. 저 관문 양쪽으로 서로 다른 시간이 흐르고 있어…." 그는 말을 하면서 땀이 배어 나오는 것을 느낄 수 있었다. 처음에 그가 들었던 설명을 아주 정확하게 똑같이 자기가 설명하고 있다고 이성적으로 확신했다. "…저 원에 들어서는 것만으로 미래에 걸어갈 수 있는 거지." 말을 멈추고 이마의 땀을 닦았다.

"계속해." 다른 쪽이 무자비한 말투로 말했다. "들어줄 테니까. 재밌는 얘기군."

윌슨은 갑자기 다른 남자가 그 자신인지 궁금해졌다. 저자의 바보 같고 오만하고 독선적인 태도에 화가 치밀었다. 괜찮아, 괜찮다고! 그는 보여줘야 했다. 갑자기 옷장으로 걸어가서 모자를 꺼내 관문 너머로 던져버렸다.

상대편은 자기 모자가 사라지는 모습을 무표정하게 바라보고 있다가 일어서서는 관문의 뒤쪽으로 갔다. 그는 술 취한 사람이 그렇듯이 조심스럽게, 취한 티를 안 내려고 노력하며 걸었다. "멋진 속임수군." 모자가 사라졌다는 것에 만족했는지 박수를 쳤다. "이제 다시 돌려주면 고맙겠는데."

윌슨이 고개를 저었다. "이걸 통해서 가면 직접 가져올 수 있어." 그는 별생각 없이 대답했다. 그러면서, 관문 건너편에 모자가 몇 개나 있을까 하는 문제를 풀려고 해봤다.

"뭐?"

"그래 맞아. 들어봐…." 윌슨은 이른 시간의 자신에게 최선을 다해 설득력이 있도록 설명했다. 감언이설로 속이려는 것에 가까웠지만, 설명은 어떤 논리로 생각해도 터무니없었다. 차라리 세 살 먹은 아이에게 텐서 미적분학을 설명하는 게 낫겠다는 생각이 들었다. 비록 윌슨 자신이 그 복잡한 수학에 대해 이해하지 못하지만 말이다.

상대편도 도움이 안 됐다. 그는 윌슨의 터무니없는 주장을 따라가기보다는 진을 더 마시는 데만 관심이 있었다.

"왜?" 다른 윌슨이 도발적인 태도로 말을 막았다.

"제길." 윌슨이 대답했다. "제길, 저기 들어서기만 하면 설명 같은 것은 필요도 없을 거야. 하지만…." 그는 딕터의 제안에 대해서 요약했다. 그러면서 딕터가 지나칠 정도로 대충 설명했다는 사실을 깨달았다. 그는 딕터의 주장에서 논리적인 장점만을 보도록 강요당했고 감정적인 호소는 찾아볼 수 없었다. 쩨쩨하고 갑갑하며 숨 막힐 듯한 학계 분위기에 이전의 밥 윌슨이 얼마나 지쳐 있었는지 누구보다도 잘 알고 있었으니까. "어느 시골 대학에서 돌대가리들에게 수업이나 하면서 노예로 살고 싶은 건 아니잖아." 그는 결론을 내렸다. "이번이 기회야. 잡으라고!"

상대편을 주의하여 살펴보며 그는 괜찮은 반응이 나오고 있다고 생각했다. 분명히 관심이 있어 보였다. 하지만 다른 쪽은 자기 잔을 조심스럽게 내려놓더니 진 술병을 노려보다가 결국 대답했다.

"아니, 친애하는 동료 양반. 난 당신의 저 회전목마에 올라타지 않을 거야. 왜인지 알아?"

"왜지?"

"난 취했거든. 그게 이유야. 당신은 지금 그 자리에 존재하지도 않는 거야. 저것도 저기 없고." 그는 관문을 가리키며 큰 동작을 하다가 거의 쓰러질 뻔했고 겨우 자세를 바로잡을 수 있었다. "이곳에는 나밖에 없어. 그리고 취했지. 일을 너무 열심히 했어." 그는 웅얼거렸다. "이제 침대로 갈래."

"넌 안 취했어." 윌슨이 가망 없는 반론을 했다. "망할." 그는 생각했다. "자기 술잔도 못 드는 인간은 술을 마시면 안 된다고."

"난 확실히 취했어. 간장 공장 공장장은 강 공장장이고 된장 공장 공장장은 공 공장장이다." 그는 침대 쪽으로 어기적거리며 걸어갔다.

윌슨이 그의 팔을 잡았다. "그러면 안 된다니까."

"그 손 떼!"

윌슨은 돌아보았다. 관문 앞에 세 번째 남자가 서 있었고 그를 알아보게 되자 갑자기 충격이 밀어닥쳤다. 처음에는 특히나 바쁜 오후를 보내고 나서 취했으므로 기억 속에서 무슨 일이 일어났는지 일의 순서를 정확하게 기억하지 못했다. 거의 만취한 상태였다는 걸 인정해야 했다. 그는 세 번째 인물이 도착하는 것을 예측했어야 했다는 사실을 깨달았다. 하지만 그 기억으로는 세 번째 인물이 누구인지까지 대비할 수는 없었다.

그는 자기 자신을 알아볼 수 있었다. 또 다른 복사본이었다.

잠시 조용히 서서 그는 새로운 사실을 받아들이고 억지로 논리적인 통합을 해보려 했다. 그러나 힘없이 눈을 감았다. 받아들이기 너무 큰 일이었다. 딕터와 조용히 몇 마디 대화를 나누고 싶다고 생각했다.

"당신은 누구요?" 그가 눈을 뜨니 취한 자신이 가장 미래의 자신에게 말을 거는 모습을 보았다. 새로 온 자는 심문자에게서 몸을 돌려 윌슨을 날카로운 눈빛으로 바라보았다.

"저 사람은 나를 알지."

윌슨은 대답하기 전에 시간을 끌었다. 일이 걷잡을 수 없게 되어가고 있었다. "맞아." 그도 인정했다. "맞아. 알 것도 같군. 하지만 당신이 여기는 왜 왔어? 그리고 왜 계획을 망치려는 거지?"

그의 모사품이 말을 끊었다. "길고 복잡한 설명 따위 할 시간이 없어. 너도 인정하겠지만 내가 더 많은 것을 알고 있고 고로 나의 판단이 네 판단보다 나아. 저자는 관문을 통과하면 안 돼."

다른 자의 무뚝뚝한 오만함에 윌슨은 반감이 들었다. "난 아무것도 인정 안 했…."

그의 말을 전화벨 소리가 가로막았다. "받아!" 3번이 내뱉듯 말했다.

*

술에 취한 1번은 화가 난 것 같았지만 결국 수화기를 들었다. "여보세요… 네. 누구시죠? …여보세요, …여보세요!" 그는 전화기 후크를 몇 번 두드리더니 걸이에 거칠게 내려찍었다.

"뭐였어?" 윌슨이 그에 대한 대답을 스스로 할 수 없다는 데 짜증을 느끼며 물었다.

"아무것도 아니었어. 어떤 미친놈이 장난 전화 걸었나 봐." 바로 그 순간에 전화가 다시 울렸다. "또 그놈인가 보군!" 윌슨이 받으려고 했지만 술에 취한 상대방이 그를 제치고 먼저 받았다. "잘 들어, 이 새대가리 유인원 놈아! 나 바쁜 사람이야, 그리고 이건 공중전화가 아니라고… 어? 오, 당신이었군, 주느비에브. 미안해, 사과할게. 이해를 못 할 거야. 장난 전화가 걸려왔었는데 그놈인 줄 알았어. 내가 자기한테 그런 말투를 쓸 리 없다는 거 알잖아…, 응? 오늘 오후? 방금 오늘 오후라고 했어? …물론이지. 좋아. 자기야, 난 지금 좀 헷갈려서 말인데. 오늘 온종일 성가신 일이 있었고 지금도 진행 중이야. 오늘 밤에 찾아가서 일을 정리하자. 하지만 내가 자기 아파트에 모자를 두고 나왔을 리가 없는데… 응? 오, 물론이지! 어쨌든, 오늘 밤 만나. 안녕."

윌슨은 이전의 자신이 저 여자의 비위나 맞춰주고 있는 모습을 보니 역겨워졌다. 왜 그냥 끊어버리지 않았을까? 아르마에 비교하자면 정말 아무것도 아닌 여자였는데. 그 생각이 나자 조금 전 도착한 자가 경고했든 말든 계획대로 밀고 가야겠다는 결심이 더욱 굳어졌다.

전화를 끊은 후 이전의 자신이 세 번째 복사판의 존재를 완전히 무시하고 그를 마주 보았다. "아주 좋았어, 조." 선언하듯 말했다. "당신이 준비되었다면 난 갈 준비가 됐어."

"좋았어!" 윌슨이 안도와 함께 동의했다. "그냥 걸어 들어가. 그러면 돼."

"아니, 안 돼!" 3번이 가로막았다.

윌슨은 논쟁을 시작하려 했는데 취한 동료가 앞질렀다. "당신 내 말 잘 들어! 당신은 내가 무슨 등신이라고 생각해서 쳐들어왔는지 모르겠는데. 마음에 안 들면 호수에라도 뛰어들라고, 나는 내 마음대로 할 테니까! 덤빌 테면 덤벼!"

그들은 즉시 주먹을 주고받았다. 윌슨은 신중하게 끼어 들었고 3번에게 확실한 한 방을 먹여줄 순간을 노렸다.

그는 술 취한 아군도 잘 보고 있어야 했다. 그러나 크게 휘두른 주먹이 이미 상처 입은 얼굴을 때렸고 그는 끔찍한 고통을 느꼈다. 지난번 만남에서 맞아 찢어져서 부어올라 있던 윗입술에 한 방을 또 맞자 아프다는 생각 외엔 아무것도 할 수 없었다. 그는 움찔하고는 뒤로 피했다.

머릿속을 가득 채운 고통 너머로 둔탁하게 털썩! 하는 소리가 들려왔다. 억지로 눈을 떠서 그곳을 보자 관문 너머로 남자 발이 사라지는 모습이 보였다. 3번은 아직도 관문 옆에 서 있었다. "저질러버렸군!" 그는 윌슨에게 신랄한 말투로 말하고는 왼손 주먹을 쓰다듬었다.

명백하게 불공평한 비난이 자신을 향하자 울컥 화가 났다. 그의 얼굴은 여전히 사디스트의 실험 대상이라도 된 듯한 느낌이었다. "나?" 화를 내며 말했다. "당신이 때려서 넘겼잖아. 나는 손가락 하나 안 댔다고."

"맞아, 하지만 네 잘못이야. 네가 방해만 하지 않았으면 그럴 필요도 없었잖아."

"내가 방해를 해? 이 뻔뻔한 위선자야. 괜히 끼어들어서 남의 계획이나 망친 거는 너잖아. 그래서 생각났는데 나에게 설명을 해줘야겠어. 들을 자격이 있으니까 말이야. 대체 무슨 생각으로…."

하지만 상대편이 말을 끊었다. "닥쳐." 그는 우울한 말투로 말했다. "이젠 너무 늦었어. 그가 가버렸으니."

"뭐가 늦은 건데?" 윌슨은 알고 싶었다.

"이 사건의 연쇄를 막기엔 너무 늦었다는 얘기야."

"왜 그걸 멈춰야 하는데?"

"왜냐하면." 3번이 씁쓸하게 말했다. "딕터가 나를 가지고 놀았기 때문이야. 아니 너를 가지고 놀았단 얘기지. 우리 말이야. 우린 머저리야. 둘 다 머저리라고. 이봐, 그자가 저쪽에서 큰 보상을 해주겠다고 했지…." 그는 관문 쪽을 가리켰다. "그렇지?"

"맞아." 윌슨도 인정했다.

"그게 엉터리 같은 소리라는 거야. 그 작자가 원한 것은 우리가 이 시간 관문 일에 얽히고설켜서 절대 못 빠져나오도록 하는 거라고."

윌슨의 마음에 갑자기 의혹이 들었다. 이자의 말이 사실일 수도 있었다. 지금까지 일어난 일 중에 말이 되는 것이 거의 없긴 했다. 그리고 왜 딕터가 자신의 도움을 원했던 걸까, 왜 가진 것을 반반씩 나눠 가지려고 했을까, 그렇게 안락한 곳을 도대체 왜? "네가 어떻게 알아?" 윌슨은 따지듯 물었다.

"그걸 알아서 뭐하게?" 다른 쪽이 힘없이 대답했다. "그냥 내 말을 믿으면 안 돼?"

"내가 왜 믿겠어?"

상대방은 윌슨을 보고 완전히 분노한 듯했다. "네가 내 말을 그냥 믿지 않겠다면, 누구 말을 믿을 수 있는데?"

질문의 불가피한 논리 때문에 윌슨은 그저 짜증이 났다. 자신의 참견

쟁이 복제품은 그의 화를 불러일으켰다. 싫었다. 무작정 그의 말을 따라가는 것은 절대 싫었다. "나는 내 눈만 믿어." 윌슨이 말했다. "직접 보면 되겠지." 그는 관문 쪽으로 갔다.

"어디 가?"

"건너편으로! 딕터를 찾아서 따져봐야겠어."

"하지 마!" 다른 그가 말했다.

"지금이라도 우리는 연쇄를 끊을 수 있어." 윌슨은 고집을 부렸다. 다른 쪽이 한숨을 쉬었다. "가봐." 그가 항복했다. "네 장례식이지. 난 이제 손 털었어."

윌슨은 관문에 들어서려다 말고 멈췄다. "그런가, 어? 흠… 어떻게 그게 너의 장례식이 아니라 나의 장례식이지?"

멍한 표정을 짓고 있던 다른 자의 얼굴에 불안이 스쳐 갔다. 그것이 관문에 들어서기 전에 본 그의 마지막 모습이었다.

✴

윌슨이 저편에서 통과해 들어온 관문실은 다른 사람 없이 비어 있었다. 그는 모자를 찾았지만 찾지 못했고 기억 속의 출구를 찾다가 올라간 제단의 뒤로 돌아갔다. 그리고 딕터와 부딪칠 뻔했다.

"아, 여기 있었군!" 노인이 환대했다. "잘됐군! 잘됐어! 이제 해결해야 할 아주 작은 일이 하나 더 있네. 그러고는 모두 정리되는 거지. 윌슨, 자네와 일하게 되어 정말 기쁘다네, 기쁘고말고."

"아, 정말로요?" 윌슨은 화난 표정으로 마주 봤다. "글쎄, 내가 똑같은 소리를 당신에게 할 수 없어서 참 안됐군요! 난 지금 전혀 즐겁지 않거든요. 대체 무슨 생각으로 나에게 경고도 안 해주고 그런… 연쇄 작용에 나를 쑤셔 넣은 겁니까? 대체 이 모든 터무니없는 일에 무슨 의미가 있냐고요? 왜 경고를 안 해줬어요?"

"진정하게." 노인이 말했다. "흥분하지 말고. 지금 진실을 말해주지.

자네가 돌아가서 자네 자신과 만나게 될 거라고 말해줬더라면 나를 믿었겠나? 이리 오게, 진정하고."

그런 말을 안 믿었을 거라는 건 인정해야 했다.

"그러니까 말일세." 딕터가 어깨를 으쓱하더니 말을 계속했다. "그러니 자네에게 말할 이유가 없지, 안 그런가? 내가 말해줬더라도 믿어주지 않았을 테고 그것도 결국 잘못된 자료를 믿는 거나 마찬가지였을 거야. 잘못된 것을 믿는 것보다 무지가 차라리 낫지 않겠나?"

"그런 것 같군요, 하지만…."

"잠시만! 난 의도적으로 자네를 속인 게 아니야. 전혀 속이지 않았지. 하지만 내가 모든 진실을 말했더라면 자네는 진실을 외면하면서 결국 속게 됐을 거야. 진실을 자네 두 눈으로 확인하는 것이 훨씬 나았을 테니까. 다른 방법이었다면…."

"잠시만요! 잠시만요!" 윌슨이 끼어들었다. "당신 때문에 머릿속에 다 엉키겠어요. 지난 일은 지난 일로 흘릴 수 있겠는데요, 대신 모든 진실을 말해줘요. 대체 나를 왜 그곳으로 다시 보낸 거죠?"

"지난 일은 지난 일이지." 딕터가 말을 반복했다. "아, 정말 그럴 수만 있으면 좋을 텐데! 하지만 그럴 수는 없지. 그래서 내가 자네를 돌려보낸 거야. 애초에 자네가 관문을 통과하도록 말이야."

"네? 잠시만요…. 나는 이미 관문을 통과했잖습니까."

딕터는 고개를 저었다. "통과했나, 지금? 잠시 생각해보게. 자네가 자네 시간대로 돌아갔을 때 자네의 앞선 시간대의 자네와 만났지, 안 그런가?"

"음, 네."

"그… 자네의 앞선 시간대의 자신은 관문을 아직 통과하지 않았을 테고, 안 그래?"

"그래요, 전…."

"자네가 그를 설득해서 관문을 통과하도록 하지 않았다면 어떻게 자네가 관문을 통과할 수 있었겠나?"

윌슨의 머리가 빙글빙글 돌기 시작했다. 누가 무슨 짓을 누구에게 했고 누가 대가를 치러야 하는지 의문이 들기 시작했다. “하지만 그건 불가능하잖습니까! 당신이 지금 하는 말은 내가 하려고 한 일 때문에 그 일을 이미 해버렸다는 거잖아요.”

“글쎄, 그러지 않았나? 자네는 거기 있었어.”

“아뇨, 전 아니… 글쎄요, 그랬을지도 모르죠, 하지만 그랬다는 느낌은 없어요.”

“왜 무슨 느낌이 들 거라고 생각하나? 이건 자네에겐 완전히 새로운 경험이었을 텐데.”

“하지만… 하지만….” 윌슨은 심호흡하고 자기 자신에 대한 통제권을 되찾으려 했다. 그러고는 대학에서 배운 철학적 개념들을 가져와서 지금 표현하는 데 어려움을 겪고 있는 관념을 설명해보려 했다. “이건 논리적인 인과 이론을 몽땅 부정하잖아요. 당신은 나에게 인과가 완전히 원형이 될 수도 있다고 설득하려 했던 건가요? 내가 이곳에 넘어온 것은 내가 그곳에 가서 나 자신을 설득했기 때문이라니. 그건 바보 같은 소리라고요.”

“글쎄, 이미 그러지 않았나?”

윌슨은 그 질문에 대한 답이 생각나지 않았다. 딕터는 계속 말했다. “걱정하지 말게. 자네에게 익숙한 인과관계는 그 장 내에선 여전히 유효하네. 하지만 일반적인 사례 중 특수한 사례에 불과하지. 물질의 인과관계는 존재할 필요도 없으며 인간의 시간 경과 인식에 제약을 받지 않아.”

윌슨은 잠시 그것에 대해 생각해보았다. 좋게 들리지만 뭔가 거치적거리는 것이 있었다. “잠시만요.” 그가 말했다. “엔트로피는 어쩌고요? 엔트로피를 피해 갈 수는 없잖아요.”

“아, 맙소사.” 딕터가 반박하며 말했다. “좀 닥치게, 제발. 비행기가 날 수 없다는 걸 증명한 수학자*가 생각나는구먼." 그는 돌아서더니 문 쪽으로 갔다. "따라오게. 할 일이 있어."

윌슨이 그 뒤를 서둘러 따라갔다. "제기랄, 나한테 이러면 안 되죠. 다른 둘은 어찌 된 거죠?"

"다른 둘이라니 뭐?"

"다른 두 명의 나 말입니다. 그들은 어디에 갔죠? 어떻게 해야 엉킨 걸 풀 수 있는 거죠?"

"자네는 엉키지 않았네. 자네 스스로 한 명 이상이라는 느낌이 드나?"

"아뇨, 하지만…."

"그렇다면 아무 걱정 말게."

"하지만 걱정이 된단 말입니다. 나보다 앞서 통과한 자에게 무슨 일이 있었죠?"

"기억하는구먼, 그렇지? 하지만…." 딕터는 복도를 앞서서 서둘러가더니 문을 확장시켰다. "안을 들여다보게." 그가 명령하듯 말했다.

✳

윌슨은 그렇게 했다. 그도 본 적이 있는 창문도 가구도 없는 작은 방에 그 자신이 있었다. 바닥에 웅크리고 누워서 코를 고는 또 다른 자신이었다.

"자네가 처음 관문을 통과해 왔을 때." 딕터가 팔꿈치 옆에서 설명했다. "내가 자네를 여기로 데려왔고 상처를 치료한 뒤 마실 것을 주었지. 마실 것에는 수면제가 들어 있어서 자네는 36시간 자게 되었어. 자네에게 절실히 필요했던 수면이었네. 자네가 일어나자 아침 식사를 주었고 무슨 일을 해야 할지 설명했네."

윌슨의 머리가 다시 아파졌다. "그만해요." 그는 애원하듯 말했다. "저

* 절대영도 단위로 유명한 19세기 수리물리학자 켈빈 경은 공기보다 무거운 비행체가 날 수 없다는 것을 수학적으로 증명했다. 그로부터 8년 후 라이트 형제의 비행이 성공했다.

자가 나였던 것처럼 말하지 마세요. 난 나라고요, 바로 여기 서 있는 나."

"알아서 받아들이게." 닥터가 말했다. "저기 있는 남자가 과거의 자네야. 저자에게 무슨 일이 일어날지 기억하고 있지, 안 그런가?"

"네, 하지만 그것 때문에 어지러워 죽겠어요. 문 닫아요, 제발."

"알았네." 닥터가 말하더니 그의 말대로 닫았다. "어쨌든 서둘러야 해. 이런 연쇄가 발생하게 되면 낭비할 시간이 없지. 따라오게." 그는 윌슨을 관문실 쪽으로 이끌었다.

"20세기로 돌아가서 특정 물건들을 가져오게. 이쪽에서는 구할 수가 없는데 매우 유용한 것들이야. 그러니까 개발, 맞아. 그 말이 맞아…. 이 세계를 개발하는 데 필요한 걸세."

"어떤 것들이죠?"

"꽤 품목이 많아. 목록을 적어주지. 특정한 참고서적과 상품들이야. 실례하겠네. 관문의 조종 장치를 조절해야겠어." 그는 뒤쪽에 솟아 있는 발판에 올라갔다. 윌슨이 따라가서 보니 이 구조물은 위가 열린 상자 모양에, 바닥 부근이 솟아오른 형태였다. 높은 쪽 너머로 관문이 있었다.

조종 장치는 독특했다.

유리구슬만 한 네 개의 색깔 있는 구체가 달린 수정 막대가 사면체의 네 개 주요 축을 이루었다. 사면체 바닥은 빨간색, 노란색 그리고 파란색 구체로 고정되어 있었고 네 번째 구체는 꼭짓점에 있었는데 하얀색이었다. "세 개는 공간 조종이고 하나가 시간 조종이지." 닥터가 설명했다. "아주 간단해. '지금 이곳'을 영점 기준으로 잡고 중앙에서 멀어지는 쪽으로 조종 장치 위치를 옮기면 관문은 '지금 이곳'에서 더 멀리 가게 되는 거지. 앞과 뒤, 오른쪽과 왼쪽, 위와 아래, 과거와 미래. 모두 이 막대에 달린 구체를 움직여서 조종하는 거야."

윌슨은 장치를 잘 살폈다. "그렇군요." 그가 말했다. "하지만 관문 저편이 어디인지 어떻게 알 수 있죠? 또 언제인지도요? 내가 보기엔 아무런 눈금도 없는데요."

"그런 건 필요 없어. 자네가 어디에 있는지는 알 수 있지. 보게." 닥터는 관문 쪽에 있는 조종 장치의 뼈대 아래 한 지점을 건드렸다. 조종반이 말려 올라갔고 윌슨은 관문 그 자체의 작은 상을 볼 수 있었다. 닥터가 또 다른 조작을 하자 그 너머의 풍경도 보였다.

윌슨은 자신의 방을 응시했다. 마치 망원경을 거꾸로 보는 느낌이었다. 두 사람의 모습을 알아봤지만, 배율이 너무 작아서 그들이 무엇을 하고 있는지, 어느 판본의 자신이 그곳에 있는지 알 수가 없었다. 물론 그들이 그 자신이라면 얘기지만! 그는 그 사실이 어쩐지 거슬렸다. "꺼요." 그가 말했다.

닥터는 그 말에 따라 상을 끄고 말했다. "자네에게 줄 물품 목록을 잊으면 안 되지." 소매를 뒤지더니 종잇조각을 윌슨에게 건넸다. "여기, 받게."

윌슨이 기계적으로 받아서 주머니에 쑤셔 넣었다. "이거 봐요." 그가 입을 열었다. "어디를 가나 나 자신과 맞부딪치는데요. 아주 마음에 안 들어요. 당황스럽단 말입니다. 마치 실험용 기니피그 떼가 된 기분이라고요. 나는 이 일이 뭔지 절반도 이해하지 못하고 있는데 나보고 절반의 설명도 안 되는 핑계를 대면서 다시 관문을 건너가라니요. 진실을 모두 말해요. 대체 무슨 일이냐고요."

닥터는 처음으로 성질을 드러냈다. "이 멍청하고 무식한 애송이가. 자네가 이해할 수 있다면 전부 말해줬을 거야. 이 시기는 자네가 가진 이해력을 완전히 벗어난 곳일세. 조금이라도 이해하려면 몇 주는 걸릴 거란 말이네. 난 자네에게 몇 시간만 협조하면 그 대가로 세계의 절반을 주겠다고 말하고 있는데 자네는 논쟁이나 하자 이건가? 내 말하는데, 접어둬. 이제… 어디에 내려줄까?" 그가 조종 장치에 손을 댔다.

"조종 장치에서 떨어져!" 윌슨이 소리쳤다. 그는 어렴풋이 새로운 생각이 났다. "당신 누구야?"

"나? 난 닥터일세."

"내가 지금 그걸 말하는 게 아닌 거 당신도 알잖아. 영어는 어떻게 배웠지?"

딕터는 대답하지 않았다. 그의 얼굴이 무표정하게 변했다.

"말해봐." 윌슨이 다그쳤다. "당신은 여기서 영어를 배우지 않았어. 그건 확실해. 당신 20세기에서 왔군, 맞지?"

딕터는 쓴웃음을 지었다. "그걸 알아내는 데 얼마나 걸릴지 궁금하던 차였지."

윌슨이 고개를 끄덕였다. "내가 똑똑하지 않을지 몰라도 당신이 생각하는 것만큼 바보는 아니야. 말해봐. 나머지 얘기를 해달라고."

딕터가 고개를 저었다. "그건 중요하지 않아. 그리고 지금 우리는 시간을 낭비하고 있어."

윌슨이 웃었다. "그 핑계를 나한테 너무 많이 써먹는 거 아니야? 우리가 시간을 지배하고 있는데 시간을 어떻게 낭비해?" 그는 조종 장치와 그 너머의 관문을 가리켰다. "물론 당신이 어느 시간, 어느 곳이나 갈 수 있다고 거짓말을 했을 수도 있겠지. 아니, 당신이 왜 재촉하는지 알겠어. 내가 여기서 사라져주길 바라거나 당신이 시킬 일이 끔찍하도록 위험한 일이겠지. 그리고 난 어떻게 해결해야 할지 알고 있어. 당신도 나와 함께 가는 거야!"

"지금 자기가 무슨 말을 하는 건지도 모르고 있군." 딕터가 천천히 대답했다. "그건 불가능해. 난 여기 머물며 조종 장치를 조작해야 하니까."

"당신이 그런 일을 할 리가 없어. 나를 보낸 다음 잊어버리겠지. 당신을 내가 보이는 곳에 둬야겠어."

"말도 안 되네." 딕터가 대답했다. "나를 믿어야 할 걸세." 그는 조종 장치로 다시 몸을 숙였다.

"거기서 떨어지라니까!" 윌슨이 소리를 질렀다. "한 방 먹이기 전에 물러나." 윌슨의 협박에 못 이긴 딕터는 조종 장치에서 완전히 떨어졌다. "거기 서. 훨씬 낫군." 두 사람 모두 관문실 바닥에 서게 되자 윌슨이 말했다.

머릿속에서 생겨나고 있던 생각이 이제 완전한 형태를 갖추었다. 그는 조종 장치가 아직 그가 사는, 아니 살았던 기숙사의 자기 방에 맞춰져 있다는 것을 알았다. 조종 장치의 확대경으로 본 광경으로 미루어 시간 조종은 그가 출발한 1952년의 그 날로 맞춰져 있는 것 같았다. "거기 그대로 서 있어." 딕터에게 명령했다. "일단 뭘 좀 봐야겠어."

윌슨은 마치 검사라도 하려는 듯이 관문 쪽으로 걸어갔다. 그러고는 멈춤 없이 안으로 걸어 들어갔다.

건너편에서 무엇을 보게 될지에 대해서 이전 두 차례의 시간 이동 때보다는 잘 준비하고 있었다. '이전'은 그의 기억에 남은 순서를 기준으로 한 표현이긴 했지만. 어쨌든 자기 자신을 보는 것은 쉬운 일이 아니었다.

그는 다시 해냈다. 다시 자기 방에 돌아와 있었고 이번에는 두 명의 자기 자신이 앞에 있었다. 그들이 서로를 보느라 눈치를 못 채고 있었기에 그에게는 그들을 어떻게 처리해야 할지 몇 초간 생각할 여유가 생겼다. 한 명은 멋지게 멍든 눈과 끔찍하게 얻어맞은 입을 하고 있었다. 그리고 면도가 절실히 필요해 보였다. 그것으로 표식을 정했다. 그는 관문을 적어도 한 번 통과했었다. 다른 자도 면도가 필요해 보이긴 했지만, 주먹다짐의 흔적이 전혀 없었다.

그는 두 사람을 분류하고 지금의 시점과 공간을 알아냈다. 아직도 끔찍하게 혼란스럽긴 했지만 이전(아니, 이전이 아니지, 하고 그는 수정했다)에 다른 시간 이동 경험을 했으니 무엇을 대비해야 할지 더 잘 알고 있었다. 그는 다시 시작으로 돌아와 있었다. 이번에는 이 미친 허튼수작을 완전히 끝내야 했다.

다른 두 명이 논쟁을 벌였다. 두 사람 중 한 명이 취한 걸음으로 침대로 향했다. 다른 자가 그의 팔을 잡았다. "그러면 안 된다니까."

"그 손 떼!" 윌슨이 고함쳤다.

다른 두 명이 확 돌더니 그를 바라보았다. 윌슨은 술에 덜 취한 쪽의 경악한 얼굴이 그를 훑어 알아보고는 놀란 표정으로 바뀌는 걸 지켜보았다. 또 다른 자, 가장 이른 시간의 윌슨은 그에게 초점을 맞추는 것 자체가 어려운 모양이었다. '이거 일이 힘들겠어. 저자에게선 끔찍한 냄새가 나잖아.' 윌슨은 생각했다. 왜 바보같이 빈속에 술을 마셨는지 궁금했다. 그건 바보 같은 일일 뿐만 아니라 좋은 술을 버리는 짓이었다.

한 잔 정도 남았는지도 궁금했다.

"당신은 누구요?" 술 취한 분신이 물었다.

윌슨은 '조'를 보고 말했다. "저 사람은 나를 알지." 그는 의미심장하게 말했다.

'조'가 그를 자세히 살폈다. "맞아." 그도 인정했다. "맞아, 알 것도 같군. 하지만 당신이 여기는 왜 왔어? 그리고 왜 계획을 망치려는 거지?"

윌슨이 말을 막았다. "길고 복잡한 설명 따위 할 시간이 없어. 너도 인정하겠지만 내가 너보다 더 많은 것을 알고 있고 고로 나의 판단이 네 판단보다 나아. 저자는 관문을 통과하면 안 돼."

"난 아무것도 인정 안 했…."

전화벨 소리가 논쟁을 방해했다. 윌슨은 차라리 잘됐다고 안도했다. 시작을 잘못 했다는 것을 깨달았기 때문이었다. 그가 정말 이 바보들처럼 멍청해 보이는 게 가능이나 한 일이었나? 다른 사람들은 자기를 이렇게 보나? 하지만 스스로를 돌이켜보거나 정신을 차릴 시간이 없었다. "받아!" (취한) 윌슨에게 명령하듯 말했다.

취한 자는 기분이 나빠 보였지만 그 말대로 했고 '조'가 그보다 먼저 받으려고 하는 것이 보였다. "여보세요… 네. 누구시죠? 여보세요… 여보세요!"

"뭐였어?" '조'가 물었다.

"아무것도 아니었어. 어떤 미친놈이 장난 전화 걸었나 봐." 전화가 다시 울렸다. "또 그놈인가 보군." 다른 자가 손을 대기 전에 취한 자가 전화기를 들었다. "잘 들어, 이 새대가리 유인원 놈아! 나 바쁜 사람이야, 그리고 이건 공중전화가 아니라고. 어? 오, 당신이었군, 주느비에브…."

윌슨은 통화 내용에 거의 신경을 쓰지 않았다. 이전에 이미 너무 많이 들은 내용이었고 지금은 생각할 것이 너무 많았다. 가장 과거의 자아는 이성적이기에는 너무 취해 있다는 것을 깨달았다. 그러므로 논쟁을 벌인다면 '조'에게 호소를 집중해야 했다. 안 그러면 수적으로 밀릴 것이었다.

"응? 오, 물론이지!" 통화가 끝나가고 있었다. "어쨌든, 오늘 밤 만나. 안녕."

윌슨은 저 떠버리가 입을 열기 전의 지금이 바로 그때라고 생각했다. 뭐라고 해야 할까? 어떤 말을 해야 설득력 있을까?

하지만 취한 자신이 먼저 말했다. "아주 좋았어, 조." 그가 말했다. "당신이 준비되었다면 난 갈 준비가 됐어."

"좋았어!" '조'가 말했다. "그냥 걸어 들어가. 그러면 돼."

그가 계획했던 식과는 달리 일이 걷잡을 수 없이 되어가고 있었다. "아니, 안 돼!" 그는 짖듯이 외쳤고 관문 사이로 뛰어들어 가로막았다. 지금 빨리 그들에게 알려야 했다.

하지만 그럴 기회가 없었다. 취한 자가 욕설을 내뱉더니 그에게 주먹을 휘둘렀다. 그도 욱했다. 오랫동안 주먹으로 누군가를 갈기기를 원하고 있었고 갑작스럽고도 강렬한 환희를 느꼈다. 자기들이 뭐라고 미래의 자신과 싸워 이기겠단 걸까?

취한 자는 서툴렀다. 윌슨은 몸을 숙여 가로막은 팔 아래로 들어가 얼굴을 쳤다. 멀쩡한 사람이었다면 충분히 먹혀들었을 주먹이었지만 상대방은 고개를 털더니 다시 덤벼들었다. '조'가 가까이 다가왔다. 윌슨은 이미 상대하고 있는 쪽을 빨리 해치운 다음 두 명 중 더 위험한 '조'에게 관심을 돌려야겠다고 생각했다.

아군인 두 명이 실수하는 바람에 그에게도 기회가 생겼다. 뒤로 물러서서 조심스럽게 조준한 다음 길게 왼손 잽을 날렸다. 평생 날린 주먹 중 가장 강력한 주먹이 상대에게 꽂혔다. 상대는 그 공격에 나가떨어졌다.

주먹을 날리면서 윌슨은 관문과의 상대적 위치로 보아 이 장면의 피할 수 없는 클라이맥스를 다시 한 번 연기할 수밖에 없다는 아픈 사실을 깨달았다.

그들의 친구는 관문 너머로 사라졌고 이제 그는 '조'와 단둘이 남았다.

그의 첫 충동은 비논리적이면서도 매우 인간적인, '내 탓이 아니라 네 탓이야'라는 감정이었다. "이제 저질러버렸군!" 그가 화를 내며 말했다.

"나?" '조'가 항의하듯 말했다. "당신이 때려서 넘겼잖아. 나는 손가락 하나 안 댔다고."

"맞아." 윌슨은 어쩔 수 없이 인정해야 했다. "하지만 네 잘못이야." 그는 말을 보탰다. "네가 방해만 하지 않았으면 그럴 필요도 없었잖아."

"내가 방해를 해? 이 뻔뻔한 위선자야. 괜히 끼어들어서 남의 계획이나 망친 거는 너잖아. 그래서 생각났는데 나에게 설명을 해줘야겠어. 들을 자격이 있으니까 말이야. 대체 무슨 생각으로…."

"닥쳐." 윌슨이 그를 닥치게 했다. 그는 틀리는 것이 싫었고 자신이 틀렸다는 것을 인정하는 것은 더욱 싫었다. 시작부터 가망이 없는 일이었다는 것을 깨달았다. 완전히 무력한 느낌에 젖어들었다. "이젠 너무 늦었어. 그가 가버렸으니."

"뭐가 늦은 건데?"

"이 사건의 연쇄를 막기엔 너무 늦었다는 얘기야." 그는 이제 언제나 늦어진다는 것을 깨달았다, 어떤 시간대에 있건, 몇 년대건, 몇 번을 다시 돌아와서 멈추려 한다 해도 말이다.

그는 처음에 통과했던 것을 '기억'하고 있었고, 그 자신이 건너편에서 자는 모습을 직접 '보았다'. 이제 일을 피곤한 방법으로 할 수밖에 없었다.

"왜 그걸 멈춰야 하는데?"

설명할 만한 가치도 없었지만, 그는 자기 정당화가 필요하다고 느꼈다. "왜냐하면." 윌슨이 말했다. "닥터가 나를 가지고 놀았기 때문이야. 아니 너를 가지고 놀았단 얘기지, 우리 말이야. 우린 머저리야. 둘 다 머저리라고. 이봐, 그자가 저쪽에서 큰 보상을 해주겠다고 했지, 그렇지?"

"맞아…."

"그게 엉터리 같은 소리라는 거야. 그 작자가 원한 것은 우리가 이 시간 관문 일에 얽히고설켜서 절대 못 빠져나오도록 하는 거라고."

'조'가 그를 날카로운 눈초리로 바라보았다. "네가 어떻게 알아?"

그저 감에 불과했으므로 논리적인 설명을 하는 데 압박을 느꼈다. "그걸 알아서 뭐하게?" 질문을 회피했다. "그냥 내 말을 믿으면 안 돼?"

"내가 왜 믿겠어?"

'왜 내 말을 믿어야 하느냐고? 이 바보야, 왜인지 모르겠어? 난 너 자신이라고, 더 나이 먹고 더 경험도 많은… 너는 나를 믿어야만 해.' 실제로는 이렇게 대답했다. "네가 내 말을 그냥 믿지 않겠다면, 누구 말을 믿을 수 있는데?"

'조'가 불평했다. "나는 내 눈만 믿어." 그가 말했다. "내가 직접 보면 되겠지."

윌슨은 갑자기 '조'가 관문을 통과하리라는 것을 깨달았다. "어디 가?"

"건너편으로! 닥터를 찾아서 따져봐야겠어."

"하지 마!" 윌슨이 애원하듯 말했다. "지금이라도 우리는 연쇄를 끊을 수 있어." 하지만 상대방의 얼굴에 떠오른 고집불통의 찌푸린 얼굴을 보니 이게 얼마나 무의미한 짓인지 알게 되었다. 그는 여전히 불가피한 일에 매달려 있었다. 이 일은 반드시 일어나야만 했다. "가봐." 그가 어깨를 으쓱했다. "네 장례식이지. 난 이제 손 털었어."

'조'가 관문 앞에서 멈췄다. "그런가, 어? 흠, 어떻게 그게 너의 장례식이 아니라 나의 장례식이지?"

윌슨은 '조'가 관문을 건너가는 모습을 아무 말 없이 지켜보았다. 누구 장례식이지? 그는 그런 식으로 생각해보지 않았었다. 갑자기 관문을 통과해서 자신의 분신을 따라가 지켜보고 싶다는 충동을 느꼈다. 그 멍청한 바보가 무슨 짓을 저지를지 모르는데. 자기 자신을 죽일 수 있을까? 그렇게 되면 밥 윌슨은 어찌 되는 걸까? 물론 죽겠지만.

아니, 정말 죽을까? 수천 년 뒤의 미래에서 한 남자가 죽었다고

1952년에 있는 그가 죽게 될까? 그는 이 상황의 불합리함을 깨닫고 매우 편안해짐을 느꼈다. '조'의 행동이 그를 위험하게 만들 리 없었다. 그는 '조'가 한 일을 모두 기억하고 있었다. 무슨 일을 할지도. '조'는 닥터와 논쟁을 벌일 것이고 그다음에 벌어질 사건으로 저 시간 관문을 통해 돌아올 것이다. 아니, 이미 시간 관문을 통해 돌아왔었다. 그가 '조'였다. 그걸 기억하기가 힘들었다.

맞아, 그가 '조'였다. 첫 번째 남자도 마찬가지였다. 그들은 마치 씨실과 날실처럼 얽혀 있었다. 들어갔다 나왔다 돌아갔다 여기에 도달하게 되어 있었다, 바로 그에게 말이다. 그래야만 했다.

잠깐만, 그렇다면 이 모든 미친 짓이 해결된 거나 마찬가지였다. 그는 닥터에게서 벗어났고 그의 여러 인격도 정리했다. 수염이 덥수룩하게 자라고 입술에 흉터가 생긴 것을 제외하면 시작 지점으로 돌아와 있었다. 글쎄, 그는 이쯤 되니 내버려두는 게 낫다고 생각했다. 면도하고 다시 일하자.

면도하면서 자신의 얼굴을 보고 왜 처음에 알아보기 힘들었는지 궁금했다. 그는 자기 자신을 객관적으로 바라본 적이 없었다는 것을 인정해야 했다. 항상 당연하게 여겼으니까.

그는 곁눈질로 자신의 옆얼굴을 바라보려다가 목을 살짝 삐끗했다.

화장실을 나오는데 어쩔 수 없이 관문에 눈이 갔다. 무슨 이유에서인지 그는 그게 사라져 있을 거라고 생각했다. 아니었다. 그는 만지지 않도록 주의하면서 주위를 돌아보고 자세히 검사했다. 이 망할 것이 언제 사라지기는 할까? 목적을 달성했는데 닥터는 왜 끄지 않는 걸까?

그 앞에 서자 갑자기 높은 곳에 서 있는 사람이 느끼는, 뛰어내리고 싶은 충동과 같은 충동이 갑자기 일어나는 것을 느꼈다. 통과하면 무슨 일이 일어날까? 무엇을 보게 될까? 그는 아르마를 생각했다. 그리고 다른 여자도, 그녀 이름이 뭐였더라? 아마 닥터가 말하지 않았던 듯했다. 어쨌든 다른 시종, 두 번째 여자.

하지만 자제하고 억지로 책상 위에 앉았다. 그는 이곳에 머무르기로 했다. 그리고 물론, 이 시점까지 원래 했던 것처럼, 학위논문을 마쳐야 했다. 밥도 먹고 살아야 했고 학위를 딴 다음에는 괜찮은 직장도 잡아야 했다. 어디까지 했더라?

20분 후 학위논문을 처음부터 끝까지 다시 써야 한다는 결론에 도달했다. 경험주의적 방법론을 응용한 사변 형이상학 문제와 그 엄격한 수학의 표현이라는 주요 주제는 여전히 유효하다고 생각했지만, 소화해서 통합하지 못한 새로운 자료를 대량으로 얻었기 때문이었다. 원고를 읽으면서 그는 자신이 얼마나 독선적이었는지 놀랐다. 계속해서 데카르트의 오류를 범하고 있었고, 명확한 추론을 올바른 추론으로 착각했다.

그는 논문의 새로운 버전을 요약하려고 해봤지만, 그 자신에게도 명확하지 않은 두 가지 문제를 마주해야 한다는 사실을 발견했다. 자아의 문제와 자유 의지의 문제였다. 이 방에 세 명의 그가 있었을 때 누구에게 자아가 있었을까? 누가 그 자신이었을까? 그리고 어떻게 사건의 진행을 바꾸지 못했던 걸까?

첫 번째 문제의 어이가 없을 정도로 뻔한 대답은 거의 즉시 생각났다. 자아는 그 자신이었다. 자신은 자신이며, 증명되지 않았고 증명될 수 없는 제1명제이자 직접 경험되는 것이었다. 그렇다면 다른 두 명은 무엇이었을까? 물론 기억하는 한 그들도 동등한 자아의 존재였다. 그는 이를 진술하는 방식을 생각해냈다. 자아는 의식의 한 점이었고, 기억 경과선을 따라가면서 지속해서 확장되는 연속물 중 가장 나중의 것으로 정의할 수 있었다. 그건 일반적인 진술 같았지만, 확신할 수가 없었다. 그걸 믿기 전에 수학적으로 도식화시켜야만 했다. 구술 언어에는 이상한 함정이 너무 많으니까.

전화가 울렸다.

그는 아무 생각 없이 받았다. "네?"

"당신이야, 윌슨?"

"네, 누구시죠?"

"아니, 나야, 주느비에브. 오늘 왜 이래? 내 목소리를 못 알아들은 게 벌써 두 번째잖아?"

짜증과 좌절감이 일어났다. 여기 그가 해결하지 못한 또 다른 문제가 있었다. 이제 해결해야 했다. 그는 그녀의 불평을 무시했다. "이봐, 주느비에브, 나 일하는 중에 전화 걸지 마. 안녕!"

"아니, 무슨… 나한테 그런 식으로 말하지 마, 밥 윌슨! 애초에 오늘은 일 안 한다더니. 두 번째로, 겨우 2시간 전에 달콤하고 친절한 말을 하더니 왜 인제 와서 나에게 화를 내는 거지? 이제 당신이랑 결혼해야 할지 말지 다시 생각해야겠어."

"당신이랑 결혼? 대체 왜 그런 바보 같은 생각을 했어?"

몇 초 동안 쏘아대며 말하는 소리가 들렸다. 조금 누그러들자 그가 말을 계속했다. "이제 진정해봐. 지금이 1890년대도 아니라는 걸 알잖아. 데이트 몇 번 했다고 해서 결혼할 거라고 생각하면 안 되지."

잠시 침묵이 이어졌다. "이렇게 나오시겠다?" 결국 돌아온 대답이 너무나 냉혹하고 냉정하며 완전히 악의에 찬 목소리라 거의 알아듣기 힘들 정도였다. "당신 같은 남자를 다루는 방법이 있지. 이 나라에서 여자라고 아무 보호도 못 받는 줄 알아?"

"어련히 아시겠지." 그가 잔혹하게 대답했다. "캠퍼스에서 몇 년을 돌아다니셨으니."

전화 끊어지는 소리가 들렸다.

윌슨은 이마에 난 땀을 닦았다. 저 여자가 큰 말썽을 일으킬 거라는 것을 그도 알고 있었다. 그녀를 쫓아다니기 전부터 경고를 듣기도 했지만, 자기 자신쯤은 돌볼 수 있는 능력이 있다고 완전히 확신하고 있었다. 잘 알고 행동했어야 했는데. 하지만 이렇게 지독한 일을 겪으리라고는 예상하지 않았었다.

논문 작업으로 돌아가려 했지만, 집중이 되지 않았다. 다음 날 10시라는 마감 시간이 그에게 달려오는 듯 느껴졌다. 그는 손목시계를 봤다. 멈춰 있었다. 탁상시계에 시간을 맞춰뒀었다. 오후 4시 15분이었다. 오늘 밤을 새운다 해도 논문을 제대로 끝마칠 리가 없었다.

그리고 주느비에브가 있었다.

전화가 다시 울렸다. 울리도록 내버려두었다. 계속되었다. 그는 수화기를 내려놔버렸다. 그녀와 다시는 얘기하지 않을 작정이었다.

아르마를 생각했다. 올바른 태도를 갖춘 적절한 여자가 있었다. 그는 창문으로 가서 지저분하고 시끄러운 길거리를 내려다보았다. 반쯤 무의식적으로 그 광경을 딕터와 함께 아침 식사를 했던 발코니에서 봤던 푸르고 평화로웠던 자연의 풍경과 비교했다. 이곳은 지저분한 인간으로 가득 찬 지저분한 세계였다. 딕터가 처음부터 정직했더라면 좋았을 거라고 간절하게 생각했다.

한 가지 생각이 두뇌의 표면에서 뛰쳐나와 미친 듯이 떠돌기 시작했다. 관문은 여전히 열려 있었다. 관문은 여전히 열려 있어! 왜 딕터를 걱정하나? 그는 그 자신의 주인이었다. 돌아가서 끝까지 해내는 것이다. 얻을 것은 많지만 잃을 것은 아무것도 없었다.

그는 관문으로 들어서려다 주저했다. 이게 현명한 일일까? 무엇보다도, 미래에 대해 얼마나 안다고?

계단을 올라오는 발소리가 복도를 지나더니 그의 문 앞에서 멈추었다. 그는 문득 주느비에브라고 확신했다. 그 덕에 결심했다. 그는 관문에 들어섰다.

그가 도착한 관문실은 비어 있었다. 서둘러 문에서 조종 장치 반대편으로 돌아갔고 딱 시간에 맞춰 이 소리를 들을 수 있었다. “따라오게. 할 일이 있어.” 두 사람이 복도 저편으로 사라졌다. 그는 두 사람이 누군지 알아볼 수 있었고 갑자기 멈췄다.

거의 부딪칠 뻔했어, 스스로에게 말했다, 완전히 벗어날 때까지 여기서 기다리는 게 좋겠어. 주위를 둘러보며 숨을 곳을 찾았지만, 조종 장치밖에 없었다. 이건 그들이 돌아오면 아무 쓸모도 없었다.

그래도 흐릿하게 떠오르고 있는 계획이 있어 조종 장치로 들어섰다. 만약 조종 장치를 조작하는 방법만 알아낼 수 있다면 관문을 충분히 자신에게 유리하도록 이용할 수 있을 것이었다. 먼저 거울 화면 장치를 켜야 했다. 닥터가 손을 뻗어 켰던 것을 기억하며 주위를 둘러보았고 주머니에서 성냥을 찾았다.

그 대신 종이쪽지가 딸려 나왔다. 닥터가 그에게 준 쪽지였는데 20세기에서 획득해야 하는 물품 목록이었다. 지금 이 순간에 이르기까지 일어난 일이 너무 많아서 이걸 살펴볼 생각조차 못 하고 있었다.

읽어 내려가며 눈썹이 치켜 올라갔다. 참 웃기는 목록이라고 생각했다. 무의식적으로 기술 참고서적이나 현대 장치 혹은 무기 같은 것일 거라 예상했었는데 그런 것이 아니었다. 그래도 무작위적이면서 어떤 미친 논리가 작용하는 것 같았다. 결국, 닥터는 이 사람들에 대해 그보다 더 잘 알고 있었으니까. 이게 바로 필요한 것일지도 몰랐다.

계획을 수정해서 관문을 통과하는 것을 목표로 바꿨다. 다시 한 번 여행을 가서 닥터의 물품 목록대로 쇼핑할 작정이었다, 닥터를 위해서가 아니라 그 자신을 위해서. 거울 화면 장치의 조종 장치나 스위치를 찾다가 반쯤 어두운 조종 장치석을 더듬거렸다. 손에 부드러운 것이 만져졌다. 잡아서 당겨보았다.

자기 모자였다.

막연히 닥터가 여기에 처박아뒀을 거라고 생각하며 머리에 모자를 쓰고는 다시 손을 뻗었다. 이번에는 작은 공책을 끄집어냈다. 찾고자 하던 물건 같았다. 아마도 닥터 그 자신이 조종 장치의 작동법에 대해 남겨뒀을 가능성이 매우 컸다. 기대하며 공책을 열었다.

그건 바라던 내용은 아니었다. 하지만 손으로 쓴 내용이 계속해서 이어졌다. 쪽마다 세 줄이 쓰여 있었는데 첫 줄에는 영어, 두 번째에는 국제 발음 기호, 세 번째에는 완전히 낯선 글씨가 적혀 있었다. 이것이 단어장이라는 것을 알아내는 데에는 천재일 필요는 없었다. 윌슨은 활짝 웃으며 주머니에 챙겼다. 아마 딕터는 이 상관관계를 알아내기까지 몇 달, 아니 몇 년이 걸렸을지도 몰랐다. 이 문제에 대해서는 딕터의 덕을 볼 수 있을 것이었다.

세 번째 시도에서 거울 화면 장치가 켜졌다. 다시 자기 자신의 방에 두 사람이 있는 모습을 보니 이전에 느꼈던 신기하고 불편한 느낌이 다시 느껴졌다. 그 장면에 다시 끼어들고 싶지 않은 것만은 확실했다. 조심스럽게 색깔 있는 구슬 중 하나를 건드렸다.

장면이 바뀌고 기숙사 건물의 벽을 뚫고 나가 캠퍼스 상공 3층 높이에 이르렀다. 그는 관문을 기숙사 건물 바깥으로 옮겼다는 사실이 기뻤다. 하지만 3층 높이는 뛰어내리기에 너무 높았다. 다른 두 개의 색구슬을 건드려본 그는 한 구슬은 자신의 쪽으로 다가오게 하거나 멀어지게 할 수 있으며 다른 구슬은 위아래로 움직일 수 있다는 것을 알게 되었다.

당연히 호기심 많은 사람의 관심을 끌지 않고 눈에 띄지 않는 곳에 관문을 두고 싶었다. 조금 짜증이 나는 작업이었다. 완벽한 장소가 없었던 것이다. 그는 캠퍼스 발전소 뒤와 도서관 뒷벽으로 나 있는 작은 공터에 있는 막다른 골목으로 타협했다. 조심스럽게, 그리고 서툴게 날아다니는 눈을 원하는 동네로 움직여서 두 건물 사이에 조심스럽게 안착시켰다. 그리고 다시 조종해서 텅 빈 벽을 마주 보도록 위치를 잡았다. 이 정도면 충분하겠지!

그는 조종 장치를 그대로 내버려두고 서둘러 조종 장치석을 나와 거침없이 자신의 시대로 돌아왔다.

윌슨은 벽돌벽에 코를 박았다. "너무 얕게 잡았나 보군." 그는 벽과 관문 사이의 좁은 틈을 조심스럽게 미끄러져 나가며 생각했다. 관문은 벽에서 40센티미터 정도 떨어져서 거의 평행하게 공중에 떠 있었다. 하지만 공간은 충분하다고 생각했다. 다시 돌아가서 조종 장치를 재조정할 필요는 없었다. 고개를 숙이고 통로를 빠져나와서 캠퍼스를 가로질러 지체 없이 학생 협동조합으로 향했다. 들어가서 출납원 창구로 갔다.

"안녕, 윌슨."

"안녕, 친구. 수표 인출해줄 수 있어?"

"얼마나?"

"20달러."

"글쎄… 아마도. 괜찮은 수표겠지?"

"그다지. 내 수표거든."

"글쎄, 내가 호기심에서 투자한다고 해두자." 그는 10달러짜리 하나, 5달러짜리 하나, 그리고 1달러짜리 5개를 셌다.

"그 정도면 되겠어." 윌슨이 말했다. "내 사인이 희귀한 수집가용 수집품이 될걸." 그는 수표를 건넸고 돈을 받아 같은 건물에 있는 서점으로 갔다. 목록에 있는 책 대부분을 거기서 팔고 있었다. 10분 후 그는 이런 책들을 획득했다.

《군주론》, 니콜로 마키아벨리.

《투표의 이면》, 제임스 팔리.

《나의 투쟁》 무삭제판, 아돌프 쉬클그루버.*

《인간관계론》, 데일 카네기.

다른 책을 더 사려고 했지만, 이 서점에는 없었다. 그는 대학 도서관에서 《부동산 중개인 안내서》, 《악기의 역사》 그리고 4절판 크기의 《복식의 진화》를 대출했다. 마지막 책은 아름다운 도색 판화로 되어 있는 커다란 책이었고 참고서적으로 분류되어 있었다. 24시간 대출을 받기 위해 논쟁을 조금 벌여야 했다.

이제 짐이 많아진 그는 대학 캠퍼스를 나와 전당포에 가서 중고지만 튼튼한 옷 가방을 두 개 산 후 가방 하나를 책으로 채웠다. 그곳을 나와 도시에서 가장 큰 음반 판매점으로 가서 45분 동안 음반 레코드를 골라

* 쉬클그루버는 아돌프 히틀러의 할머니의 성이다.

담았다. 특히 스윙과 토치 같은 감성적인 재즈곡에 비중을 두었다. 고전이나 준고전 음악도 무시하지 않았지만, 이 분류에도 같은 기준을 적용했다. 그가 원하는 음악은 사색적이기보다는 감각적이면서도 호소력 있는 음악이었다. 그 결과로 〈마르세예즈〉, 라벨의 〈볼레로〉, 콜 포터의 음반 4개, 그리고 〈목신의 오후 전주곡〉을 포함하는 기묘하게 무작위적인 곡들을 컬렉션에 포함하게 되었다.

점원은 전기식을 사야 한다고 강하게 권유했지만, 그는 시장에 나와 있는 가장 좋은 기계식 전축을 구매하겠다고 고집했다. 결국 원하는 것을 얻고서 수표를 끊어준 뒤, 모두 옷 가방에 넣고 점원에게 택시를 불러 달라고 했다.

수표는 좀 아슬아슬했다. 학생 협동조합에 낸 수표로 잔고가 텅 비어버렸을 것이기 때문에 이 수표는 공수표였다. 그는 가게가 은행에 확인하길 원하지 않았기 때문에 반대로 은행에 전화를 걸어보라고 재촉했다. 그 수법은 먹혀들었다. 수표 사기 사상 가장 긴 사기 행각 후 도망을 친 기록을 세우게 될 것이었다. 3만 년이라는 기록을.

택시가 관문이 자리 잡고 있는 곳 건너편 안뜰에 도착하자, 그는 뛰어내려 서둘러 관문으로 향했다.

관문은 사라지고 없었다.

그는 그곳에 몇 분 동안 서서 조용히 휘파람을 불며 지금의 상황, 자신의 능력, 정신적 과정 등등을 파악했다. 상황은 불리했다. 사기 수표를 발행해서 당할 결과가 이제 아주 멀지만은 않은 상황이 되었다.

누군가가 소매를 건드렸다. "이것 봐요, 친구. 내 차를 다시 탈 거요, 안 탈 거요? 미터기는 계속 돌아가고 있거든요."

"응? 오, 물론이죠." 그는 운전사를 따라가 다시 차에 탔다.

"어디로 갈까요?"

그게 문제였다. 시계를 보았지만 보통 때라면 시간을 믿을 만했던 이 기계가 여러 과정을 거치며 아무짝에도 쓸모없게 되었다는 것을 깨달았다. "지금 몇 시죠?"

"2시 15분이오." 윌슨은 시계를 다시 맞췄다.

2시 15분. 지금쯤이면 그의 방에서 매우 혼란스러운 연회가 벌어지고 있을 것이었다. 그곳에 가고 싶지는 않았다, 아직은. 그의 피를 나눈 형제들이 관문을 가지고 재밌는 게임을 하기 전까지는 말이다.

관문!

관문은 4시 15분이 지나서까지 그의 방에 존재할 것이었다. 만약 시간만 잘 맞춘다면 말이다. "4번가와 매킨리가의 모퉁이로 갑시다." 그는 기숙사에 가까운 교차로를 말하며 지시했다.

택시 기사에게 돈을 내고 내린 그는 짐을 들고 모퉁이에 있는 주유소에 가져가 직원에게 짐을 맡겨둔 뒤 안전할 것이라는 보장을 받아냈다. 그는 2시간이라는 시간을 죽여야 했다. 시간 맞추는 데 실패할 수도 있으므로 집에서 너무 멀리 갈 수는 없었다.

갑자기 끝마치지 못한 일이 바로 이 근처 동네에 남아 있다는 것이 생각났다. 그리고 그 일을 해결할 시간은 충분했다. 그는 휘파람을 즐겁게 불며 쾌활하게 교차로를 떠나 어느 아파트로 향했다.

아파트 211호에 노크를 하자 대답 대신 문이 활짝 열렸다. "윌슨, 자기야! 오늘 일한다고 했잖아."

"안녕, 주느비에브. 전혀 아니야. 지금 시간을 때워야 하거든."

그녀는 어깨 뒤쪽을 바라보았다. "당신을 들여보내야 할지 잘 모르겠어. 당신이 올거라 생각 못했거든. 설거지도 안 했고 침대 정리도 안 했어. 지금 막 화장도 하려던 참이었고."

"수줍은 척하지 마." 그는 문을 활짝 열고 안으로 들어갔다.

✶

밖으로 나온 후에 시계를 봤다. 3시 30분… 아직 시간은 충분했다. 그는 너무나 만족한 얼굴로 거리를 걸어갔다.

주유소 직원에게 감사하다고 말한 후 25센트를 줬다. 그러자 10센트짜리 동전 하나만 남게 되었다. 동전을 바라보던 그는 혼자서 웃더니 주유소에 있는 공중전화에 그걸 넣었다. 그는 자기 집에 전화를 걸었다.

"여보세요." 목소리가 들렸다.

"여보세요." 그가 대답했다. "밥 윌슨인가요?"

"네, 누구시죠?"

"그건 됐습니다." 그는 낄낄대며 웃었다. "그냥 거기 당신이 있나 해서 걸었습니다. 거기 있을 거라고 생각했죠. 당신은 제대로 제자리에 있군. 딱 제자리에 있어." 그는 웃으면서 전화를 끊었다.

4시 10분이 되자 안절부절못하게 되어 더는 기다릴 수가 없었다. 그는 무거운 옷 가방을 들고 겨우 기숙사로 향했다. 들어가자 위층에서 전화벨 소리가 들렸다. 시계를 보았다. 4시 15분이었다. 끝없이 이어지는 듯이 느껴지는 3분 동안 현관에서 기다린 후 윌슨은 힘들여 계단을 올라가 복도 위쪽의 자기 방문으로 갔다. 그는 문을 열고 안으로 들어갔다.

방은 비었고 관문은 여전히 거기 있었다.

마치 관문이 금방이라도 깜빡거리다가 사라질 것 같은 느낌에 그는 가방을 쥔 손에 힘을 꽉 주고 바로 방을 가로질러 관문 안으로 성큼성큼 걸어 들어갔다.

관문실은 비어 있었고 크게 안도했다. "다행이다." 감사의 마음으로 혼잣말했다. 5분만, 내가 원하는 시간은 그게 전부야. 아무도 방해하지 않는 5분. 그는 재빨리 떠날 수 있도록 가방을 관문 근처에 내려놓았다. 그러는 와중에 자세히 보니 가방 하나의 귀퉁이가 뭉텅이로 사라져 있었다. 드러난 곳으로 반쪽이 된 책이 보였다. 마치 출판용 절삭기로 잘린 것처럼 깨끗하게 잘려져 있었다. 책 제목을 보니 《나의 투쟁》이었다.

책을 잃은 것은 신경이 쓰이지 않았지만, 이것이 무엇을 뜻하는지를 생각하자 속이 조금 뒤틀렸다. 처음에 관문을 통과했을 때 깨끗하게 곡선을 그리며 통과하지 못하고 가장자리를 건드렸다면 이렇게 절반은 이곳에, 절반은 저곳에 남게 되었을까? 마술이 아니라 진짜로 절반으로 잘린 사람이 되었을 것이다!

윌슨은 얼굴을 비비고는 조종 장치석으로 갔다. 딕터의 간단한 사용 방법을 따라서 네 개의 구체를 4면의 중앙에 모았다. 조종석 옆을 보니 관문이 완전히 사라져 있었다. "확인 끝!" 그는 생각했다. '이제 영점이야. 관문은 없어.' 그는 하얀색 구체를 조금 움직였다. 관문이 다시 나타났다. 거울 화면을 돌리자 자그마한 관문실 그 자체의 내부가 보였다. 아직 괜찮았다. 하지만 관문실을 들여다보고 있다고 해서 어느 시간으로 맞춰져 있는지는 알 수가 없었다. 공간 조종을 살짝 움직였다. 장면이 깜빡거리며 궁전 벽을 통과하더니 열린 공중에 나타났다. 하얀색 시간 조종축을 0으로 돌려놓고 그것을 아주, 아주 조금씩 어긋나게 했다. 작은 상에서는 태양이 하늘을 가로지르는 줄무늬처럼 보였다. 낮이 마치 낮은 주파수로 빛나고 있는 조명처럼 반짝거리며 지나갔다. 조금 더 조종해 보았다. 땅이 시들더니 갈색으로 변했다가 눈에 뒤덮인 모습을 지나 다시 녹색이 되었다.

윌슨은 조심스럽게 작업을 하며 오른손을 안정시키기 위해 왼손을 가져와 고정했고 계절은 과거로 나아갔다. 열 번의 겨울을 셌고 멀리 어딘가에서 목소리가 들려오고 있음을 알게 됐다. 그는 멈추고 소리에 귀 기울였다. 그리고 재빨리 공간 조정을 0으로 돌려놓고 시간 조종은 그대로(지금으로부터 10년 전) 내버려두고 조종석을 뛰쳐나갔다.

그는 가방을 제대로 들어 옮길 시간도 거의 없어서 관문 너머로 던진 뒤 그 자신도 뛰어들었다. 이번에는 원의 가장자리를 건드리지 않으려고 지나칠 정도로 애썼다.

그는 계획한 대로 여전히 관문의 방에 있었다, 하지만 조종방법을 정확하게 해석했다면 최근에 그가 참여했던 사건들이 발생하기 10년 전이었다. 원래 딕터와 더 긴 시간 간격을 두고 싶었지만 그럴 만한 시간이 없었다. 하지만 생각해보니 딕터 자신의 말과 윌슨이 주운 작은 공책이라는 증거로 미루어 볼 때 20세기 원주민일 것이므로 10년이면 충분할 거라고 생각했다. 딕터는 이 시대에 없을지도 몰랐다. 만약 있다 해도 언제든 시간 관문을 통해 도망갈 수 있었다. 하지만 더 도약하기 전에 현재 상황을 탐사해두는 것이 이성적인 처사일 것이었다.

그러다 갑자기 딕터가 시간 관문의 거울 화면으로 그를 보고 있을지도 모른다는 것을 깨달았다. 거울 화면으로는 어느 시간이건 들여다볼 수 있었으니 서두른다 해서 보호가 되지 못하지만, 그걸 미처 생각할 틈도 없이 옷 가방 두 개를 끌어다 조종 장치석 뒤로 숨었다. 조종 장치석이 막아주는 벽 안에 들어가고 나서야 그는 조금 진정을 했다. 엿보기는 양쪽으로 사용될 수 있었다. 조종 장치는 영점에 가 있었고 이전과 마찬가지의 과정을 거쳐서 거울 화면을 이용해 10년 후 장면을 볼 수 있을 거라는 걸 깨닫고 공간 조종을 0에서부터 아주 조심스럽게 옮기기 시작했다. 이건 꽤 어려운 작업이었다. 몇 분당 몇 달의 시간이 흘러가고 있었으므로 거울 화면 너머로 보이는 사람은 눈으로 따라잡기도 힘든 속도로 순식간에 사라졌다. 몇 번인가 사람으로 보이는 잔영을 발견했지만 제시간에 맞춰서 시간 조종 장치의 움직임을 멈추는 데는 실패했다.

그는 격분을 느끼며 이 2중으로 망할 장치를 개발한 자가 눈금과 기타 민감한 조종 기계를 왜 넣지 않았는지 궁금해했다. 작은 눈금 같은 것 말이다. 나중에 깨달은 것이지만 시간 관문을 창조한 자들은 그가 가진 원시적인 감각 같은 것에 의존할 필요가 없었을 거라는 생각이 들었다.

딱 한 번만 더 해보고 포기할 작정이었는데, 포기하기 직전에야 순전히 우연으로 화면 속 모습을 찾아내는 데 성공했다.

그건 두 개의 옷 가방을 들고 있는 자신의 모습이었다. 그는 자신이 시점을 똑바로 걸어오면서 커지더니 사라지는 모습을 지켜봤다. 난간 건너편을 보며 관문에서 자신이 걸어 나오는 모습을 반쯤 기대했다.

하지만 관문에서는 아무것도 나오지 않았다. 처음에는 당황스러웠지만 결국 10년 후 미래의 설정이 나올 때의 시간으로 맞춰져 있다는 것을 기억했다. 하지만 원하는 것은 얻을 수 있었다. 그는 등을 기대고 앉아 지켜봤다. 거의 즉시 닥터와 다른 시간대의 자신이 나타났다. 거울 화면이 보여주고 있는 상황을 기억했다. 그건 밥 윌슨 3번이었으며 닥터와 다투고 20세기로 탈출하기 직전이었다.

그것이었다. 닥터는 그를 보지 못했고 그가 불법적으로 관문을 이용했다는 사실도 몰랐고 10년 전 '과거'에 숨어 있다는 사실도 모르고 있었으며 그를 그곳에서 찾지도 않을 것이었다. 그는 조종 장치를 영점으로 맞춰놓고 이 일에 대해서 잊었다.

하지만 다른 일들을 처리해야 했다. 특히 음식. 지금 생각해보니 뻔한 일이었지만 적어도 하루 이틀 정도 버틸 음식을 가져오는 게 좋았을 것이었다. 그리고 45구경 권총도. 자신에게 선견지명이 별로 없다는 것을 인정해야 했다. 하지만 그는 자기 자신을 쉽사리 용서했다. 미래가 자꾸 과거가 되는데 선견지명을 가지기는 어려운 일이긴 했다. "됐어, 윌슨. 잘한 거야." 그는 혼자서 떠들었다. "가서 원주민들이 광고대로 친절한지 알아보자."

윌슨은 궁전의 아주 작은 부분을 조심스럽게 정찰했지만, 사람은커녕 어떤 생명도, 벌레도 전혀 발견하지 못했다. 이 장소는 마치 상점 진열장처럼 사람이 살지 않고 죽어 있는 불모의 지역같았다. 한번은 목소리를 듣고 싶어서 소리를 질러보기도 했다. 메아리 때문에 소름이 돋았다. 이후 다시는 그런 짓을 하지 않았다.

이 장소의 건축 양식도 당황스러웠다. 그의 경험에 비추어 이상할 뿐만 아니라(그 정도는 기대하고 있었다), 작은 예외를 제외하면 이곳은 인류가 사용하기에 전혀 적절하지 않았다. 커다란 홀은 1만 명이 동시에 들어갈 수 있을 정도로 거대했다. 서 있을 수 있는 바닥이 있었다면 말이다. 그곳에는 설 수 있는 수평 공간이나 수평에 가까운 발판 같은 것은 거의 없었다. 그로부터 이어지는 복도에서 그는 구조체에 있는 거대하고 신비로운 빈 공간중 하나를 발견했고 길이 끊긴 걸 알아채지도 못한 채 떨어질 뻔했다. 그는 신중하게 앞으로 기어가서 가장자리 너머를 봤다. 통로의 입구가 이 장소의 높디높은 벽으로 이어졌다. 아래에는 벽이 갑자기 끊겨 있었고 수직으로 이어지는 표면조차 전혀 보이지 않았다. 한참 아래에 굽은 벽이 반대쪽 벽과 다소 어색하게 수평 평면에서 급격한 각도로 만나고 있었다.

벽에는 다른 구멍들이 있었는데 그가 웅크리고 있는 이 구멍처럼 인간으로서는 사용할 수 없는 것들이었다. "높은 자들." 그는 혼자 속삭였다. 그가 가지고 있던 오만은 완전히 사라졌다. 윌슨은 먼지에 나 있는 자신의 발자국을 따라서 돌아갔고 거의 친근할 정도로 느껴지는 관문실에 도착했다.

두 번째 시도에서는 인간에게 적합하게 되어 있는 것으로 보이는 복도와 구획으로만 다녔다. 그는 궁전의 그 부분이 하인 숙소나 노예 숙소일 거라고 생각했다. 그런 지역만 다니니 다시 용기가 돌아왔다. 완전히 버려지기는 했어도 이 거대 구조물 속에서 인간을 위해 만들어진 방이나 복도는 친근하고 즐거운 느낌을 주었다. 광원을 알 수 없는 꺼지지 않는 조명과 계속되는 고요함에 여전히 괴로웠지만 '높은 자들'의 거대하고 신비하도록 비비 꼬아진 방을 보고 느껴지는 압도감만큼 괴로운 건 아니었다.

궁전에서 나가는 길 찾기를 거의 포기한 채 발자국을 따라 복도를 돌아가다가, 모퉁이를 돌았더니 밝은 햇살이 나왔다.

윌슨은 폭이 넓고 가파른 경사로의 꼭대기에 서 있었다, 경사로는 건물 아래로 부챗살처럼 펼쳐져 있었다. 그의 앞으로, 아래로, 그리고 5백 미터 거리에 이르기까지 경사진 포장도로가 잔디, 풀숲, 나무의 초록색과 만나고 있었다. 몇 시간 전, 그리고 10년 후 미래에서 딕터와 아침 식사를 하며 내려다봤던 고요하고 푸르며 낯익은 풍경이었다.

윌슨은 잠시 조용히 그곳에 서서 햇볕을 들이마시고 이 따스한 봄날의 가슴 뛰는 아름다움을 흠뻑 만끽했다. "다 괜찮아질 거야." 기뻐하며 말했다. "정말 대단한 곳이야."

윌슨은 천천히 경사로를 내려가면서 눈으로는 인간을 찾았다. 반쯤 내려갔을 때, 나무 사이에서 보인 작은 인영이 경사로 끝 부분에 있는 공터로 나왔다. 아이였다. 아이는 잠시 올려다보더니 나무를 엄폐물 삼아 도망갔다.

"성급하구나, 윌슨. 넌 성급한 놈이야." 그는 자신을 꾸짖었다. "겁주면 안 되지. 천천히 가자." 하지만 이 사건으로 인해 낙심하지는 않았다. 아이가 있는 곳이라면 부모와 사회가 있을 것이었고, 젊고 똑똑한 자들에게 만물에 대한 더 넓은 관점을 가르쳐줄 기회가 있을 터였다. 그는 느긋한 걸음으로 아래로 향했다.

아이가 사라진 곳에 남자가 한 명 나타났다. 윌슨은 가만히 서 있었다. 남자는 그를 올려다보더니 주저하면서 한두 걸음 다가왔다. "이리 와요!" 윌슨이 친근한 목소리로 불렀다. "해치지 않을 테니."

남자는 그의 말을 거의 이해하지 못했지만, 천천히 앞으로 나왔다. 남자는 포장도로의 끄트머리에 멈추더니 그곳을 쳐다보고 거기서 더 앞으로 나아가려 하지 않았다.

남자의 행동 양식을 보고 있자니 윌슨의 뇌에 반짝이는 것이 있었다. 궁전에서 본 것과 딕터가 조금이지만 말해준 것이 맞아떨어지는 것 같았다. 윌슨이 혼잣말했다. "인류학 개론 수업 시간이 완전히 시간 낭비가 아니었다면, 이 궁전은 금기고 이 경사로도 금기이며 거기 서 있으니 나 또한 금기라는 의미야. 생각해라. 생각을 해!"

윌슨은 밖에 나가지 않도록 주의하면서 포장도로 끄트머리로 나아갔다. 남자는 무릎을 꿇고 머리 위로 손을 컵 모양으로 만들어 모아들고는 머리를 숙였다. 윌슨은 주저하지 않고 남자의 이마를 건드렸다. 남자는 일어섰고 화색이 만면했다.

"뻔하군." 윌슨이 말했다. "저자가 일어나면 질문을 던져야겠어."

충복은 고개를 갸우뚱하더니 어리둥절한 표정으로 깊고 음악적인 목소리로 대답했다. 말소리는 막힘이 없었고 기묘했으며 마치 노래의 한 구절처럼 들렸다. “그 목소리로 먹고살 수도 있겠어.” 윌슨은 존경을 담아 말했다. “그보다 못한 목소리를 가진 사람도 스타가 되니까. 그건 그렇고… 이제 가서 뭔가 먹을 것을 가져와. 음식.” 그가 입을 가리켰다.

남자는 주저하는 듯하다가 다시 말했다. 윌슨은 주머니에서 전에 훔쳤던 공책을 꺼냈다. 그는 ‘먹다’라는 말을 찾았고 그다음에는 ‘음식’을 찾았다. 같은 단어였다. “블렐란.” 그는 조심스럽게 말했다.

“블렐라아아아안?”

“블렐라아아아아아안.” 윌슨도 동의했다. “내 억양은 봐줘야겠어. 서둘러.” 단어장에서 ‘서두르다’라는 말을 찾으려 했지만 거기 없었다. 이 언어에 그런 개념이 없든지, 딕터가 기록할 가치가 없다고 생각했든지 둘 중 하나였다. 하지만 그것도 곧 고쳐야겠다고 윌슨은 생각했다. 만약 그런 단어가 없다면, 만들어주면 되는 것이었다.

남자는 떠났다.

윌슨은 터키식으로 바닥에 주저앉아 공책을 공부하며 시간을 보냈다. 이 지역에서 권력을 잡는 데 걸리는 시간은 전적으로 완전한 대화 기술을 배우는 시간에 달려 있다고 생각했다. 하지만 몇 가지 명사를 찾아보고 나니 처음 만났던 남자가 다른 사람들을 이끌고 왔다.

행렬은 흰머리에 수염은 없는 나이 많은 남자가 이끌었다. 수염을 기른 사람은 없었다. 네 명의 젊은 남자가 차양을 들고 걸어가는 흰머리 남자의 위를 가려주었다. 사람 중에서 바닷가 옷차림 같지 않을 정도로 옷을 입은 사람은 오직 그뿐이었다. 남자는 마치 로마의 줄무늬 천막으로 인생을 시작한 토가 같은 옷을 입고 있어서 불편해 보였다. 그가 지도자라는 것은 확실해 보였다.

윌슨은 서둘러 ‘대장’이란 말이 뭔지 찾았다.

대장이란 말은 ‘딕터’였다.

놀라울 것 없는 일임에도 놀라웠다. ‘딕터’라는 단어의 뜻이 당연히 이름보다는 직책이라고 생각하는 것이 논리적으로 더 있을 법한 일이었다.

그저 이제까지 미처 생각해보지 않은 것뿐이었다.

딕터(그 딕터)는 단어 밑에 주석을 달아놓았다. "죽은 언어에서 가져왔을 확률이 어느 정도 있는 몇 안 되는 단어이다." 윌슨이 읽었다. "이 단어와 열 몇 개의 단어, 그리고 이 언어의 문법 구조 자체가 '버려진 자'의 언어와 영어 사이에 남은 유일한 연결고리로 보인다."

추장은 포장도로 바로 옆까지 와서 윌슨 앞에 섰다. "알았어, 딕터." 윌슨이 명령했다. "무릎 꿇어라. 너도 예외가 아니야." 그는 땅을 가리켰다. 추장이 무릎을 꿇었다. 윌슨이 이마를 만졌다.

같이 가져온 음식은 양도 많았고 매우 풍미가 좋았다. 윌슨은 외견의 중요성을 잊지 않고 천천히 먹으며 위엄을 보이려 했다. 그가 먹는 동안 모여 있는 모든 사람들이 합창을 했다. 훌륭한 노래란 것은 그도 인정했다. 그들의 화음 개념이 조금 낯설었고 전체적으로 미개하긴 했지만, 노래 실력을 포함한 목소리는 맑고 부드러웠으며 즐기면서 부르고 있었다.

음악을 듣고 나니 윌슨에게 아이디어가 떠올랐다. 허기를 채운 다음 그는 필수불가결한 작은 공책의 도움을 받아 대장에게 그와 동료들이 여기서 기다리도록 말했다. 그리고 관문실로 돌아와 전축과 12장의 무작위 음반을 챙겼다. 그는 사람들에게 녹음된 '현대' 음악을 선사했다.

반응은 기대를 훌쩍 뛰어넘었다. 〈비긴 곡을 시작하라〉*를 들은 늙은 추장은 눈물을 줄줄 흘렸다. 차이콥스키의 〈피아노 협주곡 1번 내림 나단조〉를 들을 때는 거의 발을 구르다시피 했다. 그들은 몸을 흔들었다. 머리를 붙잡고 신음을 냈다. 박수치며 소리 질렀다. 윌슨은 두 번째 변주곡을 주는 건 미루고 대신 〈볼레로〉의 호소력 있는 단음을 통해 진정하도록 했다.

"딕터." 그가 말했다. 늙은 추장을 두고 한 말은 아니었다. "딕터, 늙은 친구, 쇼핑 심부름을 보낸 게 이 사람들을 사로잡을 요량으로 한 일이었

* 콜 포터의 곡

군. 진짜 나타난다면 말이지만, 당신이 나타날 즈음에는 내가 이곳을 완전히 장악하고 있을 거야."

윌슨이 권좌로 오르는 길은 본질적으로 권력 투쟁보다는 개선 행진에 가까웠다. 극적인 요소가 거의 없었던 것이다. '높은 자'들이 인류에게 무슨 짓을 해놓았는지 몰라도, 육체적인 유사성만 남고 심성은 크게 바뀌어 있었다. 여기서 만난 유순하고 친근한 아이와 같은 사람들은 이전에 그가 만났던 전투적이고 야만적이며 탐욕스럽고 역동적인 벌떼와 같은 미합중국 시민이라는 자들과 공통점이 거의 없었다.

그 둘 사이의 관계는 저지 젖소와 들소의 차이, 혹은 코커스패니얼과 늑대의 차이와도 같았다. 투쟁심이 완전히 사라져 있었다. 지능이나 예술적 재능이 뒤떨어진 것은 아니었다. 그저 경쟁심이나 의지력이 사라진 것뿐이었다.

그건 모두 윌슨이 독점하고 있었다.

하지만 윌슨은 곧 이기기만 하는 게임에 질리고 말았다. 윌슨은 궁전에 사는 지도자이자 떠나버린 높은 자들의 총독 같은 위치에 자신을 올렸고, 한동안은 '현대'의 문명을 정착시키려는 목적으로 여러 계획을 진행했다. 악기의 재발명, 체계적인 우편 제도 확립, 패션 스타일이라는 개념의 재개발 그리고 똑같은 스타일의 옷을 한 번의 계절 이상 입는 것을 금지하는 안이 그것이었다. 마지막 계획에는 사악한 의도도 있었다. 여성 주민들의 생각을 전시하여 진심 어린 관심을 보이게 된다면 남자들도 자신의 욕망을 만족시키려는 열망을 가지게 될 것이라고 생각했기 때문이었다. 지금 이 문화에 없는 것이 그런 충동이었다. 이런 충동은 계속 내리막길로 줄어들고 있었다. 그는 사람들에게 결핍되어 없는 충동성을 주려고 노력했다.

백성들은 그의 바람에 협조했으나 어정쩡하게, 마치 개가 묘기를 부리는 것처럼 이해는 하지 못한 채로 주인과 신을 기쁘게 하려고 하듯이 받아들였다.

윌슨은 곧 질려버렸다.

하지만 '높은 자'들, 그리고 특히 시간 관문에 대한 신비는 그의 생각을 여전히 차지하고 있었다. 그는 뒤섞인 본성을 가지고 있었다. 반은 사기꾼이자 반은 철학자였다. 이번에는 철학자가 나설 차례였다.

시간 관문이 전시한 현상에 대해서 물리-수학적인 모델을 머릿속에서 구성하려는 시도는 지성적으로도 그 자신에게 필요한 일이었다. 그는 하나의 이론, 아마 괜찮은 이론은 아닐지 모르겠지만 모든 요구조건을 만족시키는 이론을 만들어냈다. 평면 표면을 생각해보자. 종이 한 장, 아니 비단 손수건이 더 낫겠다. 비단은 강성이 없었고 쉽게 접히면서도 비단 표면의 2차원 연속체가 지닌 상대적 특질들을 더 잘 보여줬다. 그 씨줄의 실을 시간의 차원, 아니면 방향이라고 생각해보자. 씨줄의 실은 공간 차원 세 개를 모두 나타낸다고 해보자.

손수건에 생긴 잉크 자국이 시간 관문이 된다. 손수건을 접으면 비단 표면의 다른 지점과 겹치게 될 것이다. 엄지와 검지로 이 두 지점을 꾹 누른다. 조종 장치가 설정되고 시간 관문이 열리고 극미한 비단 조각의 주민이 한쪽의 접힌 면에서 다른 곳으로 가며 그 이외의 다른 곳은 전혀 거치지 않고 가로지를 수 있다.

이 모델은 불완전했고 전체적으로 허점이 많았다. 하지만 물리적 그림은 인간이 머릿속에 그려볼 수 있는 감각 경험의 한계로 인해 제한될 수밖에 없었다.

4차원 연속체(공간 차원 세 개, 시간 차원 한 개)가 스스로 접혀서 관문이 '열리게' 된다는 개념에, 접힘이 일어날 더 높은 차원의 개념이 필요할까? 그는 이 문제에 관해서 마음을 정하지 못했다. 필요해 보이기는 했지만, 인간 두뇌가 가진 지성적 결점 때문에 그렇게 보이는 걸지도 몰랐다. '접힘'에 필요한 것은 빈 공간뿐이었지만 '빈 공간'이라는 개념 자체가 무의미했고 그도 그걸 알 정도의 수학 실력은 갖추고 있었다.

만약 4차원 연속체를 '잡아두기' 위해 더 고차원이 필요하다면 각 차원은 더 높은 차원이 필요할 것이므로 시간과 공간의 차원 개수는 무한이 될 것이었다.

하지만 '무한' 또한 의미 없는 개념이었다. '열린 급수'가 조금 더 나았지만, 많이 낫지는 않았다.

또 달리 고려해야 할 점은, 그가 인식하고 있는 네 개의 차원 말고도 최소 하나의 차원이 더 있을 거라는 결론이었다. 시간 관문 그 자체였다. 그는 이제 꽤 능숙하게 조종 장치를 다루게 되었지만, 관문을 어떻게 작동하고 어떻게 만들 수 있는지는 짐작조차 못 하고 있었다. 이것을 만든 생명체는 자신을 가두고 있는 한계에서 벗어나 바깥쪽에서 시공간의 구조에 관문을 고정시키며 만들 수 있는 존재여야만 했다. 그의 한계를 넘어선 개념이었다.

윌슨은 자신이 보고 있는 조종 장치는 단순히 그가 익숙한 공간에 걸려 있는 것이라고 생각했다. 궁전 그 자체가 더 큰 구조체의 3차원 부분에 지나지 않을지도 몰랐다. 그런 조건이어야만 건물의 불가해한 구조를 설명할 수 있었다.

이 '높은 자'들이라는 이상한 생명체에 대해 갈수록 참을 수 없이 더욱 알고 싶어졌고 집착하게 되었다. 어느 날 나타나 인류를 지배하고 궁전과 관문을 짓고는 다시 가버린, 그 여파로 그가 3만 년이나 지난 이곳으로 쫓겨 오게 만든 자들. 인류에게 가장 신성한 신화이자 가장 모순적인 전통 덩어리일 것이었다. 사진도, 어떤 저작물의 흔적도 남지 않았다. 오로지 노르칼의 대궁전과 시간 관문뿐이었다. 그들이 지배하던 종족의 가슴속에는 치유되지 않는 상실감만을 남겨놓았고 그 상실감으로 인해 스스로를 '버려진 자'들이라고 부르게 만들었다.

윌슨은 조종 장치와 거울 화면으로 시간을 거슬러 올라가 건축자를 찾았다. 느린 작업이었지만 이전에 해본 적 있는 일이었다. 지나가는 그림자를 쫓는 지루한 추적이 이어졌고 실패도 이어졌다.

그는 거울 화면에서 그런 그림자를 본 적 있다고 확신했다. 충분히 과거로 돌려서 그 그림자가 다시 지나가는 모습을 대비하려고 음식과 음료를 챙겨두고 기다렸다.

3주를 기다렸다.

그가 어쩔 수 없이 잠이 들었을 때 그림자가 지나갔을지도 몰랐다. 하지만 자신이 맞는 시기를 보고 있다고 확신했고 철야 작업을 계속했다.

그는 보았다.

그것은 관문 쪽으로 다가가고 있었다.

윌슨은 복도를 나와 관문실에서 한참 멀리 떨어진 곳에서 정신을 차렸다. 자신이 비명을 지르고 있다는 사실을 그제야 알아챘다. 그는 아직도 공포에 몸을 떨고 있었다.

나중에 관문실로 억지로 돌아갔지만 시선을 피하며 조종 장치석으로 들어가 구체를 영점으로 돌렸다. 그는 서둘러 물러난 후 관문실을 나와 숙소로 갔다. 그리고 이후 2년간 조종 장치와 관문실 근처에도 가지 않았다.

그의 이성을 쥐고 흔든 것은 물리적인 위협에 대한 공포가 아니었다. 그 생명체의 모습도 아니었다. 어떻게 생겼는지가 전혀 기억도 나지 않았다. 그것을 보자마자 무한대의 슬픈 감정이 물밀듯 흘러들어 왔고 비극적인 감각과 참을 수 없는 슬픔 그리고 벗어날 수도 없고 끝도 없는 무력감이 그를 채웠다. 이 감정은 그의 영혼을 수도 없이, 너무나 강력하게 후려쳤다. 그건 마치 굴에게 바이올린을 연주하는 경험을 하게 한 것처럼 더없이 버거운 일이었다.

그는 '높은 자'들에 대해서 인간이 배우고 견딜 수 있는 모든 것들을 배운 기분이었다. 더는 궁금하지 않았다. 그 감정의 그림자 때문에 잠을 잘 못 이루고 밤에 식은땀을 흘리며 깨곤 했다.

그를 괴롭히는 문제는 또 한 가지가 있었다. 그 자신과 시간 속에서 겪은 일들이었다. 그는 말하자면, 돌아온 자기 자신과 말하고, 자기 자신과 싸워보기도 했었다는 사실이 아직도 걱정스러웠다.

어느 것이 '그 자신'일까?

그는 그들 모두의 기억이 있었으므로 그들 모두가 자신이었다는 사실을 알고 있었다. 그렇다면 하나 이상이 존재했을 때는 어땠을까?

순수하게 필요성에 의해서 비동일성의 원칙을 확장할 수밖에 없었다. "세상에 같은 것은 없으며 그 자신도 마찬가지다."라는 명제에 자아도 포함하는 것이었다. 4차원 연속체에서 각 사건은 완전히 개별적이며 그 자신만의 공간 좌표와 일시를 가지게 된다. 그는 밥 윌슨이지만 10분 전의 밥 윌슨하고는 다른 사람이었다. 그들 각자는 4차원 과정에서 개별적인 구획에 존재했다. 마치 빵에서 바로 옆에서 썰린 조각과 그 옆의 빵조각이 닮아 있는 것처럼 수많은 점에서 각자 닮았겠지만 그들은 같은 밥 윌슨이 아니었다. 시간의 진행에서 달랐다.

그가 방향성을 바꾸자, 그 차이가 명확해졌다. 분리되는 것은 시간이 아니라 공간이었는데 어쩌다 보니 공간의 길이를 볼 수 있는 장비가 있었기에 이제 시간의 차이만을 기억하게 되었다. 돌이켜 생각해보면 그는 수없이 많은 여러 가지 밥 윌슨을 기억하고 있었다. 아깃적, 어린아이, 사춘기 때, 젊은 남자였을 때의 밥 윌슨. 그들 모두 달랐고 그도 그 사실을 알고 있었다. 그들 모두를 하나로 묶어주는 것은 기억의 연속성이라는 동일성의 감각이었다.

그리고 그날 오후 그 방에 모여 있던 셋, 아니 네 명의 밥 윌슨을 묶어주는 것도, 바로 그들 모두를 잇는 것도 기억의 흔적이었다. 그 기억에서 놀라운 점은 시간 여행 그 자체뿐이었다.

그리고 또 다른 사항들도 있었다. '자유 의지'의 본질, 엔트로피 문제, 에너지와 질량 보존의 법칙. 마지막 두 개는 이제 깨달은 것이지만, 관문이나 이와 비슷한 것을 포함해서 질량, 에너지나 엔트로피가 하나의 연속체에서 바로 옆 동네로 유출되는 것을 허용할 수 있도록 확장되고 일반화되어야 할 필요가 있다는 것을 알게 되었다. 그렇게 한다면 변함없이 유효한 개념이 될 수 있었다. 자유 의지는 전혀 다른 문제였다. 이것은 웃으며 덮어버릴 수도 없는 문제였다. 왜냐하면 그가 직접 경험을 할 수 있었기 때문이었다. 하지만 그 자신의 자유 의지가 같은 장면을 계속 반복해서 만들어냈었다. 분명, 인간을 연속체 과정을 구성하는 요소로 간주할 수 있지만, 자아에 대해서만 '자유'로울 뿐 바깥 세계에는 기계적인 것 같았다.

그리고 딕터를 피한다는 마지막 행동으로 명백하게 사건의 방향을 바꾼 것이 분명했다. 그는 여기 있었고 나라를 다스리고 있었으며 이미 수년이 지났지만 딕터는 나타나지 않고 있었다. '진정한' 자유 의지로 인한 행동은 새롭고 다른 미래를 만들어낼 수 있는 걸까? 수많은 철학자는 그리 생각해왔다.

이 미래에 딕터, 그 딕터는 어디서건 어느 때건 나타나지 않을 것 같았다.

10년 후 미래의 끝이 보이면서 그는 자신의 주장에 확신이 없어지고 점점 더 신경질적이 되어갔다. '망할.' 그는 생각했다. '딕터가 나타난다면 한창 좋을 때 나타나겠지.' 그는 그자를 꽉 잡고 누가 진정한 대장인지 가릴 때를 간절히 바랐다.

그는 '버려진 자'의 나라 전역에 요원을 배치해서 얼굴에 수염이 있는 자는 체포해 궁전으로 데려오도록 지시했다. 관문실은 직접 감시했다.

윌슨은 딕터의 미래를 잡아보려고 했지만 대단한 성과는 없었다. 가끔 그림자를 포착해서 쫓아가 보곤 했지만, 매번 그 자신이었다. 지루함과, 부분적으로는 호기심에 못 이겨 이 과정의 반대쪽 끝을 보려고도 해봤다. 그는 다시 원래의 집을 찾아서 3만 년 전의 과거를 보려고 해봤다.

길고 지루한 작업이었다. 시간 버튼이 중앙에서 멀어질수록 조종하기가 더 힘들어졌다. 원하는 세기에 화상을 멈추게 하려면 끈기 있게 연습해야만 했다. 이 실험 과정에서 예전에 그토록 찾았던 미세한 조종법, 즉 실질적인 눈금을 발견하게 되었다. 주요 조종법과 마찬가지로 쉬웠다, 그냥 그 방향으로 움직이는 대신에 비틀면 되는 것이었다.

그는 20세기에 안정적으로 초점을 맞추면서 자동차 연식, 건축 양식과 다른 여러 증거를 이용해서 1952년일 거라고 믿을 만한 곳에서 멈췄다. 몇 번의 실패 끝에 조심스럽게 공간 조종기로 그가 시작했던 대학 도시에 목표를 맞출 수 있었다. 그 화상으로는 도로 표지판을 읽을 수는 없었다.

그는 자신의 기숙사를 찾아내서 관문을 자신의 방에 위치시켰다. 비어 있었고 가구도 없었다.

그는 그 방에서 떨어져 다시 시도해서 1년 전으로 갔다.

성공이었다. 그의 방, 그의 가구가 있었지만 비어 있었다. 그는 빨리 거꾸로 올라가며 그림자를 찾았다.

저기 있다! 윌슨은 지나가는 화면을 확인했다. 그 방에 세 명의 사람이 있었지만 그림이 너무 작고 조명이 안 좋아서 그들 중 자신이 누구인지 알 수가 없었다. 그는 고개를 숙여 장면을 자세하게 살폈다.

조종 장치석 바깥쪽에서 둔탁한 쿵 소리가 들렸다. 윌슨은 고개를 들어서 옆을 바라보았다.

바닥에는 절뚝거리고 있는 사람 형상이 드러누워 있었다. 근처에는 밟아 뭉개진 모자가 놓여 있었다.

윌슨은 완전히 정지된 상태로 한없이 오래 서서 그 두 모습, 모자와 사람을 지켜보았다. 그의 마음속에는 비이성의 바람이 휘몰아쳤고 몸이 떨려왔다. 정신을 잃은 자가 누군지 알아볼 필요도 없었다. 그는 알고 있었다…. 그는 알고 있었다. 그건 바로 시간 관문 너머로 맞아서 떨어진 젊은 자신이었다.

그 사실 자체 때문에 흔들리는 것이 아니었다. 그 일이 일어나리라고 예상하지는 않았다. 그는 시간 관문을 통해 왔을 때와 자신이 다른, 대체적인 미래를 살고 있다고 잠정적으로 결론을 내리고 있었다. 그 일이 어찌 되었든 일어날지 모른다는 것은 알고 있었고 그 일이 일어난 것에 놀란 것이 아니었다.

그 일이 일어났을 때, 그는 그저 관객일 거라고 생각했던 것이다!

그가 딕터였다. 윌슨 자신이 바로 그 딕터였다. 그가 유일무이한 딕터였다.

딕터를 절대 찾을 수 없었고 다툴 수도 없었다. 그가 오는 것을 두려워할 필요도 없었다. 과거에도 그랬고 미래에도 딕터라고 달리 불릴 사람은 없었다. 왜냐하면 딕터는 과거에도, 미래에도 바로 그 자신이었기 때문이다.

생각해보면 그가 딕터라는 사실은 너무나 자명했다. 너무나 많은 증거가 가리키고 있었다. 그러나 한편으로는 그렇게 자명하지는 않았다. 그와 딕터 사이에 보이는 유사성을 생각해보면 합리적인 이유에서 오는 것이었다. 특히 '다른 자'의 특질을 흉내 내고 싶어 했을 때 그런 식으로 '다른' 딕터가 나타났을 때 우월한 권력과 권위와 위치를 확고하게 하려 했던 것이었다. 바로 그 이유에서 바로 딕터가 살고 있던 그 아파트에 자리잡았던 것이었다. 그가 먼저 차지할 수 있도록 말이다.

확실하게 하려고 사람들에게 자신을 딕터라고 부르게 했다. 하지만 그건 별생각을 하지 않고 한 일이었다. 그들은 지배하는 사람이라면 누구나 그 칭호로 불렀다. 지역 관리인 노릇을 하는 부추장 같은 사람들조차도 말이다.

그는 딕터가 그랬던 것처럼 수염을 길렀고 그건 부분적으로 '다른' 자의 전례를 따른 것이었다. 하지만 그보다는 수염 없는 버려진 자 남성과 자신을 구별하기 위한 것이었다. 그렇게 해서 권위와 금기에 대한 그의 권력이 더욱 높아졌다. 그는 턱수염을 손으로 문질렀다. 그래도 '딕터'의 외모를 보고 자기 자신의 현재 모습을 떠올리지 못한 것은 이상했다. '딕터'는 나이가 든 사람이었다. 그는 겨우 서른두 살이었고, 10년 전인 저자는 스물둘이었다.

딕터는 겉보기에 마흔다섯 살 정도로 보였다. 아마 편견 없는 증인이라면 그 정도의 나이로 믿었을 것이다. 그가 높은 자들을 들여다보는 데 성공한 이후에는 머리와 수염은 회색이 되었다. 불안은 그의 머리를 떠나지 못했다. 이렇게 평화로운 아카디아 같은 곳이라도 나라를 다스린다는 것은 걱정이 많이 되는 일이었고 밤잠을 설치는 일도 많았다.

불평하는 것은 아니었다. 괜찮은 인생이었다. 대단한 인생이라고도 할 수 있었다. 머나먼 과거가 자신이 가질 수 있었던 어떤 인생보다 더 대단했다.

어찌 되었든 그는 40대 중반의 남자를 찾고 있었고 10년이 지나 얼굴을 흐릿하게 기억하고 있는 데다 사진도 가지고 있지 않았다. 그 흐릿한 얼굴과 자신의 현재의 얼굴과 연결이 될 거라고는 전혀 생각지도 못했다. 당연한 일이었다.

하지만 다른 작은 일들도 있었다. 예를 들어 아르마가 있었다. 3년 전 호감 가는 소녀를 선택해 집안일을 돌보게 했고 과거에 좋아했던 여자에 대한 감상적인 기억에서 이름을 따와 개명시켰다. 두 여자는 같은 여성이라는 것이 논리적으로 필연적이었다. 두 명의 아르마가 있는 것이 아니라 한 명이었던 것이다.

하지만 그가 기억하는 그녀, '첫 번째' 아르마는 훨씬 예뻤다.

흠, 그의 관점이 변한 것이 틀림없었다. 저기 바닥에 누워 있는 젊은 친구보다는 극도로 아름다운 여성에 질릴 만한 기회가 훨씬 많았음을 그도 인정해야 했다. 그는 낄낄대며 백성들의 매력적인 딸들이 자신의 수염을 건드리지 말도록 하는 인위적인 금기 제도를 만들어서 주위에 둘러야 했던 것이 기억했다 궁전에 인접한 강에는 그만이 수영할 수 있도록 만들어진 풀장이 있었는데 그곳에서 인어 같은 여성들과 얽히지 않으려면 그런 것이 필요했다.

바닥의 남자가 신음을 냈지만 눈을 뜨지는 않았다.

윌슨, 딕터는 고개를 숙였지만 남자를 깨우려는 시도는 전혀 하지 않았다. 그자는 중상을 당하지 않았고 그렇게 확신할 만한 논리적 이유도 있었다. 그는 자기 생각이 완전히 정리되기 전까지 이자가 깨어나길 원하지 않았다.

해야 할 일이 있었다, 실수 없고 빈틈없이 처리해야 할 일이었다. 그는 힘없는 웃음을 지으며 그들의 미래를 보장받을 계획을 세웠다.

그는 자신의 과거를 대비해야 했다.

이제 초기 자신을 다시 돌려보내도록 시간 관문의 설정을 고쳐야 하는 문제가 있었다. 몇 분 전 자신의 방에 설정을 맞췄을 때, 그는 초기 자신이 맞아 나가떨어지는 지점 바로 직전에 멈췄었다. 그를 돌려보내려면 그날 오후 2시경에 시간을 맞춰서 미소하게 재조정해야 했다. 단순한 일이었다, 그저 초기 자신이 혼자서 책상에 앉아 작업을 하는 짧은 구획을 찾으면 되는 일이었다.

하지만 저 방의 시간 관문은 나중에 나타났고 바로 그가 한 일의 결과였다. 그는 혼란을 느꼈다.

잠시만 기다려보자. 만약 시간 조종 장치의 설정을 바꾼다면 그의 방에 나타날 관문은 더 이른 시간에 나타날 것이고 그곳에 계속 머물며 1시간 정도 후에 "다시 나타날" 관문과 이어져 구분되지 않게 될 것이었다. 맞다. 바로 그거였다. 방 안에 있는 사람은 12시 이후로 시간 관문이 계속 존재했던 것처럼 느낄 것이었다.

실제로 그랬으니까. 이제는 이해할 수 있었다.

시간 관문이 보여주는 현상을 경험한 그였지만, 강력하고 미묘한 지성적 노력을 해야만 연속적 시간 개념에서 벗어나 영원이라는 관점에서 문제를 바라볼 수 있었다.

그리고 모자가 문제였다. 그는 그걸 집어서 써보려고 했다. 잘 맞지 않았다. 지금 머리가 많이 길었으니 당연한 일이었다. 모자는 발견될 위치에 두어야 했다. 오, 맞다, 조종 장치석이었다. 공책도 마찬가지였다.

공책, 공책… 음, 그 부분이 조금 웃기는 일이었다. 약 4년 전, 그가 훔친 공책이 해어지고 찢어져서 더는 쓸 수 없을 지경이 되었기에 새로운 공책에 내용을 조심스럽게 옮겨적었다. 그때는 이미 안내서로써 필요가 없었지만, 영어에 대한 기억을 되살리려는 목적이었다. 낡은 공책은 그가 없애버렸다. 발견되도록 놔둘 공책은 바로 그 새로운 것이었다.

그럴 경우, 두 개의 공책이 존재한 적이 없었던 게 된다. 지금 가지고 있는 것은 10년 전 과거 시점에서 관문으로 가지고 들어간 것이고 그건 그가 옮겨적은 공책이었다. 같은 물리적 진행에서 단순히 다른 부분 구획이었고 관문을 이용해 조작된 뒤 상당 기간 동안 나란히 동시에 진행되었을 것이다.

마치 그 날 오후의 자신과 마찬가지였다.

그는 낡은 공책을 버리지 않았으면 하고 생각했다. 만약 가지고 있었다면 증가하는 엔트로피에 낡고 닳았던 공책과 새 공책을 비교하여 동일하다는 것으로 자신을 설득할 수 있을 것이었다.

하지만 그 언어를 언제 배웠고 어떻게 단어장을 준비할 수 있었을까? 확실히 말하자면 그걸 옮겨 적을 당시에는 이 언어를 알고 있었고 사실 옮겨 적을 필요도 없었다.

하지만 그는 옮겨 적었다.

물리적 진행은 머릿속에서 모두 정리가 되었지만, 그것이 나타내는 지성적 진행은 완전히 원형이었다. 늙은 자신이 젊은 자신에게 언어를 가르쳤고 늙은 자신이 그걸 알고 있었던 것은 언어를 배우고 난 다음의 젊은 자신이 나이를 먹어서 늙은 자신이 된 다음 가르침을 줄 수 있게 된 다음이었다.

하지만 어디서 시작된 일일까?

무엇이 먼저일까, 닭 아니면 달걀?

쥐를 고양이에게 먹이고 고양이 가죽을 벗긴 뒤 시체를 쥐에게 먹이고 다시 그 쥐를 고양이에게 먹이고. 영구기관으로 작동하는 가죽 농장이 될 것이다.

만약 신이 세계를 창조했다면, 누가 신을 창조했는가?

누가 공책을 썼을까? 누가 이 연쇄를 시작했을까?

그는 성실한 철학자라면 누구라도 느낄 만한 지성적 좌절감을 느꼈다. 자신이 이런 문제를 이해할 확률은 콜리견이 개밥 깡통에 개밥이 어떻게 들어갔는지 이해하는 것만큼 어려운 일이라는 것을 알고 있었다. 응용 심리학이 자신에게 걸맞은 학문이라고 생각했고, 그 생각을 하다가 과거의 자신이 배워둔다면 나중에 나라를 다스리게 되고 정치를 펼칠 때 크게 쓸모 있을 만한 책이 떠올랐다. 그는 머릿속으로 책 목록을 짰다.

바닥에 누워 있던 남자가 움직이더니 일어나 앉았다. 윌슨은 이제 자신의 과거를 확실하게 해야 할 시간이 왔다는 것을 알았다. 그는 걱정하지 않았다. 그는 마치 다음에 던질 주사위 눈이 얼마인지 이미 아는 도박사처럼 자신감을 느끼고 있었다.

윌슨은 분신에게 고개를 숙였다. "괜찮나?" 그가 물었다.

"아마도요." 젊은이가 웅얼거렸다. 그리고 피투성이의 얼굴에 손을 댔다. "머리가 아프군요."

"그럴 거라고 생각했네." 윌슨도 동의했다. "통과할 때 거꾸로 떨어졌으니 말이야. 착지할 때 머리로 한 것 같군."

젊은 윌슨은 처음에 말을 잘 잇지 못하는 것처럼 보였다. 그는 멍한 표정으로 마치 자기 소지품을 찾는 것처럼 주위를 둘러보았다. 곧 그가 말했다. "통과라고요? 뭘 통과했다는 거죠?"

"관문이지, 물론." 윌슨이 그에게 말했다. 젊은 윌슨은 관문을 턱으로 가리켰고, 그 모습을 보고 있자니 여전히 정신없는 젊은 자기 자신의 시야를 같이 보는 느낌이 들었다.

젊은 윌슨은 자기 어깨너머로 가리킨 방향을 보더니 일어나 앉아서 몸을 떨고는 눈을 감았다. 그는 잠시 기도를 하는 것처럼 보였다가 다시 눈을 떠서 그것을 보고는 말했다. "제가 저걸 통과한 건가요?"

"맞아." 윌슨이 확인시켜줬다.

"여기가 어딥니까?"

"노르칼 왕궁의 관문실이지. 하지만 중요한 것은 장소가 아니라…."

그가 말을 보탰다. "시간일세. 자네는 지금 3만 년 정도 미래에 와 있네."

그걸 알게 됐다 하여 안심하는 것으로 보이진 않았다. 그는 일어서서 관문 쪽으로 비틀거리며 걸어갔다. 윌슨은 그의 어깨에 손을 대서 받쳐 주었다. "어디에 가나?"

"돌아가야죠!"

"아직 안 되네." 벌써 돌아가게 할 수는 없었다, 관문의 설정을 바꾸기 전까지는 말이다. 게다가 젊은 윌슨은 아직 취한 상태였다. 술 냄새가 지독했다. "돌아가게 될 거야. 내 약속하지. 하지만 먼저 상처부터 치료하세. 그리고 쉬는 게 좋겠어. 자네에게 해야 할 설명도 있고 돌아갈 때 나 대신 해줄 심부름도 있네. 서로 돕자는 거지. 위대한 미래가 나와 자네를 기다리고 있다네, 젊은이. 위대한 미래 말이야!"

위대한 미래!

✦

잃어버린 유산

Lost Legary

최세진 옮김

✦ 1941년 11월 〈슈퍼 사이언스 스토리즈(Super Science Stories)〉에 라일 먼로라는 필명으로 발표

1장

네 눈으로 보라!

“어이, 도살꾼!” 필립 헉슬리 박사가 만지작거리던 주사위 컵을 내려놓으며 소리쳤다. 그리고 발로 의자를 밀며 말했다. “앉아.”

그 말은 들은 남자는 노골적으로 헉슬리의 인사를 무시하며 노란 우의와 젖은 펠트 모자를 교직원 클럽의 직원에게 건넸지만, 헉슬리가 내민 의자는 받아들였다. 남자가 직원에게 말했다.

“저 소리 들었어, 피트? 심리학자 행세를 하는 주술사 주제에 뻔뻔스럽게도 외과 의사와 내과 의사 면허를 모두 가진 나한테 도살꾼이라네.” 점잖게 비난하는 투의 목소리였다.

그 말을 들은 헉슬리가 말했다. “그놈에게 속지 마, 피트. 코번 박사는 너를 수술실로 데려가서 머리를 열고 그 속을 들여다볼 거야. 그리고 네 두개골로 재떨이를 만들어버릴걸.”

피트는 테이블을 닦으며 씩 웃었지만, 아무 말도 하지 않았다.

코번이 혀를 끌끌 차며 고개를 절레절레 흔들었다. “그게 주술사가 할 말이냐. 아직도 유령을 찾고 있는 거야, 헉슬리?”

“초심리학을 말하는 거라면, 맞아.”

"그 허접한 일은 잘 돼?"

"아주 좋아. 이번 학기에 수업이 하나 줄었는데, 오히려 다행이야. 눈을 동그랗게 뜬 순진한 아이들에게 머릿속에서 어떤 일이 일어나는지에 대해 실제로 우리가 아는 게 얼마나 적은지 설명하는 일이 몹시 피곤했거든. 나는 연구하는 게 더 좋아."

"누군들 그러지 않겠어. 최근에 횡재라도 한 모양이네?"

"조금. 요즘 발데스라는 법대 학생과 상당히 재미있는 시간을 보내는 중이야."

코번이 눈을 동그랗게 뜨며 물었다. "그래? ESP*?"

"일종의 초능력이라고 할 수 있지. 그 친구가 투시력 같은 게 있어. 어떤 물체의 한쪽 면을 보면, 그 물체의 반대쪽 면까지 볼 수 있는 능력이야."

"헛소리 하지 마!"

"넌 그렇게 똑똑한데, 왜 부자가 안 됐냐? 세심하게 통제된 조건에서 실험했는데도 그 친구는 해냈어. 길모퉁이를 돌아서 그 너머까지 보더라니까."

"흠, 글쎄, 우리 스톤벤더 할아버지는 이렇게 말씀하셨지. '신은 카드 게임에서 지금껏 돌렸던 것보다 훨씬 많은 에이스 카드를 소매 속에 감추고 있단다.' 그 친구를 포커에 참가시키면 골치 아프겠네."

"실제로 그 친구는 전문 도박사로 일해서 번 돈으로 법대에 왔대."

"그 사람이 어떻게 그런 능력을 가졌는지 알아냈어?"

"아니, 젠장." 헉슬리가 손가락으로 탁자를 두드리며 난감한 표정을 지었다. "나한테 연구비가 조금만 있었더라도, 이런 연구를 의미 있게 만들기에 충분한 자료를 얻을 수 있을 텐데 말이야. 듀크 대학에서 라인 박사가 이뤄낸 걸 봐."**

* Extrasensory perception, 초감각적 지각. 육체적 감각이 아니라 텔레파시나 투시 등을 이용해 정보를 획득하는 것.

** 1930년대 듀크 대학에서 조셉 뱅크스 라인 박사는 다섯 가지 무늬가 그려진 '제너 카드'를 만들어 투시와 텔레파시 같은 초능력을 연구해서 유명해졌다. ESP라는 용어를 만든 사람도 라인 박사다.

"글쎄, 난리를 좀 떨어봐. 학교 이사회에 가서 들들 볶아. 네가 웨스턴 대학을 어떻게 유명하게 만들지 이야기해줘."

헉슬리는 더 시무룩한 얼굴이 되었다. "가망이 없어. 우리 학장한테 이야기를 해봤는데, 총장에게 말할 수 있게 도와주질 않아. 그 늙은 멍청이가 우리 과를 지금보다 더 엄중하게 단속할까 봐 겁나. 너도 알다시피, 공식적으로 우리는 '행동주의 심리학자'여야 하잖아. 생리학이나 역학으로 설명할 수 없는 무언가가 의식 안에 있을지도 모른다는 걸 조금이라도 내비치면 공중전화 부스에 들어간 개 취급을 받으며 쫓겨날 거야."

계산대의 안내원 뒤로 빨간 불이 반짝이며 전화가 왔다는 신호가 떴다. 안내원이 뉴스를 끄고 전화를 받았다. "여보세요. 네, 그렇습니다. 계십니다. 바꿔드리겠습니다. 코번 박사님, 전화 왔습니다."

"이쪽으로 넘겨줘요." 코번이 탁자 위에 있는 전화 화면을 돌려 쳐다봤다. 그와 동시에 화면이 켜지며 젊은 여성의 얼굴이 비쳤다. 코번이 수화기를 들었다. "무슨 일이에요? …그게 무슨 소리죠? 언제 그런 일이 일어났나요? 누가 진단을 했어요? 다시 한 번 읽어줘요…. 차트를 보여주세요." 코번이 화면에 뜬 영상을 꼼꼼하게 살펴보더니 덧붙였다. "확실하네요. 지금 갈게요. 수술할 수 있도록 환자를 준비시키세요." 코번이 전화기의 스위치를 끄고 헉슬리를 돌아봤다. "가야겠어, 헉슬리. 응급환자야."

"어떤 환잔데?"

"너도 흥미가 있을걸. 두개골에 구멍이 났대. 아마 뇌를 일부 제거해야 할 거야. 자동차 사고래. 시간이 되면 같이 가서 지켜봐." 코번은 이야기하면서 우의를 걸쳤다. 그리고 몸을 돌려, 길고 유연한 다리로 성큼성큼 걸어서 서쪽 문을 밀고 나갔다. 헉슬리도 자신의 우의를 움켜잡고 허겁지겁 코번을 따라갔다.

"그런데 왜 병원에서 클럽으로 전화를 건 거야?" 코번을 따라잡은 헉슬리가 물었다.

"내가 휴대폰을 다른 양복에 넣어놓고 나왔거든." 코번이 슬쩍 돌아보며 대답했다. "일부러 그랬어. 잠깐이나마 평화롭고 조용한 시간을 원했는데, 운이 없었지."

두 사람은 자동길이 너무 느려서 무시하고, 유니언역과 과학부를 연결하는 아케이드와 통로를 통해 북서쪽으로 갔다. 하지만 그들이 포튼저의과대학 반대편에 있는 3번가 아래의 지하 컨베이어에 도착했을 때는, 사람이 꽉 차서 기계가 멈춘 상태였다. 두 사람은 페어팩스가의 컨베이어를 통해 서쪽으로 우회할 수밖에 없었다. 코번은 봄에 캘리포니아 남쪽에 집중호우가 쏟아진다는 사실을 두고 공학자들과 상공회의소, 기획위원회에 이르기까지 골고루 욕을 했다.

그들은 내과 휴게실에서 젖은 옷을 벗고 수술복을 입는 방으로 이동했다. 헉슬리는 간호조무사의 도움을 받아 하얀 바지를 입고 면으로 만든 신발 싸개를 신었다. 그리고 그들은 손을 씻기 위해 옆방으로 이동했다. 코번이 헉슬리에게 수술을 가까이에서 지켜보려면 박박 문질러 씻어야 한다고 말해줬다. 그들은 작은 모래시계를 세워놓고 3분 동안 독한 초록색 비누로 손을 박박 문질렀다. 그리고 문을 걸어 들어가자 말이 없고 유능한 간호사들이 그들에게 가운과 장갑을 입혀줬다. 헉슬리는 그의 소매까지 씌워주기 위해 발끝으로 까치발을 서야 하는 간호사의 도움을 받아 옷을 입으면서 자신이 조금 바보처럼 느껴졌다. 두 사람은 수술 장갑을 낀 손을 마치 실타래를 들고 있듯 높이 든 자세로 안내를 받으며 유리문을 지나 3번 수술실로 들어갔다.

환자는 이미 수술대에 자리를 잡았고, 머리는 높이 들려 두개골이 움직이지 않도록 고정된 상태였다. 누군가가 스위치를 켜자 차가운 청백색의 둥근 빛이 환자에게서 유일하게 노출된 부분인 오른쪽 두개골을 내리쬐었다. 코번이 수술실을 빠르게 휙 돌아봤다. 헉슬리가 그의 눈길을 따라 둘러보자, 연녹색의 벽, 두건을 쓰고 마스크를 하고 수술복을 입어서 성별을 알 수 없는 두 명의 수술 간호사, 수술복을 입지 않고 구석에서 뭔가를 바쁘게 하고 있는 간호사, 마취 전문의, 그리고 코번에게 환자의 심장 고동과 호흡을 알려주는 장비가 눈에 들어왔다.

간호사가 외과 의사에게 읽어주기 위해 차트를 들었다. 코번이 뭐라고 말하자, 마취 전문의가 잠깐 환자의 얼굴을 덮은 천을 벗겼다. 마른 갈색 얼굴, 매부리코, 움푹 들어간 눈. 헉슬리가 터져 나오는 비명 소리를 억눌렀다. 코번이 눈을 치켜들며 헉슬리를 쳐다봤다.

"무슨 일이야?"

"후안 발데스야!"

"그게 누군데?"

"아까 내가 이야기했던 친구. 재주 많은 눈을 가진 법대 학생 말이야."

"흠, 그렇군. 이 친구의 재주 많은 눈이 이번에는 길모퉁이 너머를 보지 못한 모양이네. 살아있는 것만으로도 운이 좋은 상황이야. 헉슬리, 저쪽으로 가면 훨씬 잘 보일 거야."

코번이 냉담하고 능률적인 사람으로 변하더니, 헉슬리의 존재를 무시하고 자신의 이용 가능한 모든 지적 능력을 눈앞에 있는 부상 환자에게 집중했다. 두개골이 으깨지고 구멍이 난 상태였다. 모서리가 날카로운 단단한 물체와 심하게 충돌한 게 분명했다. 상처는 오른쪽 귀 위쪽에 있었는데, 겉으로 볼 때 약 5센티미터 정도 되는 듯했다. 검진을 해보기 전에는 골격 구조와 그 안에 있는 회색 물질이 얼마나 손상되었는지 알 수 없었다.

두뇌 그 자체가 어느 정도 손상되었다는 사실은 의심할 여지가 없었다. 코번은 상처의 표면을 깨끗이 닦았다. 그리고 그 주변의 머리털을 깎고 약을 발랐다. 외상이 두개골에 또렷한 구멍의 형태로 모습을 드러냈다. 피가 살짝 흘렀고, 회색 조직과 연한 노란 조직, 하얀 조직, 응고된 자주색 피가 뭉쳐 이상하게 역겨워 보이는 덩어리가 부분적으로 차 있었다.

연한 오렌지색 장갑에 덮여 비인간적으로 보이는, 외과 의사의 갸름하고 호리호리한 손가락들이 마치 별개의 생명과 지성이 배어 있는 양

상처 안에서 부드럽고 능숙하게 움직였다. 죽은 지 얼마 되지 않아 그 사실을 아직 인식하지 못하는 세포들로 구성된 조직들이 제거되었다. 부서진 뼛조각과 찢긴 뇌경막, 대뇌의 회색 피질 등 파괴된 조직들이었다.

헉슬리는 지극히 섬세한 그 드라마에 매료되어 시간의 흐름과 연속된 사건의 흐름까지 잊어버렸다. 그러다 짧은 지시사항을 듣고 정신이 돌아왔다. "집게!" "견인기!" "거즈!" 작은 톱 소리가 나고, 둔하게 윙윙 소리가 들리더니, 치아를 얼얼하게 갈아내는 소리가 들리며 진짜 살아 있는 뼈가 잘렸다. 의료진은 고통에 시달리는 뇌회(腦回)를 주걱 모양의 도구로 살며시 바로 잡아주었다. 헉슬리는 외과용 메스가 마음의 문에서 이성의 얇은 벽을 깎아내는 모습을 보면서, 그 상황이 믿기지 않고 비현실적으로 느껴졌다.

간호사가 외과 의사의 얼굴에 흐르는 땀을 세 번 닦았다.

밀랍 지혈제가 제 기능을 했다. 바이탈륨 합금이 뼈를 대신했다. 감염을 차단하기 위해 연고, 거즈, 붕대 등을 이용한 작업이 진행됐다. 헉슬리는 지금껏 수없이 많은 수술을 지켜봤지만, 코번이 환복실로 향하며 장갑을 벗기 시작하는 모습을 보며 억누를 수 없는 안도감과 승리감을 느꼈다.

헉슬리가 코번을 따라갔다. 코번은 벌써 마스크와 수술모를 벗고 옷을 더듬으며 담배를 찾고 있었다. 다시 온전히 인간으로 돌아온 모습이었다. 그가 헉슬리를 보며 활짝 웃으며 물었다.

"어때? 마음에 들어?"

"대단했어. 이런 수술을 그렇게 가깝게 지켜본 건 처음이야. 너도 알겠지만, 유리창 너머에서는 그렇게 잘 보이지 않잖아. 그 친구 괜찮을까?"

코번의 표정이 바뀌었다. "아, 그 사람이 네 친구였지? 잠시 잊고 있었어. 미안해. 괜찮아질 거야. 전적으로 확신해. 그 사람은 젊고 강하니까, 이 수술을 아주 잘 이겨낼 거야. 이틀 후에 직접 보러 와도 돼."

"네가 언어중추를 상당히 많이 잘라냈잖아, 그렇지 않아? 그 친구가 회복된 후에 말을 할 수 있을까? 실어증이나 다른 언어장애를 겪지는 않을까?"

"언어중추라니? 아니, 난 언어중추는 근처에도 안 갔어."

"응?"

"오른손의 주먹을 쥐어봐, 헉슬리. 그러면 내가 알려줄게. 넌 지금 좌우를 헷갈렸잖아. 내가 수술한 부위는 우측두엽이지, 좌측두엽이 아니야."

헉슬리가 어리둥절한 표정을 지으며 양손을 눈앞에 펼치더니, 하나씩 힐끗 쳐다봤다. 그러더니 곧 얼굴이 밝아지며 웃음을 터뜨렸다. "네 말이 맞아. 있잖아, 난 좌우가 맨날 헷갈려서 너무 힘들어. 그래서 브리지 게임에서 어느 쪽으로 진행해야 하는지 항상 기억을 못 하잖아. 나는 헷갈려서 언어중추가 있는 왼쪽 뇌를 네가 수술했을 거라고 확신했었어. 그럼, 이 수술이 발데스의 신경 생리에는 어떤 영향을 미칠 것 같아?"

"아무 영향도 없어. 내 경험에 비추어 볼 때, 그 사람은 내가 없앤 부분을 전혀 아쉬워하지 않을 거야. 내가 수술한 부분은 무명 지대야. 임자 없는 땅이라는 말이지. 내가 수술했던 뇌의 부분에 어떤 기능이 있을 수도 있지만, 최고의 신경생리학자도 지금껏 입증하지 못했어."

2장

눈먼 생쥐 세 마리

따르릉!

조앤 프리먼은 눈을 감은 채로 한 손을 뻗어 알람을 껐다. 그녀는 눈을 감고 있으면 다시 잠들 수 있으리라는 헛된 믿음으로 눈을 꼭 감았다. 그러면서 이상하다는 생각이 들었다. 일요일이다. 일요일에는 일찍 일어나지 않아도 된다. 그런데 왜 알람 시계를 맞춰놨을까? 문득 기억이 떠오른 조앤은 몸을 굴려 침대에서 빠져나와, 아침 공기로 차가워진 바닥을 따뜻한 발로 짚었다. 그녀는 바닥에 잠옷을 내려놓으며 샤워장으로 들어가더니, 곧 비명을 질렀다. 그리고 밸브를 따뜻한 쪽으로 돌렸다가, 다시 차가운 쪽으로 돌렸다.

냉장고에 마지막 남은 것들을 바구니에 넣고 보온병을 채웠을 때, 바깥 언덕에서 차 소리가 들려왔다. 타이어가 진입로의 화강암 자갈을 으깨며 내는 소리였다. 조앤은 서둘러 짧은 부츠를 신고, 그 아래에 있던 승마바지의 벨트 고리를 낚아챘다. 그리고 거울로 모습을 살펴봤다. 그녀의 생각에는 나쁘지 않았다. 미스 아메리카 수준은 아니지만, 아이들이 겁을 먹을 정도도 아니었다.

문을 두드리는 소리와 함께 초인종 소리와 바리톤의 목소리가 들렸다. "조앤! 옷 다 입었어?"

"거의 다 됐어. 들어와, 헉슬리."

편한 바지와 폴로 셔츠를 입은 헉슬리 뒤로 다른 사람의 모습이 보였다. 헉슬리가 그 남자 쪽을 돌아보며 말했다. "조앤, 이쪽은 벤 코번이야, 벤 코번 박사. 코번, 이쪽은 조앤 프리먼."

"초대해줘서 고마워요. 프리먼 씨."

"아니에요, 코번 박사님. 헉슬리가 당신에 대한 이야기를 하도 많이 해서 꼭 만나고 싶었어요." 틀에 박힌 대화가 오랜 기간 형성된 종족의 금기를 누그러뜨리며 흘러갔다.

"조앤, 이제 편하게 말을 낮춰. 그게 이 녀석의 자아를 위해 좋아."

조앤과 헉슬리가 차에 짐을 싣는 동안, 코번은 그 젊은 여성의 방 하나짜리 집을 구경했다. 옹이가 많은 송판으로 벽을 꾸미고, 익숙한 자연석으로 만든 벽난로와 함께 정리되지 않은 책장이 한복판을 차지한 큰 방의 모습은 그녀의 성격을 보여주는 실마리였다. 코번은 양쪽으로 여는 유리문을 통해 집 뒤쪽의 작은 안뜰로 들어갔다. 이끼가 덮인 벽돌로 포장된 안뜰에는 바비큐 화덕이 있었고, 작은 연못이 아침 햇살을 받아 반짝였다. 그때 그를 부르는 소리가 들렸다.

"코번! 서둘러! 시간 낭비하지 마!"

코번은 다시 한 번 안뜰을 힐끗 돌아본 후, 차로 가서 다른 사람들과 합류했다. "당신 집이 마음에 들어요, 프리먼 씨. 그리피스 공원에 가봐야 더 즐거울 것도 없는데, 왜 귀찮게 비치우드를 떠나야 하는 건가요?"

"간단한 문제에요. 집에서 먹으면 소풍이 아니잖아요. 그냥 아침 식사지. 편하게 말해요. 그냥 조앤으로 불러요."

"그럼, 언젠가 아침에 여기서 '그냥 아침 식사'를 하자고 청해도 될까, 조앤?"

"저 얼간이를 쫓아버려, 조앤." 헉슬리가 연극에서 방백을 하듯 말했다. "저 녀석의 내심이란 게 고결하지가 못하거든."

✳

적당한 분량의 아침 식사를 마친 후 조앤이 남은 것들을 치웠다. 그녀는 잘 발라먹은 두꺼운 등심 스테이크 뼛조각 세 개를 불 속으로 휙 던졌다. 버려진 포장지와 하나만 남은 롤빵도 집어넣었다. 조앤이 보온병을 흔들어보자 약하게 쿨렁쿨렁 소리가 났다. "자몽 주스 더 먹을 사람?" 그녀가 소리쳤다.

"혹시 커피 남은 거 있어?" 코번이 물었다. 그리고 헉슬리에게 하던 이야기를 계속했다. "그 사람의 특별한 재능은 완전히 사라져버린 거야?"

"커피는 많아." 조앤이 대답했다. "네가 가져다 먹어."

코번이 자신의 컵과 헉슬리의 컵에 커피를 따랐다. 헉슬리가 대답했다. "완전히 사라졌어. 내가 보기엔 확실히 사라졌어. 난 그게 수술로 인한 히스테리성 정신적 충격 때문일지도 모른다고 짐작했었어. 그런데 그 친구에게 최면을 걸어봤더니, 결과가 부정적이었어. 완전히 사라졌어. 조앤, 너 요리 잘하는구나. 혹시 나를 입양할 생각 없어?"

"넌 스물한 살이 넘었잖아."

"내가 이 녀석을 금치산자로 보증해주는 건 어렵지 않아." 코번이 자발적으로 나섰다.

"독신 여성은 입양 자격에서 밀려."

"나랑 결혼해. 그러면 괜찮을 거야. 우리 둘이 저 녀석을 입양하면 돼. 그러면 네가 우리 모두를 위해 요리를 해줄 수 있을 거야."

"글쎄, 난 하지 않을 거라고도, 할 거라고도 말하지 않을 거야. 하지만 이게 오늘 내가 받은 최고의 제안이라는 사실은 말해줄게. 무슨 이야기 중이었어?"

"저 녀석한테 나를 입양하겠다는 내용을 각서로 쓰라고 해, 조앤. 우리는 발데스 이야기를 하고 있었어."

"아! 네가 어제 마지막 검사를 하러 갔었지? 어떻게 됐어?"

"그 친구의 투시력에 한해서 이야기하자면, 완전히 비관적이야. 사라졌어."

"흠, 대조 시험은 어땠어?"

"흄-워즈워스 기질 검사를 했는데, 그 기술에 내재된 오차범위 내에서 교통사고 이전과 정확히 동일한 분석 결과가 나왔어. 그 친구의 지능도 기술적 오차범위 내에서 동일하게 나왔고, 연상 검사에서도 별게 나오지 않았어. 신경 심리학에서 인정받는 모든 표준검사를 한 결과, 발데스는 사고 이전과 동일한 개인이야. 다만 두 가지 차이점이 있었어. 그가 대뇌 피질 일부분을 잃었다는 점과 더 이상 모퉁이 너머를 볼 수 없다는 점이야. 아, 그래, 그리고 그 친구는 능력을 잃었다는 사실 때문에 화가 난 상태야."

잠시 정적이 흐르다 조앤이 말했다. "꽤 확정적인 상황이네, 그렇지?"

헉슬리가 코번을 돌아보며 물었다. "네 생각은 어때, 코번?"

"글쎄, 난 모르겠어. 발데스의 머리에서 잘라낸 회색 조각 때문에 정상적인 감각 기관으로는 지각할 수 없고 전통적인 의학 이론으로도 설명할 수 없는 투시력을 그 사람이 갖고 있었다고 내게 인정하라는 거잖아, 그렇지 않아?"

"너한테 어떤 걸 인정하라고 강요하는 게 아니야. 난 뭔가를 알아내려는 거야."

"글쎄, 네가 그렇게 말한다면야, 나로서는 이렇게 말해야겠지. 네가 모든 1차 자료를 적절한 통제 하에서 주의 깊게 얻어냈다는 조건을 만족시켰다면…."

"그렇게 했어." 헉슬리가 대답했다.

"그리고 네가 부정적인 2차 자료를 얻을 때 더욱 주의 깊게 실행했다고 한다면…."

"그렇게 했어. 젠장, 난 생각할 수 있는 모든 조건하에서 3주 동안 노력했어."

"그렇다면 우리는 다음과 같은, 피할 수 없는 결론에 도달하게 돼. 첫째," 코번이 손가락을 꼽으며 말했다. "이 피험자는 육체적인 감각기관의 개입 없이 볼 수 있었다. 그리고 둘째, 조금 완화해 말해서 이 독특한 능력은 어떻게든 그의 대뇌 우측두엽 일부분과 관련되어 있다."

"브라보!" 조앤이 환호했다.

"고마워, 코번." 헉슬리가 말했다. "물론 나도 같은 결론에 도달했어. 그렇지만 다른 사람이 동의해주면 아주 큰 힘이 되지."

"그렇군. 이제 거기까지 갔구나. 그러면 어느 정도 달성한 거야?"

"정확히는 모르겠어. 이렇게 설명해볼게. 내가 심리학에 뛰어든 건 사람들이 교회 신자가 되는 이유와 같았어. 나 자신과 나를 둘러싼 세계를 이해해야 한다고 아주 강하게 느꼈기 때문이야. 내가 어린 학생이었을 때는 현대 심리학이 그 해답을 알려줄 거라 생각했었어. 하지만 얼마 지나지 않아 최고의 심리학자들조차 그 문제의 진짜 핵심에 대해 아는 게 쥐뿔도 없다는 걸 알게 되었지. 아, 그 학문이 지금까지 이룬 성과를 헐뜯자는 건 아니야. 심리학은 대단히 필요한 학문이었고, 나름대로 매우 유용해. 하지만 심리학자들은 삶이 뭔지, 생각이란 게 무엇인지, 자유의지가 실제인지 망상인지, 혹은 그 질문을 하는 게 과연 의미가 있는 건지 전혀 몰라. 최고의 심리학자들은 자신의 무지를 인정해. 최악의 심리학자는 척 봐도 부조리한 독단적인 주장을 만들어내지. 예를 들자면, 기계론적 행동주의 심리학자들 중 일부는, 행동심리학자인 파블로프가 종소리를 들려주면 개가 군침을 질질 흘리도록 조건 반사를 일으켰다는 이유로, 폴란드 작곡가 파데레프스키가 어떻게 음악을 만들었는지 모조리 안다고 생각한다니까!"

커다란 떡갈나무 그늘에 조용히 누워 이야기를 듣던 조앤이 말했다. "코번, 넌 뇌수술을 하는 외과 의사지, 그렇지 않아?"

"그 분야에서 최고야." 헉슬리가 단언했다.

"넌 수많은 두뇌를 봤을 거야. 게다가 살아있는 사람의 뇌를 봤잖아. 대부분의 심리학자보다 월등히 많이 봤을 거야. 너는 '생각'이 뭐라고 생각해? 우리를 움직이게 하는 게 뭐라고 생각해?"

코번이 조앤을 바라보며 씩 웃었다. "모르겠어. 아는 척하지 않을게. 그건 내 분야가 아니야. 난 그저 땜장이에 불과해."

조앤이 몸을 일으켜 앉았다. "헉슬리, 담배 하나 줘. 헉슬리가 지금 도달한 그 지점에 나도 막 도착했어. 하지만 여기까지 오는 길은 완전히 달랐어. 아버지는 내가 법을 공부하길 바랐지만, 나는 곧 법보다 그 배후에 있는 원리가 더 흥미롭다는 걸 알아챘어. 그래서 철학과로 바꿨지. 그런데 철학은 해답이 아니었어. 철학에는 정말 아무것도 없어. 유원지에서 파는 솜사탕 먹어본 적 있어? 뭐랄까, 철학이 그거랑 비슷해. 정말로 특별해 보이고, 아주 예쁘고 달콤할 것처럼 보이지만, 막상 물어보면 씹을 게 없어. 그리고 삼키려고 하면 아무것도 없어. 철학은 언어를 쫓아다니는 게 일이야. 강아지가 자기 꼬리를 쫓아다니는 정도의 의미가 있는 학문이라고 할 수 있지.

난 철학과에서 박사 학위를 받기 직전에 때려치우고, 과학 분야로 와서 심리학 과정을 시작했어. 내가 착한 소녀가 되고 인내심을 가진다면, 모든 게 내 앞에 펼쳐지리라 생각했었어. 글쎄, 심리학이 뭘 가르쳐주는지는 아까 헉슬리가 이야기했잖아. 난 의학이나 생물학을 공부해볼까 하는 생각이 들기 시작했어. 그런데 네가 조금 전에 의학의 비밀을 누설해버린 것 같아."

코번이 웃음을 터뜨렸다. "마을 교회에서 열린 신앙 간증 모임 같네. 나도 간증을 해야 할 거 같잖아. 대부분의 의사는 인간에 대한 모든 걸 알고 싶고 인간을 움직이게 하는 게 뭔지 알고 싶은 욕구에서 시작했을 거야. 하지만 의학은 넓은 분야라서, 최종적인 해답은 알기 어렵고, 당장 할 일이 늘 너무도 많아. 그래서 우리는 궁극적인 문제에 대한 고민을 그만두게 돼. 나는 생명이나 생각 같은 게 정말로 어떤 건지 항상 알고 싶었어. 하지만 그런 걸 고민할 시간을 내려다 불면증에 걸려버리고 말 거야. 헉슬리, 넌 정말로 그런 일에 도전하려는 거야?"

"어떤 면으로 보면, 맞아. 난 정통적인 심리학 이론과 궤를 달리하는 현상들에 대한 자료를 모아왔어. 초심리학이라는 이름이 붙은 온갖 허섭스레기를 다 모았지. 텔레파시, 투시력, 투청력, 소위 영매술, 공중 부양, 요가 같은 것들, 성흔까지 내가 찾을 수 있는 거라면 뭐든지 다 모았어."

"그 대부분의 현상은 통상적인 방식으로 설명될 수 있다고 네가 밝혀내지 않았어?"

"상당히 많은 현상을 정통적인 이론으로 설명할 수 있었어. 맞아. 그 후 나머지 대부분의 현상까지 설명하려면, 정통 이론을 형태를 알아볼 수 없을 정도로 잡아 늘이고, 개연성을 보여주는 확률의 법칙을 무시할 수 있어야 해. 그러고 나서도 남은 것들에 대해서는 허풍과 쉽게 잘 속는 성향, 자기 최면 때문이라고 간주해버리고 조사를 거부하면, 평화롭게 잠자리에 들어갈 수 있지."

"오컴의 면도날." 조앤이 중얼거렸다.

"뭐?"

"윌리엄 오컴의 면도날. 논리학의 원칙 중 하나야. 어떤 사실을 설명하는 두 개의 가설이 있을 때, 둘 중 더 단순한 가설을 사용하라는 거지. 관습적인 과학자가 비정통적인 현상을 설명하기 위해 정통 이론을 알아보기 힘들게 잡아 늘여서, 골드버그 장치를 떠올리게 할 정도로 복잡한 이론을 만들었다면, 그 사람은 오컴의 면도날 원칙을 무시한 거야. 부적합한 자료를 다루기 위해서는, 그런 현상까지 설명할 수 있도록 만들어지지 않은 낡은 이론을 늘이는 것보다는 모든 사실을 설명할 수 있는 새로운 가설을 만들어내는 게 훨씬 더 간단해. 하지만 과학자들은 자신의 아내나 가족들보다 자신의 이론에 더 집착하지."

"이런 세상에." 헉슬리가 감탄하며 말했다. "저 파마머리에서 저런 생각이 나올 줄이야."

"코번, 네가 저 녀석을 잡고 있으면, 내가 이 보온병으로 때려줄게."

"미안해, 조앤. 네 말이 전적으로 옳아. 난 이론에 대해서는 잊어버리기로 했어. 그리고 이 버림받은 현상들을 평범한 자료처럼 다룰 거야. 그래서 그게 나를 어디로 데려갈지 볼 거야."

"헉슬리, 지금까지 파헤쳤던 현상들은 어떤 종류였어?" 코번이 끼어들었다.

"아주 다양했는데, 어떤 것들은 확인됐지만 어떤 것들은 그저 소문이었어. 발데스처럼 실험실 환경에서 주의 깊게 검증된 경우는 소수야. 물론, 요가를 이용한 온갖 묘기들은 너희도 들어봤을 거야. 유능하고 냉철한 관찰자들이 인도에서 텔레파시, 예언, 공중 부양, 불 위 걷기, 기타 등등 이상한 사건들을 수없이 보고했지만, 그중 서구에서 재현된 경우가 거의 없다는 사실이 문제였어."

"불 위를 걷는 묘기를 왜 초심리학에 집어넣었어?"

"혹시 정신이 어떤 비밀스러운 방식으로 육체와 다른 물질을 제어하는 사례일 수도 있어서."

"흠."

"네가 손의 움직임을 일으켜서 머리를 긁는다는 사실보다 놀라운 개념 같은 건 없었어? 이 경우보다 인간의 의지가 물질에 실질적으로 작용하는 사례를 찾기는 힘들 거야. 티에라델푸에고 사람들 말이야. 그 사람들은 발가벗고 땅바닥에 누워서 자. 심지어 영하의 날씨에서도 잔다니까. 신체는 유기적 한계 때문에 그런 식으로 적응하지 못해. 신체의 조직은 그런 식으로 작동하지 않아. 모든 생리학자가 그렇게 말할 거야. 영하의 외부에서 벌거벗은 상태로 발견된 사람은 운동을 하고 있거나, 죽은 사람이 틀림없어. 그런데 티에라델푸에고 사람들은 신진대사율 같은 것에 대해 몰라. 그냥 자는 거야. 즐겁고 따뜻하고 안락하게."

"지금까지 네가 한 말 중에 핵심에 접근한 게 없잖아. 허용 범위를 그렇게 넓게 잡는다면, 우리 스톤벤더 할아버지가 놀라운 경험을 더 많이 하셨을 거야."

"핵심에 다가가고 있어. 발데스 사례를 잊지 마."

"코번의 할아버지 이야기는 뭐야?" 조앤이 물었다.

"조엔, 코번이 있을 때는 뭐가 되었든 절대로 자랑하지 마. 코번의 스톤벤더 할아버지가 그걸 훨씬 빠르게, 쉽게, 잘 해내셨단 이야기를 듣게 될 거야."

밝은 푸른 눈동자의 코번이 슬픈 표정을 지으며 말했다. "놀랐잖아, 헉슬리. 내가 스톤벤더 할아버지의 피를 물려받은 관대한 사람이 아니었다면, 그 소리에 화를 내고 말았을 거야. 어쨌든 네 사과는 받은 걸로 칠게."

"음, 발데스 외에도 핵심에 다가가는 사례가 더 있어. 미주리 스프링필드에 있는 내 고향에는 머릿속에 시계가 있는 남자가 있어."

"그게 무슨 말이야?"

"그 사람은 시계를 보지 않고도 정확한 시각을 안다는 뜻이야. 그 사람이 말한 시각과 네 시계가 다르면, 네 시계가 틀린 거지. 그뿐 아니라, 그 사람에게는 초고속 계산 능력도 있어. 가장 복잡한 수학 문제를 제시하면 해답을 즉시 알아내. 그런데 그는 지적장애가 있어."

코번이 고개를 끄덕였다. "그건 일반적인 현상이야. '백치천재'라고 하잖아."

"그렇지만 이름을 붙인다고 해서 그 현상이 설명되는 건 아니야. 그뿐 아니라, 특이한 재능을 가진 사람 중 지적장애인이 많긴 하지만, 모두가 그런 건 아니야. 난 그런 재능을 가진 사람 중 지적장애인이 아닐 확률이 훨씬 높을 거라 믿어. 하지만 우리가 그런 사람들에 대해 거의 듣지 못하는 데에는 이유가 있어. 비장애인들은 자신이 특이하다는 점을 다른 사람들이 알아채면 대중들에게 괴롭힘을 당하고 심지어 혹사당할 수도 있다는 사실을 알 수 있을 정도로 영리하기 때문이야."

코번이 다시 고개를 끄덕였다. "일리가 있어, 헉슬리. 계속 얘기해줘."

"지능이 낮지 않으면서 불가능한 재능을 가진 사람들은 많았어. 그들이야말로 핵심에 가장 근접한 사람들이지. 예를 들어, 보리스 시디스라든가…."*

"그 사람이 천재아였지? 나중에 망가졌다고 들은 것 같은데?"

"그럴지도 모르지. 개인적으로 나는 그 사람이 자라면서 신중해져서, 다른 원숭이들이 자신을 다른 존재로 보지 못하게 만들자고 결심했던 것 같아. 어쨌든, 그 사람은 타고난 건 아닐지라도 강렬하다는 측면에서는 놀라운 재능을 많이 가졌어. 그는 그냥 한번 힐끗 보기만 해도 한 페이지를 통째로 읽을 수 있었어. 그리고 의심할 여지없이 완벽한 기억력을 가졌어. 완벽한 기억력이라면, 블라인드 톰**은 어때? 음악을 한 번 듣기만 해도 연주할 수 있었던 흑인 피아노 연주자였잖아. 얼마 전 로스앤젤레스에는 눈을 가리고 탁구를 칠 수 있는 소년이 있었어. 그 소년은 일반인이라면 눈이 있어야 할 수 있는 일들을 척척 해냈지. 그 아이가 할 수 있다는 걸 내가 직접 확인했어. 그리고 '초능력 메아리'도 있어."

"그건 나한테 이야기 안 해줬어, 헉슬리." 조앤이 끼어들었다. "그 사람은 뭘 할 수 있는데?"

"그 사람은 아는 언어든 모르는 언어든 상관없이 상대방의 말을 단어와 억양 그대로 메아리처럼 따라서 할 수 있어. 상대방 속도에 맞춰 너무 정확하게 잘 따라 해서, 듣는 사람이 두 목소리를 구별하지 못하기도 해. 그 사람은 그림자가 몸을 따라 움직이듯 상대방의 발언을 즉시 쉽고 정확하게 모방할 수 있어."

"정말 멋지네, 그렇지? 행동주의 심리학 이론으로는 조금 설명하기 힘들겠네. 헉슬리, 혹시 공중 부양 사례를 본 적은 없었어?"

"인간이 떠오른 사례는 없었어. 하지만 동네 영매가(우리 옆집에 살던

* 20세기 초 세계적으로 유명했던 천재는 '윌리엄 제임스 시디스'이고, '보리스 시디스'는 그를 특별한 교육법으로 기른 아버지다. 윌리엄 제임스 시디스는 8살 때 8개 국어를 했으며, 11살에 하버드대에 입학했다. 사회운동에 참여하기도 했던 그는 나중에 40개 국어까지 했다고 알려졌다.

** 선천적으로 시각장애인으로 태어난 흑인 노예 '블라인드 톰'은 19세기 후반 미국에서 가장 유명했던 흑인 음악 신동이었다.

아마추어인데 착한 아이였어) 내가 살던 집의 가구들을 바닥에서 띄워서 떠다니게 했던 적이 있어. 내가 그 모습을 말짱한 정신 상태로 봤다니까. 실제로 그 일이 일어났거나, 내가 최면에 걸렸거나, 둘 중 하나야. 네 마음대로 골라. 공중 부양에 관해 이야기가 나와서 말인데, 너도 니진스키 이야기를 들어봤을 거야, 그렇지?"*

"어떤 이야긴데?"

"그 사람이 떠다녔다는 이야기 말이야. 미국과 유럽에서 〈장미의 정령〉 공연을 할 때, 공중으로 뛰어올라 한참 동안 머물다가 준비를 마친 후에 내려오는 모습을 본 증인들이 수천 명이야. 집단 환각이라고 하지만, 난 그렇게 생각하지 않아."

"다시 오컴의 면도날이 필요해." 조앤이 말했다.

"그런가?"

"집단 환각은 한 남자가 허공에 몇 초간 떠 있었다는 사실보다 설명하기가 더 어려워. 집단 환각은 증명된 적이 없어. 귀찮은 사실을 치워버리기 위해 집단 환각이라고 결론지어선 안 돼. 그건 코뿔소를 처음 본 시골뜨기가 '저런 동물은 없어'라고 말하는 거나 마찬가지야."

"그럴지도 모르지. 코번, 다른 묘기 이야기 듣고 싶은 거 있어? 그런 사례가 백만 개는 있어."

"예언이나 텔레파시는 어때?"

"음, 텔레파시는 아직 이해하기 힘들지만, 그런 게 존재한다는 사실은 라인 박사의 실험을 통해 확실하게 입증되었어. 물론 그전에도 텔레파시의 존재에 의문을 가지는 게 비이성적이라고 생각될 정도로 많은 사람들이 수없이 반복해서 목격했어. 마크 트웨인을 예로 들 수 있지. 그는 라인 박사보다 50년 전에 텔레파시에 관해 참고문서들과 함께 상세한 이야기를 적어뒀어. 마크 트웨인은 과학자는 아니었지만, 건전한 상식을

* 바츨라프 니진스키. 20세기 초 세계적으로 유명했던 러시아의 남자 발레 무용수

가진 사람이었으니 무시하면 안 돼. 업튼 싱클레어*도 마찬가지야. 예언은 좀 더 까다로워. 예감이 적중했던 이야기는 다들 수십 가지씩 들어봤을 거야. 하지만 사실관계를 추적할 수 있는 사례를 찾기는 힘들어. 통제된 조건에서 꿈속의 예언을 과학적으로 기록하려고 했던 J. W. 던의 《시간을 이용한 실험》을 읽어봐."

"그런 현상들을 통해 뭘 알아낸 거야, 헉슬리? 무작정 '믿거나 말거나'를 모은 건 아닐 거 아니야?"

"아니지. 그래도 자료를 잔뜩 모아야만 했어. 네가 내 공책들을 봐야 해. 그런 후에야 작업가설을 만들어낼 수 있었지. 지금은 가설이 하나 있어."

"그래?"

"네 덕분이야. 발데스 수술로 가설을 만들 수 있었어. 얼마 전부터 이 이상하고 명백히 불가능한 정신적, 육체적 능력을 가진 사람들이, '비정상'이라는 측면에서 아무리 살펴봐도 우리와 다른 점이 없고, 우리 모두에게 내재된 잠재력이 우연히 발현되었을 뿐이라는 생각이 들기 시작했어. 말해봐, 네가 발데스의 두개골을 열었을 때 외견상 비정상적인 부분이 하나라도 눈에 띄었어?"

"아니, 다쳤다는 사실을 외에는 특별한 부분이 없었어."

"그렇지. 하지만 네가 손상된 부분을 제거하자, 발데스는 그 이상한 투시력을 더 이상 유지하지 못했어. 네가 그 친구의 두뇌에서 미지의 영역, 기능이 알려지지 않은 부분을 제거했기 때문이야. 지금 심리학과 생리학에서는 두뇌의 넓은 영역에 알려진 기능이 없다는 게 기본적인 상식이야. 신체에서 가장 고도로 발달하고, 고도로 전문화된 기관의 많은 부분에 기능이 없다는 주장은 합리적으로 보이지 않아. 오히려 기능이 있는데 알려지지 않았다고 가정하는 게 더욱 합리적이겠지. 그런데 인간들은 신체의 정상적인 기능을 제어하는 영역을 건드리지 않으면서, 정신력

* 19세기 말부터 20세기 중반까지 활동한 미국 작가이자 사회운동가

에 눈에 띄는 손상을 입히지 않고도 대뇌피질의 넓은 영역을 잘라낼 수 있어.

자, 이번 발데스의 경우, 우리는 이상한 재능, 정확히 말해 투시력이랑 두뇌의 미지의 영역 사이의 직접적인 관계를 확인했어. 나는 바로 그 지점에서 작업가설을 시작했어. 모든 일반인은 우리가 지금까지 언급했던 이상한 재능, 즉 텔레파시, 투시력, 특별한 수학 능력, 신체와 그 기능에 대한 특별한 통제력 등을 전부 혹은 대부분 발휘할 수 있는 잠재력을 가지고 있다. 이런 일들을 할 수 있는 잠재적 능력은 두뇌의 할당되지 않은 영역에 내장되어 있다."

코번이 입술을 오므렸다. "흠…. 난 모르겠어. 우리 모두가 입증되지 않은 그런 놀라운 능력을 가지고 있다면, 어째서 우리는 그런 능력을 사용할 수 없는 걸까?"

"난 아무것도 입증하지 못했어, 아직은. 이건 작업가설이야. 하지만 내가 비유로 말해줄게. 이 능력은 우리가 태어날 때부터 사용할 수밖에 없는 시각, 청각, 촉각 같은 게 아니야. 이건 언어 능력에 좀 더 가까워. 태어날 때부터 두뇌에는 언어를 위한 특별한 중추가 있지만, 말을 하려면 훈련을 받아야 하잖아. 만일 아이가 날 때부터 청각과 언어에 장애가 있는 사람들에 의해서만 양육된다면 말을 하는 방법을 배울 수 있을까? 당연히 못 하지. 표면상으로 그 아이는 언어 장애인처럼 보일 거야."

"네가 이겼다." 코번이 인정했다. "넌 가정을 세우고, 그럴듯하게 만들었어. 그렇지만 그걸 어떻게 확인할 거야? 그런 연구를 대체 어디에서부터 시작해야 할지 나로서는 감이 잡히지 않아. 매우 멋진 추론이지만, 제대로 연구가 진행되지 않으면 그냥 몽상일 뿐이야."

헉슬리가 드러누우며 울적한 표정으로 나뭇가지들을 올려다봤다. "그게 골칫거리야. 가장 좋은 비정통적인 재능의 실례를 잃어버렸어. 어디서부터 시작해야 할지 모르겠어."

"그렇지만, 헉슬리." 조앤이 주장했다. "평범한 피험자를 고른 다음에 특별한 능력을 개발시켜. 그러면 정말 멋질 거야. 우리 언제 시작할까?"

"우리가 언제 시작하다니, 뭘?"

"물론 나 말이지. 예를 들자면 초고속 계산 능력, 그걸로 하자. 내 수학 능력을 발전시킬 수 있다면, 넌 마술사가 될 거야. 난 1학년 대수학에서 수학을 포기했거든. 심지금 당장은 구구단조차 기억이 안 나!"

3장

모든 사람은 자신만의 특별한 재능이 있다

"자, 시작할까?" 헉슬리가 물었다.

"아, 그러지 말자." 조앤이 반대했다. "그냥 편안하게 커피를 마시면서 저녁 식사를 소화하는 건 어때? 코번을 만난 게 2주 만이잖아. 코번이 샌프란시스코에서 어떻게 지냈는지 듣고 싶어."

"고마워, 조앤." 코번이 대답했다. "그렇지만 난 미친 과학자와 조수의 이야기를 훨씬 더 듣고 싶어."

"조수라니, 젠장." 헉슬리가 따졌다. "얘는 아주 자기 멋대로 어디로 튈지 모르는 애야. 그렇지만 이번에는 우리가 너한테 보여줄 게 있어, 코번 박사."

"정말? 잘됐네. 어떤 거야?"

"글쎄, 너도 알다시피, 처음 두 달 동안에는 우리가 그다지 진척이 없었잖아. 그 당시는 내내 힘들고 느리게 진행됐어. 조앤이 어지간한 텔레파시 능력을 발전시키긴 했지만, 불안정하고 신뢰도가 떨어졌지. 수학 능력을 말하자면, 구구단은 외웠지만 초고속 계산은 실패했어."

조앤이 벌떡 일어나더니 벽난로와 두 남자 사이를 가로질러 부엌으로 갔다. "개미들이 몰려들기 전에 이 접시들을 닦아서 담가놔야겠어. 나도 들을 수 있게 큰 소리로 말해."

"그러면 지금 조앤이 할 수 있는 건 뭐야?"

"그건 미리 말해주지 않을 거야. 기다렸다가 봐. 조앤! 카드 탁자 어디에 있어?"

"소파 뒤에 있어. 소리 지를 필요 없어. 나팔처럼 생긴 할머니 보청기를 했더니 또렷하게 잘 들려."

"알았어. 찾았다. 카드는 평소에 두던 곳에 있지?"

"응. 금방 갈게." 조앤이 지저분한 부엌 앞치마를 휙 벗으며 다시 나타났다. 그리고 소파에 앉아 무릎을 끌어안았다. "위대한 망령, 할리우드의 악귀는 준비됐습니다. 모든 것을 보고, 모든 것을 알며, 모조리 꿰뚫어보고, 미래도 맞히지요. 모든 가족을 위해 즐거움을 선사해드리겠습니다."

"광대 짓은 그만둬. 약간 단순한 텔레파시부터 시작할 거야. 다른 것들은 다 집어치워. 코번, 카드를 섞어."

코번이 카드를 섞었다. "이제 뭘 할까?"

"카드를 한 번에 하나씩 빼서 너와 내가 볼 수 있게 해줘. 조앤에게는 보여주지 말고. 조앤, 큰소리로 읽어."

코번이 카드를 하나씩 천천히 빼 들었다. 조앤이 노래하듯 암송하기 시작했다. "다이아몬드 7, 하트 잭, 하트 에이스, 스페이드 3, 다이아몬드 10, 클로버 6, 스페이드 9, 클로버 8…."

"코번, 네가 그렇게 놀라는 모습은 처음 봐."

"실수 한 번 하지 않고 카드를 그대로 다 읽잖아. 스톤벤더 할아버지도 이보다 잘하지는 못하셨을 거야."

"그거 극찬인걸. 자, 이번엔 조금 변형을 주자. 이 실험은 끝내고, 이제 나에게도 카드를 보여주지 마. 나도 이게 어떻게 될지 몰라. 우리도 다른 사람과는 한 번도 시도해보지 않았거든. 해봐."

몇 분 후, 코번이 마지막 카드를 내려놨다. "완벽해! 실수가 전혀 없었어!"

조앤이 자리에서 일어나 탁자로 걸어왔다. "그런데 이 카드에는 어떻게 하트 10이 두 개야?" 조앤이 카드를 주르륵 넘기더니 한 장을 꺼냈다. "아! 네가 일곱 번째 카드를 하트 10으로 착각했던 거네. 이건 다이아몬드 10이야. 맞지?"

"그랬던 것 같아." 코번이 인정했다. "미안해, 내가 헷갈리게 했네. 조명이 별로 좋지 않아."

"조앤은 눈을 보호하기 위해 예술적인 조명 효과를 더 좋아해." 헉슬리가 설명했다. "그런 실수를 한 게 오히려 다행이야. 그 실수를 통해 조앤은 투시력이 아니라 텔레파시를 이용한다는 사실이 밝혀졌어. 이제 수학으로 가자. 우리는 세제곱근이나 순간적인 덧셈, 쌍곡선 함수의 로그 같은 일반적인 묘기는 건너뛸 거야. 내 말을 믿어. 조앤은 그런 것들을 다 할 수 있어. 그런 간단한 묘기는 네가 조앤과 나중에 해봐. 내가 집에서 재미있는 실험을 생각해냈어. 속독과 완벽한 기억력, 믿기 힘들 정도로 많은 숫자의 치환과 조합, 대안적인 수학적 연구가 모두 포함되어 있어. 코번, 솔리테르 카드놀이 할 줄 알지?"

"물론."

"카드를 완전히 섞은 뒤에 캔필드 솔리테르 방식으로 펼쳐줘. 왼쪽부터 오른쪽으로. 그리고 한 번에 3장씩 게임을 진행해. 계속 진행하다가 네가 막혀서 더 이상 진행할 수 없을 때까지 하면 돼."

"알았어. 묘기는 언제 나오는 건데?"

"네가 카드를 섞은 뒤에, 카드를 한 번 주르륵 훑어보고, 카드를 들어서 조앤이 카드의 목록을 잠깐 빠르게 훑어볼 수 있도록 해줘. 그리고 잠시 기다려." 코번은 말없이 하라는 대로 했다.

조앤이 코번을 중단시켰다. "코번, 다시 한 번만 해줘. 내가 카드를 51장밖에 못 봤어."

"두 장이 달라붙었던 모양이야. 내가 좀 더 주의해서 할게." 코번이 다시 반복했다.

"이번에는 52장이야. 좋았어."

"조앤, 준비됐어?"

"응, 헉슬리. 카드를 내려놔, 코번. 하트는 6까지, 다이아몬드는 4까지, 스페이드는 2까지, 클로버는 없음."

코번이 놀란 눈으로 바라봤다. "이 게임이 어떻게 끝날지 계산해냈다는 뜻이야?"

"해봐. 확인해보자."

코번은 카드를 왼쪽에서 오른쪽으로 넘기며 천천히 게임을 진행했다. 조앤이 중간에 중단시켰다. "아냐, 스페이드 킹보다 하트 킹을 그쪽 빈 공간에 넣는 게 나아. 스페이드 킹을 하면 클로버 에이스가 나올 거야. 하지만 그렇게 하면 하트 세 장이 덜 나오게 돼." 코번은 아무 말도 하지 않았지만 조앤이 하라는 대로 했다. 조앤은 두 번 더 코번을 중단시키고 다른 선택을 하도록 지시했다.

게임은 조앤이 예측했던 그대로 종료되었다.

코번은 머리를 긁으며 카드를 응시했다. "조앤." 그가 힘없이 말했다. "머리 안 아프니?"

"저걸 할 때는 안 아파. 그다지 힘든 일 같지 않거든."

"있잖아." 헉슬리가 진지한 목소리로 끼어들었다. "힘들 이유가 전혀 없어. 생각한다고 해서 에너지를 추가로 더 소비하지는 않잖아. 사람은 어떤 추가적인 노력이 없이도 정확하고 똑바로 생각할 수 있어야 해. 난 불완전한 사고가 두통을 일으킨다고 생각해."

"헉슬리, 하지만 대체 조앤은 이걸 어떻게 하는 거야? 저걸 전통적인 수학에 따라 손으로 쓰며 계산해야 한다면, 난 문제의 규모를 상상하는 것만으로도 머리가 아플 거야."

"난 조앤이 어떻게 하는지 몰라. 조앤도 몰라."

"그러면 조앤은 저걸 어떻게 배운 거야?"

"그 이야긴 나중으로 미루자. 먼저 우리가 이뤄낸 가장 큰 성과를 보여 줄게."

"난 더 이상은 무리야. 지금 완전히 지쳤어."

"너도 좋아할 거야."

"잠시만, 헉슬리. 내 방식을 한번 시도해보고 싶어. 조앤은 얼마나 빨리 읽을 수 있어?"

"볼 수 있는 만큼 빠르게."

"흠…." 코번이 외투 주머니에서 타자로 친 종이 한 다발을 꺼냈다. "내가 지금 작업 중인 2차 초안이야. 조앤에게 이걸 한 페이지 읽게 하자. 조앤, 괜찮아?"

코번이 안쪽의 한 페이지를 빼내서 조앤에게 건넸다. 조앤이 한 번 힐끗 보더니 다시 돌려줬다. 코번이 어리둥절한 표정으로 물었다. "뭐가 문제야?"

"아무 문제 없어. 내가 외울 테니까 확인해봐." 조앤이 빠르게 암송을 시작했다. "4페이지. 이제 커닝햄 제5판 547페이지를 인용하면, 다른 섬유 가닥, 즉, 척수의 측면 삭조의 위쪽으로 연장된 척수소뇌로 다발(뇌하수체 후엽)은 연수의 이 부분을 남겨두고, 그 표면의 관은…."

"그거면 충분해, 조앤, 그만. 네가 어떻게 그러는지는 모르겠지만, 전문용어가 가득한 이 페이지를 순식간에 읽고 외워버렸잖아." 코번이 장난스럽게 웃었다. "하지만 네 발음은 조금 이상했어. 스톤벤더 할아버지라면 완벽하게 해내셨을 거야."

"대체 뭘 기대한 거야? 난 그 단어들 중 절반은 무슨 뜻인지도 몰랐어."

"조앤, 이런 것들을 다 어떻게 배웠어?"

"솔직히 말하자면, 나도 몰라. 이건 자전거 타는 법을 배우는 것과 비슷해. 자꾸 넘어지다 보면, 어느 날 원하는 만큼 편하게 자전거를 탈 수 있게 되는 거야. 그리고 일주일을 타면 핸들을 놓고 묘기를 부리려고 시도하게 돼. 그거랑 비슷해. 나는 내가 하고 싶은 게 뭔지 알아. 그리고 어느 날 할 수 있게 됐어. 가자, 헉슬리의 인내심이 말라가고 있어."

코번은 얼떨떨한 침묵을 유지하며 헉슬리가 이끄는 대로 구석에 있는 작은 책상으로 갔다. "조앤, 이 서랍 써도 될까? 좋았어. 코번, 이 책상에서 서랍을 하나 골라. 그리고 네가 원하는 물건을 빼고, 원하는 아무거나 넣어. 그러고는 서랍 안을 보지 않은 상태로 내용물을 뒤섞은 다음에 몇 가지 물건을 빼서 다른 서랍에 넣어. 텔레파시를 이용할 가능성을 제거하고 싶거든."

"헉슬리, 내 살림살이 걱정은 마. 엄청나게 많은 내 비서들이 너희가 놀면서 난장판으로 만들어놓은 책상을 정리하며 아주 행복해할 거야."

"너무 그러지 마. 과학이 가는 길을 막으면 안 되지. 게다가…." 헉슬리가 서랍을 힐끗 쳐다보더니 덧붙였다. "이 책상은 적어도 6개월은 정리한 적이 없었던 게 분명해. 조금 더 어지럽혀도 전혀 티도 안 날 거야."

"흥! 너를 위해 이런 묘기들을 배우느라 시간을 다 보냈는데, 내가 정리할 시간이 있겠어? 게다가 난 모든 물건이 어디에 있는지 잘 알아."

"그게 바로 내가 우려하는 부분이야. 그래서 코번에게 물건들을 조금 더 무작위로 섞으라고 했던 거야. 이미 엉망이라 그게 가능한지는 모르겠지만 말이야. 계속해, 코번."

코번이 지시를 완료한 후 서랍을 닫자, 헉슬리가 이어서 말했다. "여기에 있는 연필과 종이를 이용하는 게 낫겠다, 조앤. 먼저 서랍 안에 보이는 것들 전부를 목록으로 작성해. 그리고 대략적인 위치와 배열을 보여주는 그림을 그려줘."

"알았어." 조앤이 책상에 앉아 빠르게 써내려가기 시작했다.

커다란 검은 가죽 핸드백.

15센티미터 자.

코번이 그녀를 중단시켰다. "잠시만. 이건 다 틀렸어. 핸드백처럼 큰 물건이 있었으면 내가 알아챘을 거야."

조앤이 눈살을 찌푸렸다. "어느 서랍을 말한 거였어?"

"오른쪽 두 번째 서랍."

"네가 제일 위의 서랍을 말한 줄 알았어."

"내가 잘못 말했던 것 같아."

조앤이 다시 시작했다.

놋쇠로 만든 종이칼.

여섯 가지 연필과 빨간 색연필.

고무줄 열세 개.

진주 손잡이 주머니칼.

"코번, 저건 틀림없이 네 칼일 거야. 정말 예쁘다. 그런데 왜 내가 저 칼을 처음 볼까?"

"내가 이번에 샌프란시스코 갔을 때 샀거든. 맙소사, 아직 너한테는 그 칼을 안 보여줬어."

서 프랜시스 드레이크 호텔의 광고가 새겨진 종이 성냥.

편지 여덟 장과 지폐 두 장.

시사풍자 연극표 두 장 잘린 것.

"코번, 너한테 놀랐어."

"네 일에 집중해."

"네가 다음에 갈 때 나를 데려가겠다고 약속해주면."

주머니용 클립이 달린 체온계 하나.

미술용 지우개와 타자기 지우개.

종류별 열쇠 세 개.

맥스 팩터 3번 립스틱 하나.

메모철과 한쪽을 사용한 정리용 카드,

작은 갈색 종이 가방. 안에는 크리올 색조의 사이즈 9 스타킹 한 쌍이 들어 있음.

“저 스타킹을 샀었던 걸 잊고 있었네. 오늘 아침에 신을 적당한 스타킹을 찾으려고 온 집을 다 뒤졌는데.”

“왜 네 엑스레이 눈을 사용하지 않았어, 후디니 부인?”*

조앤이 깜짝 놀란 표정을 지었다. “있잖아, 그런 생각을 전혀 못 했어. 아직 이런 능력을 사용할 생각을 안 해봤어.”

“서랍에 다른 건 더 없어?”

“메모지 상자 외에는 없어. 잠깐만. 간단히 그려볼게.”

조앤이 혀를 빼물고 2분 동안 바삐 스케치했다. 그녀의 눈은 종이와 닫힌 서랍 사이를 빠르게 오갔다. 코번이 물었다. “서랍 안을 보기 위해서는 그쪽을 쳐다봐야 하는 거야?”

“아니, 하지만 그게 도움이 돼. 내가 다른 쪽으로 눈을 돌리면 조금 혼란스럽게 보이거든.”

서랍의 내용물과 배열을 확인하고, 조앤이 말한 그대로라는 사실을 알게 되었다. 그들이 마쳤을 때, 코번은 아무 말 없이 조용히 앉아 있었다. 별로 반응이 없는 코번의 모습에 조금 안달이 난 헉슬리가 그에게 말했다.

“음, 코번, 네 생각엔 어때? 괜찮았어?”

“내가 무슨 생각을 하는지 알잖아. 넌 네 이론을 완벽하게 증명했어.

* 해리 후디니는 20세기 초의 전설적인 마술사로서, 특히 각종 탈출 묘기로 유명했다.

하지만 난 그 의미와 가능성에 대해 생각하는 중이었어. 외과 의사가 일할 때 아주 요긴한 능력을 우리가 갖게 된 것 같아. 조앤, 인간의 신체 내부도 볼 수 있어?"

"몰라. 난 한 번도…."

"내 몸을 봐."

조앤이 잠시 입을 다문 채 코번을 응시했다. "이런…, 이런, 네 심장이 뛰는 게 보여! 그리고 또 네…."

"헉슬리, 나한테도 조앤처럼 보는 방법을 가르쳐줄 수 있어?"

헉슬리가 코를 문지르며 말했다. "모르겠어. 가능할 수도…."

*

코번이 앉아 있는 큰 의자를 향해 조앤이 몸을 숙이며 말했다. "헉슬리, 코번이 최면에 걸리지 않아?"

"젠장, 안 돼. 나무망치로 머리를 두드리는 거 빼고는 다 해봤어. 최면에 걸릴 두뇌가 없는 모양이야."

"심통 부리지 말고, 다시 시도해봐. 코번, 넌 어때?"

"괜찮아. 그런데 정신이 너무 말짱해."

"이번에는 내가 방에서 나갈게. 어쩌면 내가 정신을 산만하게 만드는 요인일지 몰라. 이제 착한 소년이 되어서 잘 자." 조앤이 방에서 나갔다.

5분 후 헉슬리가 조앤을 불렀다. "조앤, 다시 돌아와. 코번이 최면에 들었어."

조앤이 방으로 들어왔다. 그리고 자신의 커다란 안락의자에 조용히 누워 반쯤 눈을 감은 코번을 바라봤다.

"내가 해도 돼?" 그녀가 헉슬리를 돌아보며 물었다.

"응. 준비됐어." 조앤이 소파에 누웠다. "넌 내가 원하는 게 뭔지 알잖아. 네가 최면에 들어가자마자 코번과 교신하는 거야. 잠들기 위해 도움이 필요해?"

"아니."

"잘됐네. 그럼, 자!"

조앤이 조용해지며 이완되었다.

"조앤, 최면에 들어갔어?"

"응, 헉슬리."

"코번의 마음에 닿을 수 있어?"

잠시 후. "응."

"찾아낸 거 있어?"

"없어. 빈방 같아. 하지만 다정해. 잠시만…. 코번이 나를 반겨줬어."

"코번이 뭐래?"

"그냥 환영이야. 말은 아니었어."

"코번, 내 말이 들려?"

"물론이야, 헉슬리."

"너희 둘이 같이 있어?"

"응, 맞아. 정말로."

"내 말을 들어, 너희 둘 다. 교신을 유지한 채로 천천히 깨어나. 그리고 조앤은 코번에게 보이지 않는 것들을 어떻게 인지하는지 가르쳐주는 거야. 할 수 있겠어?"

"응, 헉슬리, 우리는 할 수 있어." 마치 한 사람의 목소리처럼 들렸다.

4장

휴일

"솔직히 말해서, 헉슬리 씨, 난 당신의 비협조적인 태도를 이해할 수가 없어요." 웨스턴대 총장이 살짝 튀어나온 두 눈으로 헉슬리의 조끼 두 번째 단추를 노려보며 말했다. "대학에서는 입증된 가치에 따라 건전하고 유용한 연구를 진행할 수 있도록 당신에게 모든 시설을 제공해줬습니다. 그리고 당신이 가진 진정한 능력을 발휘할 수 있도록 당신의 교육 계획을 지지해줬어요. 그래서 당신은 지난 학기에 학과에서 학장 대행까지 맡았죠. 그런데 그 흔하지 않은 기회를 유용하게 사용하지 않고 터무니없는 이야기와 바보 같은 미신을 쫓느라 낭비해버렸어요. 맙소사, 나로서는 도대체 이해가 안 됩니다!"

헉슬리가 화를 억누르며 대답했다. "그렇지만 브린클리 총장님, 제가 총장님께 보여드릴 수 있도록 허락해주신다면…."

총장이 손바닥을 들며 헉슬리를 막았다. "제발, 헉슬리 씨. 그 이야기로 다시 돌아갈 필요는 없어요. 한 가지 더 말하자면, 당신이 의과대학의 업무에 간섭해왔다는 사실도 알게 됐어요."

"의과대학이라뇨! 몇 주 동안 의과대학에는 발을 디딘 적도 없습니다."

"당신이 코번 박사에게 영향력을 행사해서 외과 수술을 진행할 때 진단 전문의사의 조언을 무시하도록 만들었다더군요. 의심의 여지가 없는 권위자가 내게 말해줬어요. 굳이 덧붙이자면 서부 최고의 진단 전문의가 전해준 말이었습니다."

헉슬리는 말투를 억양 없이 공손하게 유지했다. "저는 그 지적을 인정하지 않습니다만, 잠시 제가 코번 박사에게 영향을 미쳤다고 가정해보죠. 코번이 진단을 따르지 않겠다고 거절한 사례 중에, 이후에 문제가 생겨서 타당하지 않은 선택이었던 것으로 판명된 경우가 있었나요?"

"그건 요점을 벗어난 주장이잖아요. 요점은…. 난 교직원이 다른 학과의 업무에 간섭하도록 놔둘 수 없어요. 그게 타당하다는 사실은 당신도 알 거요."

"저는 제가 간섭을 했다는 주장을 인정하지 않습니다. 그 주장을 저는 거부합니다."

"유감이지만 난 그 문제에 대해 판단을 내릴 수밖에 없어요." 브린클리 총장이 책상에서 일어나 헉슬리가 서 있는 곳으로 다가왔다. "자, 헉슬리, 이제 좀 편하게 말하지. 난 우리 학교의 젊은이들이 나를 친구처럼 대하면 좋겠어. 만일 자네가 내 아들이라도 똑같이 충고해줬을 거야. 이번 학기는 하루나 이틀 안에 마칠 거야. 내 생각에 자네는 휴가가 필요해. 자네가 박사학위를 아직 이수하지 않았기 때문에, 이사회에서는 자네와 계약을 갱신하는 데에 약간의 어려움을 겪고 있어. 나에게는 다가오는 학년도에 자네가 적절한 논문을 제출할 것이라고 이사회에 보증할 수 있는 재량권이 있어. 그리고 나는 자네가 건전하고 건설적인 연구에 노력을 쏟기만 한다면, 충분히 그럴 역량이 있다고 확신해. 휴가를 갖게. 그리고 돌아온 뒤에 자네가 제출할 학위논문의 개요를 내게 가져와. 그러면 이사회가 전혀 어렵지 않게 자네와 다시 계약을 맺을 거라고, 내가 확실하게 말해줄 수 있어."

"저는 논문에 현재 진행하고 있는 연구의 결과를 쓸 계획입니다."

브린클리 총장이 예의상 놀라는 척을 하며 눈썹을 치켜들었다. "정말인가? 그런데 자네도 알겠지만, 그건 불가능해. 자네는 휴가가 필요해. 잘 지내게. 혹시 학위수여식 이전에 자네를 볼 수 없을지도 모르니, 미리 즐거운 휴가가 되길 바란다는 인사를 해두지."

*

두꺼운 문이 그와 총장 사이를 가르자, 헉슬리는 예의 바른 척하던 모습을 버리고, 학생과 교수 같은 사람들을 못 본 척하며 서둘러 캠퍼스를 가로질렀다. 헉슬리는 그들이 가장 좋아하는 벤치에서 자신을 기다리고 있는 코번과 조앤을 만났다. 윌셔 대로를 향한 라브레아 타르 웅덩이가 바라다 보이는 벤치였다.

헉슬리가 그들 옆자리에 털썩 앉았다. 두 남자는 아무 말도 하지 않았다. 하지만 조앤은 조바심을 참을 수 없었다. "어땠어, 헉슬리? 시대에 뒤떨어진 그 화석이 뭐래?"

"담배 하나 줘." 코번이 헉슬리에게 담뱃갑을 건네주고 대답을 기다렸다. "별말은 없었어. 그냥 내가 권위를 받아들이고 자기의 온순한 강아지가 되지 않으면, 일자리를 잃고 학문적 평판이 망가질 거라고 위협했을 뿐이야. 물론 전부 정중한 언어로 말했어."

"헉슬리, 나를 불러서 총장에게 네가 이미 이룬 결과를 보여주지 그랬어?" 조앤이 말했다.

"네 이름을 이 일에 얽히게 만들고 싶지 않았어. 그건 쓸모없는 짓이야. 총장은 너에 대해서도 이미 잘 알아. 공식적이고 보호자가 함께 있는 조건이 아니라면, 젊은 강사가 여학생을 사교적으로 만나는 건 현명하지 못한 일이라고 우회적으로 말했어. 그러고는 대학의 높은 도덕적 기품과 대중에 대한 우리의 의무가 어쩌고 하더라니까!"

"이런, 지저분한 늙다리 자식! 그따위 소리를 하다니, 내가 그 인간을 갈가리 찢어버릴 거야!"

“진정해, 조앤.” 코번이 부드럽고 사려 깊은 목소리로 말했다. “총장이 너를 정확히 어떻게 위협한 거야, 헉슬리?”

“총장은 이번에 내 계약을 갱신하지 않겠다고 했어. 여름 내내 나를 조바심치게 만든 후에, 가을에 겁에 질린 토끼처럼 끽끽대며 돌아오면, 계약을 갱신해줄지도 몰라. 물론 자기 마음에 들 때만. 빌어먹을 자식! 내가 실수한 거라며 휴식이 필요하다는 제안이 가장 아프더라.”

“이제 뭘 할 거야?”

“일자리를 찾아봐야겠지. 먹고살아야 하니까.”

“가르치는 일?”

“그럴 것 같아, 코번.”

“웨스턴 대학에서 공식적으로 방출하지 않는 이상 가능성은 별로 크지 않을 거야. 그들은 아주 효율적으로 네 이름을 블랙리스트에 올릴 수 있어. 넌 사실 프로야구 선수와 마찬가지로 별로 자유가 없어.”

헉슬리는 침울한 얼굴로 아무 대꾸도 하지 않았다. 조앤은 한숨을 뱉었다. 그리고 타르 웅덩이 주변의 움푹 파인 습지를 쳐다보다가 곧 미소를 지으며 말했다. “그 꼴 보기 싫은 늙다리를 여기로 꾀어내서 저 타르 웅덩이 속으로 밀어버릴 수도 있어.”

두 남자는 말 없이 미소만 지었다. 조앤이 겁쟁이들이라며 혼자 중얼거렸다. 코번이 헉슬리에게 말했다. “있잖아. 헉슬리, 휴가를 떠나라는 그 늙은이의 생각이 그리 바보 같은 건 아니야. 나도 함께 떠날 수 있어.”

“특별히 마음에 둔 곳이라도 있어?”

“글쎄, 뭐, 그럭저럭. 난 캘리포니아에 7년이나 살았으면서도 한 번도 돌아다녀 본 적이 없었어. 특별한 목적지가 없는 상태로 드라이브 여행을 시작해도 좋을 것 같아. 새크라멘토까지 올라가서 캘리포니아 북부로 넘어갈 수도 있을 거야. 그 위에 아름다운 지역이 있다고들 하잖아. 돌아오는 길에 하이 시에라와 빅트리 공원에 들러도 좋고.”

“확실히 솔깃한 소리네.”

"네가 연구 자료를 챙겨 가면, 운전을 하면서 네 생각에 관해 이야기를 나눌 수도 있잖아. 네가 몇 구절 쓰고 싶어질 때는 논문을 작성하는 동안 잠시 들러 쉬어도 좋아."

헉슬리가 손을 내밀었다. "좋았어, 코번. 언제 출발할까?"

"이번 학기가 마치는 대로."

"보자…. 그러면 금요일 오후에는 여행을 시작할 수 있겠다. 어떤 차를 이용할 거야? 네 차, 아니면 내 차?"

"내 쿠페가 적당할 거야. 짐 실을 공간이 많거든."

대화를 흥미롭게 지켜보던 조앤이 끼어들었다. "코번, 왜 네 차를 이용해? 세 사람이 타기에는 쿠페가 불편하잖아."

"세 사람이라니? 그게 무슨 소리야, 세 사람? 눈이 예쁜 아가씨, 넌 안 가."

"그래? 넌 그렇게 생각했구나. 이 시점에서 나를 빼놓고는 못 가지. 나는 네 연구 사례잖아. 아, 안 돼. 날 내버려두고 너희끼리 갈 수는 없어."

"그렇지만 조앤, 이건 남자들만의 여행이야."

"아, 그래서 날 빼놓고 가겠다는 거야?"

"자, 조앤, 우리는 그렇게 이야기하지 않았어. 네가 남자 두 명과 함께 시골을 돌아다니면, 사람들이 너를 안 좋게 볼까 봐 그러는…."

"이런 겁쟁이들아! 쪼다들아! 아직도 어린애냐! 너희 평판이 걱정되는 거지!"

"아냐, 그런 게 아니야. 우린 네 평판을 걱정하는 거야."

"그런 변명은 안 먹혀. 혼자 사는 여자는 평판이란 게 아예 없어. 혼자 사는 여자는 아이보리 비누처럼 순수할 수도 있고, 남자든 여자든 교내의 심술궂은 녀석들이 산산조각 내버릴 수도 있는 존재야. 야, 너희는 뭐가 그리 무서운 거야? 우리가 주 경계선을 넘어갈 것도 아니잖아?"

*

"조앤, 조심해!" 커다란 빨간 산타페 버스가 반대편 차로의 갓길로 아슬아슬하게 지나갔다. 회색 세단을 따라 반대편 차로로 가던 조앤이 자기 차로로 다시 돌아와 유조차와 트레일러 뒤에 붙였다. 그리고 고개를 뒤로 돌려 뒷좌석에 앉아있는 헉슬리를 똑바로 바라보며 대답했다.

"뭐가 문제야, 헉슬리?"

"우리를 태운 채로 산타페에서 가장 큰 20톤짜리 버스랑 정면으로 충돌할 뻔했잖아!"

"불안해하지 마. 난 열여섯 살 때부터 운전했는데, 한 번도 사고를 낸 적 없어."

"놀랍지도 않네. 넌 어쨌든 사고를 두 번 내지는 못할 거야." 헉슬리가 계속 말했다. "눈을 계속 도로에 집중하면 안 되겠니? 이게 무리한 요구는 아니잖아, 그렇지?"

"난 길을 지켜볼 필요가 없어. 봐." 조앤이 고개를 휙 돌려 헉슬리에게 꽉 감은 자신의 눈을 보여주었다. 속도계의 바늘은 140킬로미터 근처를 가리키고 있었다.

"조앤! 제발!"

조앤이 눈을 뜨고 다시 앞쪽을 쳐다봤다. "그렇지만 나는 보기 위해서 그 방향을 쳐다볼 필요가 없어. 네가 나한테 가르쳤잖아, 똘똘아. 기억 안 나?"

"그래, 내가 가르쳤지. 그래도 네가 차를 운전할 때 그 능력을 적용할 거라고는 한 번도 생각 못 했어!"

"왜 그러면 안 돼? 네가 평생 만났던 운전사 중에서 가장 안전한 운전사가 바로 나야. 나는 도로에 있는 모든 것들을 볼 수 있거든. 심지어 가려진 모퉁이 뒤까지도. 필요하다면 다른 운전사들의 마음을 읽어서 그들이 다음에 어떤 행동을 할지도 알 수 있어."

"조앤의 말이 맞아, 헉슬리. 내가 몇 번 조앤의 운전을 살펴봤더니, 같은 환경에서라면 내가 했을 법한 행동을 정확히 그대로 했어. 그래서 내가 불안해하지 않았던 거야."

"알았어, 알았다고." 헉슬리가 대답했다. "하지만 너희 두 초인에게 부탁하는데, 여기 뒷좌석에 모퉁이 너머를 볼 수 없는, 조금 불안에 떠는 평범한 인간이 있다는 사실을 잊지 말아줄래?"

"착하게 굴게." 조앤이 차분하게 말했다. "널 겁주려는 의도는 아니었어, 헉슬리."

코번이 다시 이야기를 계속했다. "나는 조앤 네가 보고 싶은 것을 향해 쳐다볼 필요가 없다는 말이 흥미로워. 나는 그 정도로 훌륭하게 해낼 수 없거든. 너는 예전에 고개를 다른 쪽으로 돌리면 혼란스럽게 보이기 때문에 그쪽을 쳐다본다고 했었잖아."

"옛날엔 그랬지, 코번. 하지만 난 그 단계를 넘었어. 너도 그럴 거야. 그건 그냥 오래된 습관을 깨면 해결되는 문제야. 나한테는 모든 방향이 '앞'이야. 사방과 위, 아래까지. 어느 방향으로도 내 주의를 집중할 수 있어. 동시에 두세 방향도 가능해. 또 육체적으로 떨어져 있는 지점도 선택할 수 있기 때문에, 사물의 다른 방향을 볼 수도 있어. 하지만 그건 조금 더 힘들어.".

"너희 둘 때문에 내가 미운 오리 새끼의 엄마가 된 기분이야." 헉슬리가 씁쓸한 표정으로 말했다. "너희가 인간의 소통을 뛰어넘은 뒤에도 여전히 나를 다정하게 생각해줄까?"

"불쌍한 헉슬리!" 조앤이 진심으로 동정심을 담아 소리쳤다. "네가 우리를 가르쳤는데, 아무도 너를 위해 가르쳐줄 생각을 하지 않았구나. 있잖아, 코번. 오늘 저녁에 새크라멘토 외곽에 조용하고 괜찮은 자동차 여행자용 캠프장을 골라 차를 세워놓고, 며칠 동안 헉슬리가 우리에게 해줬던 것들을 해주자."

"난 좋아. 괜찮은 생각이야."

"퍽 착하기도 하지." 헉슬리가 마지못해 받아들이는 척했지만, 불안이 누그러지고 기뻐하는 게 틀림없었다. "너희가 나한테 그 능력을 전수해주면, 내가 차를 바퀴 두 개로 굴릴 수 있을까?"

"차라리 공중 부양을 배우지그래?" 코번이 제안했다. "그게 간단해. 비용도 적게 들고, 아무것도 고장 나지 않을 테니까."

"우리가 할 수 있는 날이 올 거야." 헉슬리가 몹시 엄숙하게 대답했다. "이 연구가 어디로 이어질지는 아무도 몰라."

"그래, 네 말이 맞아." 코번도 똑같이 엄숙하게 대답했다. "나는 아침 식사를 하기 전에 불가능한 일을 일곱 가지 정도는 쉽게 믿을 수 있는 사람이 되어가고 있어. 아까 저 유조차를 지나기 직전에 네가 뭐라고 했지?"

"내가 지난 몇 주 동안 머릿속으로 궁리해오던 생각을 너한테 이야기해주려 했어. 대단히 큰 계획이야. 너무 큰 계획이라 나 스스로도 거의 믿을 수 없을 정도야."

"그래? 털어놔봐."

헉슬리가 손가락으로 꼽으며 말하기 시작했다. "우리는 일반적인 인간의 정신이 이전에 생각지도 못했던 힘을 가지고 있다는 사실을 증명했거나, 증명해가는 중이야. 그렇지?"

"잠정적으로… 그렇지. 그런 것 같아."

"인류 전체가 일상적으로 사용하는 것보다 월등히 큰 힘이야."

"그래, 맞아. 그래서?"

"그리고 우리에게는 이 힘이, 기존에 생리학자들이 어떤 기능도 할당하지 않았던 두뇌의 특정한 영역 덕분에 존재한다고 믿을 만한 이유가 있어. 다시 말해, 눈과 두뇌의 시각 중추가 일반적인 시각의 기관적 토대가 되듯이, 이 힘들도 기관적 토대가 있어."

"그래, 물론이지."

"어떤 기관이든 단순한 시작에서 복잡하고 고도로 발달된 형태까지 진화 과정을 추적할 수 있어. 기관은 사용을 통해 발달해. 진화적인 측면에서 보면 감각 기능이 기관을 형성했다고 말할 수 있어."

"그래. 기본이지."

"그러면 그 함의가 보이지 않아?"

코번이 어리둥절한 표정을 짓더니, 곧 그의 얼굴에 이해하는 표정이 서서히 퍼져갔다. 헉슬리가 즐거운 말투로 계속 말했다. "너도 알겠지? 그 결론은 피할 수 없어. 듣거나 보거나 냄새를 맡듯, 전 인류가 이 이상한 힘들을 쉽게 사용하던 시기가 있었던 게 틀림없어. 그리고 그 힘은 아주 오랜 시기 동안, 아마도 수십만 년, 수백만 년 동안 인류 전체에서 발달했을 거야. 그건 개인이 할 수 있는 일이 아니야. 내가 혼자 원한다고 우리 종에게 없는 날개를 자라게 할 수는 없잖아. 아주 오랜 기간 동안 종의 차원에서 진행되었을 게 틀림없어. 돌연변이 이론도 소용없어. 돌연변이는 변화가 유용성에 따라 확정되는 작은 도약이거든. 이건 전혀 아니야. 이 이상한 힘은 흔적이야. 인류 전체가 그 능력을 가지고 사용했던 시기로부터 남은 잔존물이지."

헉슬리가 말을 멈췄다. 하지만 코번은 대답하지 않았고, 20킬로미터를 지나는 동안 생각에 잠겨 조용히 앉아 있었다. 조앤이 입을 열었다가, 생각을 바꿨다. 마침내 코번이 천천히 말하기 시작했다.

"네 추론에서 오류를 못 찾겠어. 복잡한 기능을 가진 두뇌의 전체 영역이 '그냥 발달했다'고 가정하는 건 불합리하지. 하지만 네가 현대 인류학에 골치 아픈 문제를 일으킨 건 분명해."

"내가 처음 이렇게 추론했을 때 걱정한 부분이 그거였어. 그래서 계속 입을 닫고 있었던 거야. 혹시 인류학에 대해 좀 알아?"

"대부분의 의대생이 그러듯 대충 훑어본 것 말고는 없어."

"나도 그래. 하지만 난 인류학을 상당히 존중했었어. 어쩌고저쩌고 교수가 쇄골과 의치를 가지고 우리의 조상을 재구성해서, 그 조상의 가장 은밀한 습관에 관해 긴 논문을 써내면, 나는 그걸 곧이곧대로 믿고 감동을 받았었지. 그런데 인류학에 대해 공부하기 시작한 후에 내가 뭘 발견했는지 알아?"

"말해봐."

"첫째, 세상에 저명한 인류학자는 없지만, 인류학자를 다이아몬드를 두른 거짓말쟁이라고 부르는 저명한 사람은 찾을 수 있어. 인류학자들은 자신들이 주장하는 학문의 아주 간단한 요소에 대해서조차 합의를 보지 못해. 둘째, 인류학자들이 인류의 조상에 관해 주장하면서 내세운 증거물들에 대해 진짜 제대로 된 증거물이라고 지지해줄 추종자가 거의 없어. 난 굴 한 마리 가지고 그렇게 고깃국을 많이 끓이는 건 처음 봤어. 사소한 증거물 하나 가지고 엄청나게 우려먹어. 인류학자들은 책을 쓰고 또 써. 그래서 뭘 했는지 알아? 도슨인, 북경인, 하이델베르크인, 그 외에도 두어 개. 그런데 그것들은 완벽한 골격이 아니야. 손상된 두개골, 치아 두어 개. 다른 뼈 두어 개가 고작이지."

"아, 헉슬리, 크로마뇽인의 표본은 많이 발견됐어."

"그래, 하지만 크로마뇽인은 진짜 인류였잖아. 난 우리의 진화적 조상들, 원인(原人)들에 대해 말하고 있는 거야. 있잖아, 난 내 생각이 틀렸다는 걸 입증하려고 시도해봤었어. 인간의 진보가 길고 느린 오르막길이었다고 치자. 원시인은 야만인으로, 야만인은 미개인으로, 미개인은 그들의 문화를 숙련해서 문명인으로 올라섰고, 이 모든 과정에서 기껏해야 수백 년, 혹은 수천 년 동안 사소한 역행이 한 번 있었을 뿐, 우리의 현재 문명이 인류가 지금껏 도달한 가장 최고의 단계라면, 이 모든 게 사실이라면, 내 생각이 틀린 거야.

내 말이 무슨 뜻인지 이해되지? 두뇌의 내부 증거는 인류가 잃어버린 역사의 어느 시점에 지금은 생각해보지 못하는 높이까지 올라갔었다는 사실을 증명해. 어떤 측면에서는 인류가 퇴행한 거야. 그리고 그 일은 너무도 오래전에 일어나서, 거기에 관한 기록을 어디에서도 찾지 못하고 있는 거지. 인류학자들이 그토록 소중하게 여기는 그 흉포한 원인(原人)들은 우리의 조상일 리가 없어. 원인들은 너무 최근에 존재했고 너무 원시적이고 너무 미숙해. 인류학 이론을 따르면 우리가 존재한다고 증명한 이런 능력을 인류가 발전시킬 시간이 부족해. 인류학자들이 모두 틀렸거나, 우리가 봤던 그런 능력을 조앤이 실행할 수 없어야 해."

문제의 주인공은 아무런 말도 하지 않았다. 세 사람을 태운 큰 승용차가 질주할 때, 조앤은 운전석에 앉아 저물어가는 태양의 비스듬한 햇살을 피해 두 눈을 감고 내부의 불가능한 시력으로 도로를 바라봤다.

*

그들은 닷새 동안 헉슬리를 가르친 후, 엿새째에 탁 트인 도로로 나갔다. 새크라멘토를 벗어난 지 한참이 지났다. 그 후 한 시간 동안 나무들 사이의 틈새로 섀스타산이 드문드문 보였다. 헉슬리가 99번 고속도로의 인도에 세워진 전망대 옆에 차를 세웠다. 그리고 승객들을 돌아보며 말했다. "모두 내려. 풍경을 구경하러 가자."

세 사람은 50킬로미터 떨어진 섀스타산의 새크라멘토강 협곡을 바라봤다. 날씨는 스웨터를 입어야 할 정도로 약간 쌀쌀했고, 공기는 어린아이의 눈처럼 맑았다. 전나무들이 협곡을 따라 빼곡했는데, 그중 커다란 두 그루 사이로 산 정상이 보였다.

원뿔형의 경사면에 아직 남아 있던 눈이 나무들이 자란 곳까지 내려왔다.

조앤이 뭔가를 중얼거렸다. 코번이 고개를 돌려 물었다. "조앤, 뭐라고 했어?"

"나? 아무 말도 안 했어. 혼자 시를 조금 읊고 있었어."

"어떤 시인데?"

"유니스 티천스의 〈가장 신성한 산〉.

'공간과 열두 줄기의 맑은 바람이 여기에 있다.

그리고 그것들과 함께 영원을 품는다. 기민한 하얀 평화, 존재의 현시.

리듬이 여기서 멎는다. 시간은 장소가 없다. 여기는 끝이 없는 끝이다.'"

헉슬리가 헛기침을 하더니, 겸연쩍은 표정으로 침묵을 깼다. "네가 무슨 말을 하려는지 알 것 같아."

조앤이 두 사람을 바라봤다. "얘들아." 그녀가 말했다. "난 섀스타산으로 올라갈래."

코번이 침착하게 그녀를 살펴보더니 말했다. "조앤, 너 취한 거 같아."

"난 진심이야. 너희도 가야 한다는 이야기는 아니야. 내가 간다는 거였어."

"그렇지만 우리에게는 너의 안전과 안녕에 대한 책임이 있어. 그런데 나는 고도 4천 미터나 되는 산에 올라가는 걸 그다지 좋아하지 않아."

"넌 내 안전을 책임질 필요 없어. 나는 자유로운 시민이니까. 그리고 어쨌든 등산이 네게 해롭지 않을 거야. 네가 겨울에 대비해서 저장하고 있는 지방을 조금 제거하는 데에 도움이 될 거야."

헉슬리가 물었다. "왜 그렇게 갑자기 등산을 하기로 결심했어?"

"실은 갑자기 결심한 게 아니야, 헉슬리. 로스앤젤레스를 떠난 이후로 높은 곳으로 계속 올라가고, 또 올라가는 꿈을 반복해서 꿨는데…. 그게 꽤 행복한 느낌이었어. 오늘에서야 내가 올라갔던 게 섀스타산이라는 걸 알게 됐어."

"네가 어떻게 그걸 알아?"

"난 알아."

"코번, 네 생각은 어때?"

코번이 화강암 자갈을 집어 들더니 강을 향해 던졌다. 그는 그 돌멩이가 비탈을 따라 백여 미터를 더 내려갈 때까지 기다렸다 말했다. "내 생각에는 밑창에 징이 박힌 부츠를 사는 게 좋을 것 같아."

*

헉슬리가 잠시 멈추자, 좁다란 오솔길에서 뒤에 있던 두 사람도 멈출 수밖에 없었다.

"조앤." 헉슬리가 걱정스러운 목소리로 물었다. "이게 우리가 올라왔던 길이야?" 얼음같이 차가운 바람이 녹슨 면도날처럼 얼굴을 긁고, 눈바람이 그들을 휘감아 돌며 눈을 아프게 찔러서 그들이 몸을 움츠렸다. 조앤이 대답할 말을 곰곰이 생각했다. "그런 것 같아." 마침내 그녀가 조심스레 말했다. "그렇지만 눈을 감아도 이 눈보라 때문에 모든 게 다르게 보여."

"나도 그게 문제야. 우리가 안내판과 반대로 가기로 결정했던 게 실수였던 것 같긴 한데…, 그렇지만 그렇게 아름다운 여름날이 눈보라가 몰아치는 날씨로 변할 거라고 누가 생각했겠어."

코번이 발을 굴리며 손바닥을 마주쳤다. "출발하자." 그가 재촉했다. "설령 이게 맞는 길이라고 해도, 오두막에 도착하기 전까지 가장 힘든 부분이 우리 앞에 남았어. 우리가 가로질렀던 빙하 길을 잊지 마."

"난 잊어버리고 싶어." 헉슬리가 진지한 목소리로 대답했다. "이 지독한 날씨에 그걸 건너는 장면을 상상하고 싶지 않아."

"나도 그래. 하지만 여기에 있으면 얼어 죽을 거야."

이번에는 코번이 앞장섰다. 그들은 고개를 돌려 바람을 피하고, 눈은 반쯤 감은 채 조심스럽게 계속 나아갔다. 2백 미터를 간 뒤 코번이 다시 일행을 확인했다. "조심해, 얘들아." 그가 경고했다. "길이 여기에서 거의 사라졌어. 그리고 미끄러워." 코번이 몇 걸음 앞으로 나아갔다. "이건 오히려…." 두 사람은 코번이 중심을 잡으려 격하게 움직이다 곧 둔중하게 넘어지는 소리를 들었다. "코번! 코번!" 헉슬리가 소리쳤다. "코번, 괜찮아?"

"그런 것 같아." 코번이 헐떡이며 말했다. "왼쪽 다리를 심하게 부딪쳤어. 조심해."

오솔길 옆으로 조금 벗어난 상태로 바닥에 누워 있는 코번의 모습이 두 사람의 눈에 들어왔다. 그들은 조심스럽게 접근해서 코번의 옆으로 갔다. "손 좀 빌려줘, 헉슬리. 천천히, 지금이야."

헉슬리가 코번을 부축하며 오솔길로 조금씩 뒷걸음을 쳤다. "설 수 있겠어?"

"유감이지만, 안 될 것 같아. 지금 당장 움직이려면 왼쪽 다리 때문에 엄청 고통스러울 거야. 한 번 살펴봐, 헉슬리. 아니, 부츠를 벗기지 말고, 그냥 속을 들여다봐."

"그래야지. 깜빡했어." 헉슬리가 잠시 그의 다리를 살펴봤다. "너무 안 좋아, 코번. 무릎에서 10센티미터 정도 아래에서 정강이뼈가 부러졌어."

코번은 〈스와니강〉의 두 소절을 휘파람으로 불더니 말했다. "정말 너무너무 사랑스럽지 않아? 단순 골절이야, 복합 골절이야, 헉슬리?"

"한 번에 깨끗이 부러진 것 같아, 코번."

"지금 당장은 단순 골절이든 아니든 별로 중요하지 않아. 이제 어떻게 하지?"

조앤이 대답했다. "들것을 만들어 너를 산 아래로 데려가야지!"

"진짜 걸스카우트처럼 이야기하네. 얼어붙은 길 위에서 너랑 헉슬리가 나를 실은 들것을 제대로 다룰 수 있을 것 같아?"

"해야 돼, 어떻게든." 하지만 그녀의 말투에서 확신이 약해졌다.

"그게 될 리가 없어. 너희 둘은 나를 곧게 펴서 바로 잡아주고, 눕혀놓은 후에, 산에서 내려가 제대로 장비를 갖춘 구조대를 불러와야 해. 너희가 떠나 있는 동안, 나는 조금 잘래. 담배를 조금 주고 가면 고맙겠어."

"안 돼!" 조앤이 따졌다. "우리는 널 여기에 혼자 놔두고 떠나지 않을 거야."

헉슬리가 그 항의를 거들었다. "네 계획은 조앤의 계획만큼이나 엉망이야. 우리가 돌아올 때까지 잠을 자겠다는 이야기는 아주 좋아. 하지만 너도 알다시피, 이렇게 땅바닥 위에 보호할 수단도 없이 밤을 보내면 추위 때문에 얼어 죽을 거야."

"운을 걸어보지, 뭐. 네가 제안할 수 있는 더 나은 계획은 뭐야?"

"잠시만 기다려. 생각 좀 해보게." 헉슬리가 코번 옆의 돌출부에 앉더니 자신의 왼쪽 귀를 만지작거리며 말했다. "내가 생각해낼 수 있는 최선의 계획은 이거야. 조금 더 보호가 될 수 있는 곳으로 너를 옮기고, 따뜻하게 해줄 불을 피울 거야. 조앤이 너와 함께 머물면서 불을 지키는 동안, 나는 도움을 구하러 내려가는 거지."

"괜찮은 계획이네." 조앤이 끼어들었다. "단, 도움을 구하러 내려갈 사람은 나야. 너는 이 어둠과 눈 때문에 길을 찾을 수 없어, 헉슬리. 네 감각이 아직 믿을 만하지 않다는 사실은 너도 알잖아. 넌 길을 잃어버릴 거야."

남자 둘이 반대했다. "조앤, 넌 혼자 가면 안 돼." "그건 동의하기 힘들어, 조앤."

"터무니없는 허튼소리를 참 거창하게들 하네. 당연히 내가 가야지."

"안 돼!" 두 사람이 동시에 말했다.

"그러면 여기서 불을 둘러싸고 옹기종기 앉아서 밤을 함께 보내자. 난 내일 아침에 내려갈게."

"그게 나을지도 모르겠다." 코번이 인정했다. "만약에…."

"안녕들 하시오, 친구들." 그들의 뒤쪽 바위 위에 키가 크고 나이 든 남자가 서 있었다. 무성한 하얀 눈썹 아래 차분한 파란 눈이 그들을 바라봤다. 남자는 깔끔하게 면도했지만, 길고 숱이 많은 하얀 머릿결이 눈썹과 잘 어울렸다. 조앤은 그가 마크 트웨인을 닮았다는 생각을 했다.

코번이 가장 먼저 정신을 차렸다. "안녕하세요?" 그가 대답했다. "저희가 안녕한지는 조금 의심스럽습니다만…."

낯선 남자가 눈으로 미소를 지었다. "내 이름은 앰브로즈요. 그런데 여러분의 친구가 도움이 조금 필요한 모양이네요. 여러분이 허락해준다면…." 앰브로즈가 무릎을 꿇고 앉더니, 부츠를 벗기지 않은 채로 코번의 다리를 살펴봤다. 이윽고 그가 고개를 들었다. "이건 좀 고통스러울 거요. 당신은 잠을 자는 게 나을 것 같소." 코번이 그를 바라보며 미소를 짓더니 눈을 감았다. 느리고 규칙적인 호흡으로 볼 때 잠이 든 게 분명했다.

자신을 앰브로즈라고 밝힌 남자는 어둠 속으로 미끄러져 들어갔다. 조앤은 감각 능력을 사용해 그를 쫓아가려 했지만, 이상하게도 그러기가 힘들었다. 앰브로즈는 몇 분 후에 곧은 나뭇가지 몇 개를 가지고 돌아왔다. 그리고 가지들을 50센티미터 정도의 길이로 고르게 부러뜨렸다. 그 가지들을 코번의 왼쪽 종아리에 대더니, 주머니에서 꺼낸 두루마리 천으로 단단하게 묶었다.

그 소박한 부목이 단단해지자 앰브로즈가 만족스러운 표정을 지었다. 그리고 그는 코번이 어린애인 양 무게가 대수롭지 않다는 듯 양팔로 번쩍 들었다. "갑시다." 그가 말했다.

두 사람은 말없이 그를 따랐다. 그들은 세찬 눈송이를 뚫고 한 줄로 걸어가며 왔던 길로 돌아갔다. 5백 미터, 6백 미터를 지나자, 앰브로즈가 조앤과 두 남자가 갔던 오솔길을 벗어나 방향을 틀더니 어둠 속에서 성큼성큼 걸어갔다. 조앤은 앰브로즈가 외투나 스웨터가 아니라 얇은 면 셔츠를 입고 있다는 사실을 알아챘다. 그래서 이 날씨에 그렇게 얇게 입고 지금까지 어떻게 버텼는지 궁금해졌다. 앰브로즈가 어깨너머로 말했다. "난 차가운 날씨를 좋아한다오."

앰브로즈가 커다란 바위 사이로 걸어 들어갔다. 마치 산비탈 속으로 사라져버리는 것처럼 보였다. 그의 뒤를 따른 일행은 자연석으로 비스듬히 이어진 통로로 들어섰다. 그들이 모퉁이를 돌자, 부드러운 밝은 색상의 나무판자로 벽을 치고, 천장이 높은 팔각형 응접실이 나타났다. 간접조명으로 부드러운 빛이 비쳤지만 창문은 없었다. 한쪽 면에 널찍한 화로가 있는 벽난로에 나무가 타오르며 따스하게 손님을 맞이했다. 판석 바닥에는 아무것도 깔려 있지 않았지만, 발을 통해 온기가 느껴졌다.

노인은 코번을 든 채로 멈춰 섰다. 그리고 고갯짓으로 그 방에 있는 편안한 가구들을 가리켰다. 소파 세 개와 묵직한 구식 의자들, 등받이가 뒤로 젖혀지는 긴 의자 하나가 있었다. "앉아요, 친구들. 편안하게 쉬시오. 난 여러분의 친구를 돌보는 일부터 해야 합니다. 그 후에 여러분이 먹을 간식거리를 찾아보지요." 앰브로즈는 그들이 들어온 방향과 반대쪽에 있는 문을 통해 나갔다. 여전히 팔로 코번을 안은 상태였다.

헉슬리가 조앤을 바라봤다. 조앤도 헉슬리를 바라봤다. "흠, 넌 어떻게 생각해?" 헉슬리가 말했다.

"우리가 집처럼 편안한 곳을 발견했다는 생각을 했어. 여긴 진짜 대단하다."

"이제 뭘 해야 할까?"

"난 등받이가 긴 의자를 벽난로로 끌고 가서 부츠를 벗어 발을 덥히고 옷을 말릴래."

10분 후 앰브로즈가 돌아왔을 때, 두 사람은 불 앞에서 지친 발을 행복하게 덥히고 있었다. 앰브로즈는 쟁반을 들고 와서 김이 솔솔 올라오는 큰 주발에 담긴 양파 수프와 롤빵, 사과파이, 진한 홍차를 대접했다. 그가 음식을 내며 말했다. "여러분의 친구는 쉬고 있어요. 내일까지는 그를 만날 필요가 없을 거요. 여러분이 식사를 마친 후 저쪽 통로로 가면 침실이 있소. 여러분에게 필요한 편의시설도 있지요." 앰브로즈는 그가 방금 들어온 문 쪽을 가리켰다. "바로 찾을 수 있을 거요. 바로 앞에 불을 켜둔 방이니까. 잘 자라는 인사는 지금 먼저 해두지요." 그가 쟁반을 들고 몸을 돌려 나갔다.

"아, 저기요." 헉슬리가 급하게 말하기 시작했다. "정말 대단히 고맙습니다. 그런데 성함이…."

"너무 그렇게 고마워하지 않아도 돼요. 내 성은 비어스요. 앰브로즈 비어스. 좋은 밤 되시오." 그리고 그가 떠났다.

5장

"지금은 거울로 보는 것 같이 희미하나"*

다음 날 아침 헉슬리가 응접실로 들어섰을 때, 세 사람을 위해 사려 깊은 아침 식사가 차려진 작은 식탁이 그를 기다리고 있었다. 헉슬리가 접시 덮개를 들고 다른 친구들이 올 때까지 기다리는 게 좋은 태도일지 고민하고 있을 때, 조앤이 응접실로 들어왔다. 헉슬리가 고개를 들어 조앤을 봤다.

"아! 어서 와. 그 사람들이 아침을 차려줬어. 이것 봐." 헉슬리가 접시 덮개를 들어서 보여줬다. "잘 잤어?"

"넋을 놓고 시체처럼 잤어." 조앤이 그의 초대에 합류했다. "음식을 제대로 아는 사람들 같네, 그렇지 않아? 언제 먹기 시작하는 거야?"

"세 명이 다 모이면 먹어야겠지. 어젯밤에 입었던 옷이랑 다르네?"

"마음에 들어?" 조앤이 패션모델처럼 걸으며 응접실을 천천히 돌았다. 그녀는 발끝까지 내려오는 청회색 드레스를 입었다. 허리 부분이 높은 스타일로, 은색 줄 두 개가 가슴 사이를 가로지르며 내려와서 허리를

* 성경 〈고린도전서〉 13장 12절

감아 돌며 허리띠가 되었다. 그녀는 여기에 은색 샌들을 신었다. 전체적인 옷차림에서 고대의 분위기가 풍겼다.

"멋지다. 왜 여자들은 단순한 옷을 입으면 더 예뻐 보이는 걸까?"

"단순하다고… 흥! 네가 베벌리힐스 윌셔가에서 이런 옷을 3백 달러 이하에 살 수 있으면, 그 가게의 주소를 내게 알려줘."

"안녕, 얘들아." 코번이 문간에 서 있었다. 두 사람이 동시에 그를 뚫어져라 바라봤다. "뭐가 문제야?"

헉슬리가 눈으로 코번의 골격을 훑어 내렸다. "네 다리는 어때, 코번?"

"너한테 그걸 물어보고 싶었어. 내가 얼마나 오래 정신을 잃었던 거야? 다리가 모두 말짱해. 다리가 정말 부러지기는 했던 거야?"

"네가 보기엔 어때, 헉슬리?" 조앤이 질문에 가세했다. "네가 살펴봤었잖아, 난 안 봤어."

헉슬리가 귀를 만지작거리며 말했다. "부러졌었어. 그게 아니라면 내 머리가 완전히 돌아버린 거지. 자, 한번 보자."

코번은 잠옷을 입고 목욕 가운을 걸친 차림이었다. 그가 잠옷 바지를 위로 걷어 분홍빛의 건강한 종아리를 드러냈다. 그리고 주먹으로 종아리를 두드렸다. "봤지? 멍조차 없어."

"흠, 네가 정신을 잃은 시간은 길지 않아, 코번. 겨우 어젯밤부터였어. 아마 10시간이나 11시간 정도일 거야."

"허?"

"맞아."

"그러면 이건 불가능해."

"그럴지도 모르지. 일단 아침을 먹자."

일행은 생각에 잠겨 말없이 식사를 했다. 그들은 상황을 파악하고 합리적으로 나아갈 방향을 찾아야 했다. 식사가 거의 끝나갈 무렵 그들이 동시에 고개를 들었다. 헉슬리가 침묵을 깼다.

"음, 너희 생각은 어때?"

"난 그냥 포기했어." 조앤이 털어놨다. "우리가 모두 눈 폭풍에 휘말려서 죽고 천국에 온 거야. 그 마멀레이드 건네줄래?"

"그건 말이 안 돼." 헉슬리가 마멀레이드를 건네며, 조앤의 말에 반대했다. "코번이 여기에 있잖아. 저 녀석은 죄악이 가득한 인생을 보냈단 말이야…. 농담은 제쳐놓고 말하자면, 설명이 필요한 일들이 발생했어. 하나씩 살펴보자. 하나, 코번은 어젯밤에 다리가 부러졌는데, 오늘 아침에 모두 치료가 되었어."

"잠깐만…. 우리 모두 코번의 다리가 부러졌었다고 확신하는 거야?"

"난 확신해. 또한, 우리를 초대한 집주인도 그렇게 생각하는 것처럼 행동했어. 그렇지 않다면 왜 그 사람이 코번을 들어서 옮겼겠어? 둘, 우리를 초대한 집주인은 초감각 능력이 있거나, 이 산에 대해 초자연적인 지식을 가지고 있었어."

"초감각 능력 이야기가 나와서 말인데, 너희 둘 중에 주변을 둘러보고 이 장소를 살펴보려 시도해본 사람 있어?" 조앤이 물었다.

"아니, 왜?"

"나도 안 해봤어."

"괜히 하지 마. 내가 시도해봤는데, 되지를 않아. 방의 벽 너머를 볼 수 없었어."

"흠, 그 문제를 세 번째로 두자. 넷, 집주인은 자신의 이름이 앰브로즈 비어스라고 했어. 그게 그 앰브로즈 비어스*라는 의미일까? 조앤, 앰브로즈 비어스가 누군지 알아?"

"물론 알지. 나도 교육이란 걸 받았어. 내가 태어나기 전에 언젠가 사라진 사람이잖아."

"맞아. 제1차 세계대전이 발발하던 시점이었어. 만일 이 사람이 동일한 인물이라면, 적어도 백 살은 넘었을 거야."

* 미국의 작가로서, 1913년 멕시코 혁명을 취재하기 위해 멕시코의 치와와주로 여행을 떠난 뒤 실종됐다.

"그렇다면 그 사람은 40년 동안 늙지 않은 모양이네."

"음, 그 문제도 살펴볼 가치가 있는 목록에 올려놓자. 다섯, 이건 총괄적인 문제야. 집주인은 왜 여기 산 위에 살까? 고급 호텔과 암굴 거주지를 뒤섞어놓은 것 같은 이 이상한 혼합물이 어떻게 여기에 있는 걸까? 노인 한 명이 어떻게 이런 시설을 운영할 수 있을까? 말이 나온 김에, 너희 둘 중에 여기에서 다른 사람 본 적 있어?"

"난 못 봤어." 코번이 말했다. "누군가가 날 깨웠는데, 내 생각엔 그게 앰브로즈 씨였던 것 같아."

"난 봤어." 조앤이 말했다. "나를 깨운 사람은 여자였어. 그 여자가 나한테 이 드레스를 줬어."

"앰브로즈 비어스의 부인일까?"

"아닐 것 같아. 그 여자는 서른… 다섯 정도를 넘지 않았어. 제대로 인사도 못 했어. 내가 완전히 깨어나기 전에 사라졌거든."

헉슬리가 조앤과 코번을 바라봤다. "흠, 우리가 아는 게 뭐지? 그걸 더해서 답을 찾아보자."

"안녕하시오, 젊은 친구들!" 앰브로즈가 문간에 서 있었다. 그의 굵직하고 남성적인 목소리가 응접실의 여러 벽에 부딪혀 메아리쳤다. 세 사람은 뭔가 부적절한 짓을 들킨 것처럼 움찔했다.

코번이 가장 먼저 정신을 차렸다. 그는 자리에서 일어나 고개를 숙여 인사했다. "안녕하세요. 당신이 제 목숨을 살려주셨어요. 제 고마움을 말로 다 할 수가 없습니다."

앰브로즈도 정중하게 고개를 숙여 인사했다. "그저 좋아서 한 일이요. 여러분이 모두 원기를 회복했기를 바랍니다."

"네, 고맙습니다. 차려주신 아침을 맛있게 잘 먹었습니다."

"다행이군요. 자, 내가 합석해도 괜찮다면, 여러분이 지금부터 뭘 하고 싶은지에 관해 이야기를 나눌 수 있겠지요. 지금 당장 떠나고 싶은가요, 아니면 우리가 여러분에게 좀 더 오래 머무르라고 권해도 될까요?"

“제 생각에.” 조앤이 약간 긴장한 투로 말했다. “저희는 가능한 한 빨리 내려가는 게 좋을 것 같아요. 날씨는 어떤가요?”

“날씨는 좋아요. 하지만 여러분은 원하는 만큼 여기에 머물러도 괜찮아요. 우리 집의 다른 부분들을 구경하고, 다른 가족들을 더 만나보고 싶지는 않은가요?”

“아, 그러면 정말 좋을 것 같아요.”

“덕분에 나도 즐거운 시간이 될 것 같군요.”

“앰브로즈 씨, 솔직하게 말씀드리자면….” 헉슬리가 앞으로 약간 몸을 숙이며 진지한 태도로 말했다. “저희는 여기를 좀 더 살펴보고 여러분에 대해 몹시 알고 싶습니다. 당신이 들어오실 때, 저희가 그 이야기를 하고 있었어요.”

“호기심은 자연스럽고 건강한 일이지요. 원하는 건 뭐든 물어보시오.”

“음.” 헉슬리가 단도직입적으로 말했다. “코번은 어젯밤에 다리가 부러졌습니다, 그렇지 않나요? 그런데 아침에 말짱해졌어요.”

“다리가 부러졌던 건 사실이오. 밤사이에 회복됐지요.”

코번이 헛기침했다. “앰브로즈 씨, 제 이름은 코번이고, 외과 의사이자 내과 의사입니다. 그런데 제가 아는 지식으로는 그렇게 회복될 수가 없어요. 그에 대해 좀 더 자세히 이야기해주실 수 있나요?”

“물론이오. 당신은 하등동물들이 실행하는 재생에 대해 익히 알 거요. 사용된 원리는 똑같소. 그런데 이것은 의식적으로 의지에 따라 조절하고, 치유 속도를 가속시킨 것이지요. 지난밤에 난 당신에게 최면을 걸었습니다. 그리고 우리 의사에게 통제권을 건네줘서, 그 사람이 당신의 정신을 이끌어 스스로의 힘으로 몸을 치유하도록 했지요.”

코번이 당혹스러운 표정을 지었다. 앰브로즈가 이어서 말했다. “전혀 놀랄 일이 아니오. 의지와 정신은 언제나 육체를 완벽하게 통제할 가능성을 갖고 있지요. 우리 의사는 그저 당신의 의지를 지휘해서 그 육체의 주인이 되도록 이끌었을 뿐이오. 어렵지 않은 기법이에요. 당신도 원하기만 한다면 배울 수 있을 거요. 우리의 이 거추장스럽고 불완전한 언어로 설명하는 것보다는 쉽게 배울 수 있을 거라고 확신하오. 내가 의지와 정신이 분리되어 있는 것처럼 말했군요. 언어 때문에 어리석고 그릇되게 전해버렸네요. 실재하는 것은 정신도 아니고, 의지도 아닙니다. 그건 오직…." 앰브로즈의 목소리가 멈췄다. 코번은 마음속에 라이플총으로 맞은 듯한 충격이 느껴졌다. 하지만 그 충격은 고통스럽지 않고 부드러웠다. 그게 무엇이었든, 벌새처럼 혹은 버둥거리는 새끼 고양이처럼 생생했지만, 고요하고 흐트러짐이 없었다.

코번은 조앤이 고개를 끄덕이며 동의하는 모습을 보았다. 그녀의 눈은 앰브로즈를 바라보고 있었다.

앰브로즈는 부드럽고 낭랑한 목소리로 계속 말했다. "여러분을 괴롭히는 또 다른 문제가 있나요?"

"아, 네, 앰브로즈 씨." 조앤이 대답했다. "몇 가지가 있어요. 여기는 어떤 곳인가요?"

"여기는 내 집이지요. 그리고 내 친우들의 집이기도 하고요. 우리를 더 많이 알게 되면, 우리를 더 잘 이해할 수 있게 될 거요."

"고맙습니다. 저는 이 산꼭대기에 이런 공동체가 사람들에게 거의 알려지지 않은 채 어떻게 존재할 수 있는지 잘 이해가 되지 않아요."

"우리에게는 다른 사람들에게 알려지지 않도록 막는 확실한 대응책이 있소. 우리가 이렇게 지내는 이유와 사전 대책에 대해서는 여러분도 알게 될 겁니다."

"질문이 하나 더 있어요. 이건 조금 개인적인 거라서, 원하시면 그냥 대답하지 않으셔도 됩니다. 혹시 당신이 오래전에 실종된 그 앰브로즈 비어스 씨인가요?"

"그렇소. 난 1880년에 천식을 치료하려고 여기에 처음 왔었지요. 그러다 1914년에 여기로 숨어들었소. 다가오고 있는 것은 알지만 멈추게 할 힘이 없었던 세계적 참변을 직접 마주하고 싶지 않았기 때문이었다오." 앰브로즈는 그 주제가 내키지 않는 듯 조금 주저하며 대답하더니, 화제를 돌렸다. "이제 우리 친우들을 좀 만나보겠소?"

*

공동주택은 산의 경사면을 따라 백 미터에 이르렀고, 산속으로는 깊이를 알 수 없을 만큼 파고 들어간 형태였다. 그 거주지에는 서른명 남짓의 사람들이 있었지만 전혀 혼잡하지 않았고, 사용하지 않는 빈방이 많았다. 오전 나절에 앰브로즈가 대부분의 거주자를 소개해주었다.

그들은 온갖 인종과 연령, 국적이 뒤섞인 듯했다. 대부분은 이런저런 일을 하느라 바빴는데, 대개는 일종의 연구나 예술 작업을 했다. 앰브로즈는 그들이 몇 가지 연구를 진행하고 있다고 했지만, 설비도 없고 기록장치도 없어서 과학 연구로 보이는 것은 없었다.

한번은 세 사람으로 이루어진 팀을 소개받았는데, 두 명은 여자였고, 한 명은 남자였다. 생물학 연구인 모양인지, 그들의 주변에 생물들이 가득했다. 하지만 실험실의 상황은 잘 이해가 되지 않았다. 셋 중 두 사람은 조용히 앉아 아무것도 하지 않았고, 한 사람만 실험대에서 일을 했다. 앰브로즈는 그들이 인공적인 콜로이드를 활성화시킬 가능성에 대한 조금 까다로운 실험을 하고 있다고 설명했다. 코번이 물었다.

"두 사람은 실험을 관찰하고 있는 건가요?"

앰브로즈가 고개를 저었다. "아, 아니요. 저들은 실험에 활발하게 참여하고 있어요. 그러나 이 특정한 단계에서는 세 두뇌가 한 쌍의 손과 직접 교신하는 게 편리하겠다고 판단한 거죠."

발달된 교신으로 소통하는 게 이들에게는 일반적인 협력 방식이었다. 앰브로즈는 그들을 이끌고 여섯 사람이 일하는 방으로 데려갔다. 한두 사람이 눈을 들어 고개를 끄덕했지만, 말은 하지 않았다. 앰브로즈가 세 사람에게 다른 곳으로 가자고 손짓했다. "저들은 지금 몹시 어려운 복원 작업을 진행하고 있기 때문에, 그들을 방해하는 건 예의에 벗어난 행동이 될 거요."

"그런데 앰브로즈 씨." 헉슬리가 말했다. "두 사람은 체스를 두고 있던데요."

"그랬지요. 두 사람은 그 부분의 두뇌가 필요하지 않아서 교신하지 않고 남겨둔 거요. 그렇지만 그들도 매우 바쁘게 일하고 있었다오."

예술가들이 하는 일은 상대적으로 쉽게 알아볼 수 있었다. 그러나 두 가지의 사례에서, 그들이 사용하는 방식은 놀라웠다. 앰브로즈가 요정처럼 작은 남자가 일하는 화실로 세 사람을 데려갔다. 그 사람은 유화를 그리고 있었는데, 자신을 찰스라고 간단히 소개했다. 찰스는 그들을 만나 반가운 듯 활발하게 대화를 나누면서도 작업을 멈추지 않았다. 그는 꼼꼼하고 사실적이지만 낭만주의적인 영향을 상당히 많이 받은 그림을 그리고 있었는데, 소나무 숲을 배경으로 나무의 요정인 소녀가 춤을 추는 모습이 담긴 실험적인 작품이었다.

세 명의 젊은이는 각자 적절한 찬사를 보냈다. 코번은 그가 모델의 도움을 받지 않은 상태에서도 구체적인 해부학적 묘사가 너무도 정확하다는 사실에 놀랐다고 했다.

"모델이 있어요." 찰스가 대답했다. "지난주에 여기에 있었습니다. 보이시나요?" 찰스가 비어 있는 모델의 자리를 힐끗 쳐다봤다. 코번과 친구들이 그의 눈길을 따라가자, 그 자리에 어린 소녀가 자세를 취하고 있었다. 그 그림의 모델인 게 분명한 소녀는 그림에 나오는 행동을 한 상태로 꼼짝도 하지 않았다. 소녀는 버터를 바른 빵처럼 실재했다.

찰스가 다른 곳으로 눈길을 돌리자, 모델이 있던 자리가 다시 텅 비었다.

두 번째 사례는 그렇게 극적이지는 않았지만, 여전히 이해하기 힘들었다. 그들은 드레이퍼 부인과 만나서 대화를 나눴다. 부인은 편안하고 품위 있는 여성이었는데, 그들과 대화를 나누면서 뜨개질을 하고 실을 풀었다. 일행이 드레이퍼 부인과 헤어진 후, 헉슬리가 그녀에 관해 물어봤다.

“드레이퍼 부인은 아마 우리 중에 가장 능력 있고 재능이 많은 예술가일 거예요.” 앰브로즈가 그에게 대답했다.

“어떤 분야의 예술가인가요?”

앰브로즈가 알맞은 어휘를 고민하면서 덥수룩한 눈썹의 미간을 찌푸렸다. “이번에는 적절하게 말해주기 힘들 것 같군요. 그녀는 기분을 작곡합니다. 감정 패턴을 조화로운 순서로 배치하지요. 우리의 가장 발달된 예술이고, 가장 완벽하게 인간적인 예술 형태지만, 당신이 그걸 직접 경험하기 전까지는 말로 설명해주기가 너무 어렵네요.”

“감정을 배열한다는 게 어떻게 가능하죠?”

“여러분의 증조부는 음악을 녹음하는 게 당연히 불가능하다고 생각하셨을 거요. 우리에게는 그런 감정을 배열할 수 있는 기술이 있지요. 여러분도 나중에 이해하게 될 거요.”

“그 예술을 하는 사람이 드레이퍼 부인뿐인가요?”

“아, 아니요. 우리들 대부분은 직접 시도해보지요. 우리가 가장 좋아하는 예술 형태거든요. 나도 작업해봤지만, 내 작품은 인기가 없었소, 너무 우울해서.”

세 사람은 첫날밤에 들어왔던 응접실에서 밤새 이야기를 나눴다. 그 응접실은 세 사람을 위해 따로 배정되었다. 앰브로즈는 내일 방문하겠다는 말을 간단히 남기고 나갔다.

그들은 간절히 의견을 나누고 싶었지만, 누구도 먼저 생각을 밝히길 주저했다. 헉슬리가 침묵을 깼다.

“이들은 대체 어떤 사람들일까? 난 어른들이 일하는 곳을 어슬렁거리는 어린애인데, 그 어른들이 너무 고상해서 나를 쫓아내지 않는 것 같은 느낌이었어.”

“일 이야기가 나와서 말인데, 그들이 일하는 방식은 뭔가 이상했어. 그들이 하는 일의 종류에 대한 이야기가 아니야. 그것도 이상하긴 하지만, 그들이 일하는 속도나 태도에 다른 뭔가가 있었어."

"무슨 말을 하려는지 알아, 코번." 조앤이 동의했다. "그들은 내내 분주하게 움직였지만, 마치 그 일을 끝낼 때까지는 영원한 시간이 남아 있다는 듯 행동했어. 앰브로즈 씨가 네 다리를 묶을 때와 비슷해. 그들은 서두르는 법이 없어." 그녀가 헉슬리를 돌아보며 물었다. "왜 눈살을 찌푸리고 있는 거야?"

"모르겠어. 우리가 아직 이야기하지 않은 뭔가 다른 게 있어. 그들에게는 특별한 재능이 많아. 그렇지. 하지만 우리 셋은 특별한 재능에 대해서는 조금 알잖아. 그러니까 우리는 혼란스러워하면 안 되는 거였어. 그런데 저 사람들에게는 뭔가 다른 게 있어."

다른 두 사람도 헉슬리의 의견에 동의했지만, 도움이 될 만한 의견을 내지는 못했다. 잠시 후 조앤이 잠자리에 들어가겠다고 말하고 응접실을 떠났다. 두 남자는 남아서 마지막 담배를 피웠다.

조앤이 응접실로 머리를 쑥 내밀었다. "이 사람들이 왜 그렇게 다른 건지 알 것 같아." 그녀가 말했다. "너무 생기가 넘쳐."

6장

슬프도다!

헉슬리는 침실로 가서 평범하게 잠들었다. 그러나 그 시점부터는 전혀 평범하지 않았다.

헉슬리는 자신이 다른 사람의 육체에 존재하며, 다른 사람의 정신과 함께 생각한다는 사실을 알아챘다. '다른 사람'도 헉슬리를 알아챘지만, 헉슬리와 생각을 나누지는 않았다.

'다른 사람'은 집에 있었다. 헉슬리가 한 번도 보지 못했던 집이었지만 익숙했다. 집은 지구에 있었다. 마치 예술가가 조화롭게 배치한 공간인 듯, 놀랍도록 아름다웠으며 각각의 나무와 관목이 풍경과 잘 어울렸다. 그 집은 땅에서 위로 자라났다.

다른 사람은 배우자와 함께 집을 떠나 행성의 수도로 떠날 준비를 했다. 헉슬리는 목적지를 '수도'라고 생각했지만, 무력으로 강요하는 정부라는 개념 자체가 이 사람들의 본성과 어울리지 않는다는 사실을 알았다. 그 '수도'는 그저 인류 전체에게 영향을 미치는 문제에 대해 조언을 하는 사람들이 평상시 만나는 장소일 뿐이었다.

다른 사람과 그의 배우자는 헉슬리의 의식을 데리고 정원으로 걸어

나갔다. 그리고 공중으로 솟구쳐 날아올라 손에 손을 잡고 농촌 위로 속도를 내며 날아갔다. 그 일대는 푸르고 비옥한 평원이었다. 가끔 주택들이 점점이 박혀 있었지만, 어디에도 헉슬리가 아는 빽빽한 도시의 모습은 보이지 않았다.

그들은 커다란 수역을 빠르게 건넜다. 아마 현대 지중해 정도의 너비였을 것이었다. 그리고 올리브 나무로 이루어진 작은 숲의 공터에 내려앉았다.

*

헉슬리는 그들을 '젊은 사람들'로 생각했다. 그 젊은 사람들은 관습을 전면적으로 개편하자고 요구했다. '첫째, 고대의 지식은 앞으로 보편적인 권리가 아니라 능력에 따른 보상으로 주어져야 한다. 둘째, 더 위대한 이들이 열등한 이들을 지배해야 한다.' 덥수룩한 빨간 머리가 치렁치렁한 로키가 얼굴을 거만하게 치켜들고 주장을 강하게 내세웠다. 로키는 입으로 말했다. 그 방식 때문에 헉슬리의 몸주인이 당황했다. 성숙한 논의를 진행할 때에는 텔레파시 교신이 자연스러운 방식이었기 때문이었다. 그러나 로키는 자신의 마음을 닫아버렸다.

주피터가 모두를 대변해 로키에게 말했다.

"얘야, 네 말은 공허하고, 진정한 의도를 알 수 없구나. 너와 네 형제들이 우리에게 마음을 닫아버리기로 결정했기 때문에, 우리는 너의 진정한 의도가 무엇인지 알 수 없단다. 너는 고대의 지식을 능력에 대한 보상으로 만들자고 요구했다. 그건 언제나 그러지 않았더냐? 우리의 사촌 유인원들이 하늘을 날더냐? 유아의 영혼이 배고픔과 잠, 그리고 육체의 고통에 얽매여 있지 않더냐? 꾀꼬리가 눈짓만으로 산을 평평하게 만들 수 있더냐? 이 행성의 어린 영혼들과 구별해주는 우리 종족의 힘을 행사하는 건 이제 능력을 가진 이들뿐, 다른 어떤 이들도 할 수 없다. 이미 그러한 것을, 우리가 어떻게 또 그리 만들 수 있겠느냐?

너는 더 위대한 자들이 열등한 자들을 지배해야 한다고 요구했다. 지금 그러하지 않더냐? 지금까지 항상 그래왔지 않더냐? 모유를 먹는 어린아이가 너에게 명령을 하더냐? 풀의 흔들림이 바람을 만들더냐? 너 자신에 대한 지배 말고 어떤 지배를 바라는 것이냐? 너의 형제에게 언제 자고 언제 먹을지 지시하고 싶은 거냐? 설령 그렇더라도, 그건 무엇을 위한 것이냐?"

아직 주피터가 말을 하는 도중에 불카누스가 끼어들었다. 노골적으로 예절을 무시하는 이 행동에 충격을 받은 반감이 평의회에 동요를 일으키는 것을 헉슬리도 느꼈다.

"말장난은 그만하죠. 우리는 우리가 뭘 원하는지 압니다. 당신도 우리가 뭘 원하는지 알잖아요. 평의회가 동의하든 안 하든, 우리는 그걸 차지하기로 결정했습니다. 우리는 이 양 떼 같은 존재들에 질렸고, 이 허울만 좋은 평등이 지겨워요. 우리는 그런 상태를 끝낼 겁니다. 우리는 강하고, 능력이 있으며, 인류의 타고난 지도자입니다. 나머지는 우리를 따르고, 우리를 섬겨야 합니다. 자연의 질서가 그러하듯이."

주피터의 사려 깊은 눈길이 불카누스의 굽은 다리를 향했다. "얘야, 네 뒤틀린 다리를 내가 치료할 수 있게 해주렴."

"아무도 내 다리는 치료할 수 없어!"

"아무도 못 하지만 너 자신은 할 수 있지. 그러나 너의 뒤틀린 마음을 치료하기 전에는 뒤틀린 다리를 치료할 수 없을 것이다."

"내 마음은 뒤틀리지 않았어!"

"그러면 네 다리를 치료하려무나."

불카누스는 거북한 얼굴로 움찔거렸다. 사람들은 불카누스가 웃음거리가 되었다는 사실을 알 수 있었다. 머큐리가 사람들 사이에서 떨어져 나와 앞으로 향했다.

"제 말을 들어주소서. 아버지시여. 저희는 아버지와 전쟁을 할 생각이 없습니다. 오히려 저희의 의도는 아버지께 더 많은 영광을 안겨드리려는 것입니다. 저 태양 아래에서 왕이라고 선언하소서. 저희로 하여금 아버지의 사절이 되어, 걷고 기고 헤엄치는 모든 피조물에게 아버지의 지배를 확장할 수 있도록 해주소서. 저희로 하여금 아버지를 위해 지배의 화려함, 정복의 영광을 안길 수 있도록 해주소서. 저희로 하여금 고대의 지식을 이해하는 자들에게 보존하게 하고, 대신 열등한 자들에게는 그들에게 필요한 희곡을 제공할 수 있도록 해주소서. 모든 길을 모든 사람에게 개방해야 할 이유는 없습니다. 다수가 소수를 섬긴다면, 오히려 저희의 단합된 노력이 더욱 빠르게 저희의 길을 갈 수 있도록 해줄 것이고, 지배자와 노예에게 모두 득이 될 겁니다. 우리를 이끄소서. 아버지시여! 저희의 왕이 되소서!"

노인이 천천히 고개를 저었다. "그러면 안 돼. 자기 자신에 대한 지식 외에 다른 지식이라곤 없는 거란다. 고대의 지식은 배우고자 하는 모든 이들에게 자유롭게 주어져야 해. 자기 자신을 지배하는 권력 외에는 어떤 권력도 없는 거야. 그것은 줄 수도 없고, 빼앗을 수도 없어. 제국에 관한 시를 이야기하는 거라면, 그건 이전에 모두 만들어졌단다. 다시 만들 필요는 없어. 그런 낭만적인 이야기가 너에게 재미있거든, 그 기록을 보며 즐기거라. 다시 이 행성을 피로 더럽힐 필요는 없단다."

"그것이 평의회의 최종 발언입니까, 아버지시여?"

"그것이 우리의 최종 발언이다." 주피터가 자리에서 일어나 예복을 둘렀다. 이는 회의가 종료되었다는 의미였다. 머큐리가 어깨를 으쓱하더니 자기 무리에 합류했다.

'젊은 사람들'의 최후통첩에 대해 무엇을 할 것인지 결정하기 위해 평의회가 한 번 더 열렸다. 마지막 평의회였다. 평의회 모든 구성원의 생각이 같지는 않았다. 그들은 여느 인간들처럼 다양했다. 그들은 인간이지, 초인이 아니었다. 일부는 자신들이 지휘하는 모든 무력을 동원해 젊은 사람들에 대항하자고 주장했다. 그 젊은 사람들을 다른 차원으로 옮겨 정신을 깨끗하게 지우고, 심지어 최고의 물리력으로 그들을 으깨버리자는 의견도 있었다.

그러나 젊은 사람들에게 무력을 사용하는 방식은 그들의 철학 전체에 위배되었다. "자유 의지는 우주의 근본적인 선입니다. 단 한 사람일지라도, 그 의지를 짓밟아 우리가 일구어온 모든 것들을 타락시키고 파괴할 겁니까?"

원로들이 지구에 남아 있을 필요가 없다는 사실을 헉슬리는 알게 되었다. 헉슬리는 원로들이 지구에 남아있을 필요가 없다는 사실을 알아차렸다. 원로들은 다른 곳으로 이동하길 간절히 원했다. 헉슬리는 그들이 가려는 곳이 자신이 알고 있는 시간과 공간이 아니라는 점 외에는 전혀 알 수 없었다.

쟁점은 이것이었다. 그들은 불충분하게 발달한 인류의 안정을 돕기 위해 할 수 있는 일을 했는가? 그들이 책무를 그만두는 게 정당한가?

결정은 '그렇다'였다. 그러나 평의회의 한 여성 회원이(헉슬리가 판단컨대 그녀의 이름은 데메테르인 것 같았다) 기록을 남겨 불가피한 몰락에서 살아남게 될 사람들을 도와야 한다고 주장했다. "인류의 각 구성원이 스스로 강해져야 하고, 스스로 현명해져야 한다는 것은 진실입니다. 우리는 그들을 현명하게 만들 수 없습니다. 그러나 기근과 전쟁과 증오가 지구를 뒤덮은 이후 그들에게 자신들이 가진 유산에 대해 말해줄 전언을 남겨야 하지 않을까요?"

평의회가 동의했다. 그리고 헉슬리의 몸주인이자 평의회 기록자는 '기록을 준비해서 이후에 태어날 자들을 위해 남겨두라'는 지시를 받았다. 주피터가 명령 하나를 덧붙였다.

"전언은 힘을 결속해서 이 행성이 존속되는 한 소멸하지 않도록 하시오. 그리고 지역적인 지각의 격변을 견딜 수 있는 곳에 놔둬서, 최소한 일부의 기록만이라도 전해지도록 하시오."

그렇게 그 꿈이 끝났다. 하지만 헉슬리는 깨어나지 않았다. 그는 즉시 다른 꿈을 꾸기 시작했는데, 다른 이의 눈을 통하지는 않았으나 마치 입체 영화를 보는 것 같았고, 모든 장면이 그에게 낯익었다.

그 모든 비극적인 내용 중에서 첫 번째 꿈은 헉슬리에게 비참한 느낌을 주지 않았다. 그러나 그는 두 번째 꿈을 꾸는 내내 비통함과 강력한 피로감에 사로잡혔다.

원로들의 퇴위 이후, 젊은 사람들은 목표를 향해 나아가, 자신들의 통치 체제를 수립했다. 불과 칼, 불타는 광선과 비밀스러운 힘, 속임수와 기만으로. 자신들이 지배할 운명이라고 확신한 그들은 결과가 수단을 정당화한다고 믿었다.

그 결과는 제국이었다. 가장 강력한 제국이었으며, 모든 제국의 어머니인 무 제국.

헉슬리는 무 제국의 전성기를 보고, 하마터면 '젊은 사람들'이 옳았다고 느낄 뻔했다. 무 제국이 눈부시게 아름다웠기 때문이었다! 심장을 조이는 장엄한 풍경을 보고 그의 눈에 눈물이 고였다. 헉슬리는 뮤의 번영, 숨을 멎게 만드는 저 아름다운 번영이 더 이상 남아 있지 않음을 통탄했다.

곡물과 가죽, 향료, 그리고 사제와 복사들, 소박한 신자들, 과시적이고 화려한 권력자들의 행렬을 싣고서 무 제국의 하늘에 조용히 떠 있는 거대한 여객선과 부두의 커다란 선박들. 헉슬리는 아름답고 복잡하게 얽힌 무 제국을 보고, 그 제국이 사라졌음을 슬퍼했다.

그러나 제국은 드높은 권력 안에서 썩어갔다. 무 제국의 가장 부유한 식민지로서 정치적 성숙기에 접어든 아틀란티스는 열등한 지위에 분개했다. 분열과 변절, 적개심과 반역은 가혹한 보복을 불러왔고, 이는 새로운 반란으로 이어졌다.

무수한 반란이 일어나고 진압되었다. 결국 반란 하나가 진압되지 않았다. 한 달이 채 되기 전에 세계 인구의 3분 2가 죽었다. 남은 사람들은 질병과 기아에 시달렸으며, 그들이 풀어놓았던 힘에 손상을 입은 유전자를 떠맡았다.

그러나 사제들은 여전히 고대의 지식을 붙들고 있었다.

사제들의 신념이 확고하거나, 그들이 받는 신뢰에 대한 자부심을 가진 것은 아니었다. 그러나 사제 계급이 무너져가는 모습을 본 사제들은 겁에 질리고 두려움에 잠겼다. 그런 사제들이 양쪽 편에 모두 있었다. 그리하여 그들이 풀어놓은 힘은 그전까지의 전쟁이 점잖게 보일 정도로 무지막지했다.

그 힘이 지각의 균형을 흩뜨려놓았다.

무 제국이 몸서리치며 6백여 미터 아래로 가라앉았다. 몰아치는 해일들이 무 제국의 가운데 부분에서 만난 후 반대편으로 달려가 지구를 두 번 돌고 중국 평원을 향해 올라가다 히말라야 기슭을 휘감았다.

아틀란티스는 사흘 동안 흔들리고 우르르 소리를 내며 갈라지더니 물속으로 가라앉았다. 소수가 하늘로 탈출해서, 노출된 바다의 바닥에서 스며 나온 물이 아직 마르지 않은 땅이나, 해일을 막아낼 수 있을 정도로 높은 산꼭대기에 착륙했다. 그들은 그 맨땅에서 원시적인 기술에 익숙지 않은 정신으로 삶을 쥐어짜야 했다. 그래도 일부가 살아남았다.

무 제국은 흔적도 남지 않았다. 아틀란티스는 며칠 전까지도 산꼭대기였던 몇 개의 섬들로 위치를 남겼다. 태양을 기리던 쌍둥이 탑 위로 바닷물이 몰아치고, 총독의 정원에는 물고기 떼가 누비고 다녔다.

헉슬리를 괴롭히던 비탄에 잠긴 느낌이 이제 그를 완전히 압도했다. 그의 머릿속으로 목소리가 들려오는 것 같았다.

"비통하도다! 로키는 저주받으라! 비너스는 저주받으라! 불카누스는 저주받으라! 나는 세 배로 저주받으라! 축복받은 자들을 위한 섬의 대사제, 변절한 그들의 노예 오랍. 아, 슬프도다! 나는 저주를 하면서도, 강력하고 죄 많은 무 제국을 그리워하노라. 죽을 곳을 찾던 21년 전 이 산꼭대기에서 나는 우리 이전에 존재했던 강대한 이들의 기록을 우연히 발견했다. 21년 동안 나는 그 기록을 완벽하게 만들기 위해 애썼다. 오랫동안 사용되지 않은 지식을 찾기 위해 내 머릿속 깊은 곳의 흐릿한 부분을 뒤지고, 내가 가져본 적 없는 지식을 찾기 위해 다른 평원들을 배회했다. 내가 살아온 892년, 무 제국이 파괴된 지 350년이 지난 지금, 나 오랍은 내 아버지들께 돌아가노라."

헉슬리는 잠에서 깨어나자 안도감이 밀려왔다.

7장

아버지가 신 포도를 먹었으므로 아들들의 이가 시다*

헉슬리가 아침을 먹으러 응접실로 들어갔더니, 코번이 먼저 와 있었다. 조앤은 헉슬리의 바로 뒤에 도착했다. 그녀는 눈에 그늘이 지고 울적한 얼굴이었다. 코번이 퉁명스러운 말투로 말했다. "조앤, 뭐가 문제야? 곧 화를 터뜨릴 것 같은 얼굴이네."

"제발, 코번." 조앤이 지친 목소리로 대답했다. "괴롭히지 말아줘. 밤새 안 좋은 꿈을 꿨어."

"그랬어? 미안해. 하지만 네가 밤새 안 좋은 꿈을 꾸었다고 생각한다면, 내가 꾸었던 작고 귀여운 악몽을 봤어야 해."

헉슬리가 두 사람을 쳐다봤다. "들어봐. 너희 둘 다 어제 이상한 꿈을 꾸었다는 거지?"

"우리가 방금 그 이야기 중이었잖아?" 코번이 짜증난 투로 말했다.

"너희는 무슨 꿈을 꿨는데?"

둘 다 그의 질문에 대답하지 않았다.

* 성경 〈예레미야〉 31장 29절

"잠시만. 난 정말 이상한 꿈을 꿨어." 헉슬리가 주머니에서 수첩을 꺼내 세 장을 뜯었다. "내가 알아보고 싶은 게 있어. 더 이야기하기 전에, 너희가 꿈꾼 내용을 써줄래? 조앤, 연필 여기 있어."

두 사람은 약간 주저하긴 했지만, 헉슬리의 말을 따랐다.

"조앤, 큰 소리로 읽어줘."

조앤이 코번의 종이를 집어 들고 읽었다. "인류가 퇴화했다는 네 이론이 완벽하게 정확하다는 내용의 꿈을 꿨어."

조앤은 그 종이를 내려놓고, 헉슬리의 종이를 집었다. "나는 신들의 쇠퇴기를 지켜보고, 무 제국과 아틀란티스가 붕괴하는 모습을 보는 꿈을 꿨어."

침묵이 흐르는 동안 조앤이 마지막 종이를 들었다. 그녀가 쓴 종이였다.

"내 꿈은 사람들이 어떻게 오딘에게 반란을 일으켜서 스스로를 파괴하게 되었는지에 관한 내용이었어."

코번이 먼저 자진해서 말했다. "이 내용들은 전부 내 꿈에 그대로 적용할 수 있어."

조앤이 고개를 끄덕였다. 헉슬리는 자리에서 일어나서 밖으로 나갔다가 곧 자기 일기장을 들고 돌아왔다. 그리고 페이지를 펼쳐서 조앤에게 건넸다.

"큰 소리로 읽어줄래? '6월 16일'부터 시작해줘."

조앤이 일기장에서 눈을 떼지 않고 천천히 읽어 내려갔다. 헉슬리는 조앤이 마칠 때까지 기다렸다가 일기장을 덮고 말했다. "음, 어때?"

코번이 손가락까지 타들어 간 담배를 비벼 끄며 말했다. "내 꿈을 놀랍도록 정확하게 묘사했어. 네가 그 노인을 주피터라고 부른 부분만 달라. 난 그 사람을 조로아스터교 최고의 신 아후라 마즈다라고 생각했거든."

"나는 로키를 루시퍼라고 생각했어."

"너희 둘 다 맞아." 헉슬리가 동의했다. "난 그 사람들의 이름이 어떻게 불렸는지 전혀 기억 못 해. 그냥 그 사람들의 이름을 내가 아는 것처럼 느껴졌어."

"나도 그랬어."

"이거 봐." 코번이 불쑥 끼어들었다. "우리가 이 꿈들이 진짜인 것처럼 이야기하고 있잖아. 마치 우리가 전부 같은 영화라도 본 것처럼 말이야."

헉슬리가 코번을 돌아봤다. "글쎄, 넌 어떻게 생각해?"

"아, 네 생각이랑 같을 거야, 아마도. 좀 당황스럽네. 일단 아침부터 먹어도 될까? 아니면 최소한 커피라도."

세 사람이 아침 식사 후에 다시 이야기를 나눌 기회를 갖기 전에 앰브로즈가 들어왔다. 그들은 간단히 식사하는 동안 암묵적인 동의하에 침묵을 유지하던 중이었다.

"안녕하시오, 여러분."

"안녕하세요, 앰브로즈 씨."

"알겠어요." 앰브로즈가 그들의 얼굴을 살펴보며 말했다. "오늘 아침에는 여러분들이 그다지 행복해보이지 않는군요. 놀라운 일은 아니죠. 그 기록을 경험한 직후에는 누구도 행복할 수 없을 테니까."

헉슬리가 의자를 뒤로 밀고 식탁 건너편에 있는 앰브로즈를 향해 몸을 기울이며 말했다. "그 꿈이 의도적으로 우리를 위해 준비된 거였나요?"

"그렇지요. 우리는 여러분이 그 꿈에서 배움을 얻을 준비가 되었다고 확신했습니다. 난 여러분이 우리 장로와 면담을 하면 어떨지 물으러 온 거요. 여러분이 하고 싶은 질문을 참았다가 장로께 물어본다면 훨씬 쉽게 풀릴 겁니다."

"장로요?"

"여러분은 아직은 그분을 못 만나봤어요. 우리가 가장 적합하다고 판단한 방식에 따라 활동을 배치했기 때문이라오."

*

에브라임 하우 장로의 얼굴은 뉴잉글랜드의 산처럼 깊은 주름이 패었고, 가냘픈 손은 가구 만드는 목수들처럼 울퉁불퉁 옹이가 졌다. 에브라임은 젊지 않았지만, 마르고 호리호리한 모습에서 우아함이 풍겼다. 반짝거리는 연한 푸른색 눈동자와 마주 잡은 손, 그의 악수까지… 그의 모든 면에서 고결함이 우러났다.

"다들 앉아요." 그가 말했다. "곧장 요점을 말하리다. 이상한 일들을 많이 보았겠지요. 그러니 여러분에게는 그 이유를 들을 권리가 있어요. 여러분은 이제 고대의 기록을 보았어요. 일부분이긴 하지만 말이오. 이 단체가 어떻게 만들어졌는지, 무엇을 위한 단체인지, 그리고 왜 우리가 여러분에게 함께하자고 요청할 것인지 말해주리다."

에브라임이 한 손을 들어 덧붙였다. "잠깐만, 잠깐만요. 아직은 아무 말도 하지 말고…."

*

후니페로 세라 신부가 섀스타산을 처음 본 것은 1781년이었다. 인디언들은 그 산이 신성하며, 오직 의사를 위한 곳이라고 신부에게 말해주었다. 신부는 인디언들에게 자신이 위대한 주인을 섬기는 의사라고 장담했다. 그리고 체면을 지키기 위해 아프고 허약하고 늙은 몸을 이끌고 만년설의 한계선을 올라갔다가 그곳에서 잠을 잔 후 돌아갔다.

그곳에서 신부는 꿈을 꾸었다. 에덴동산, 원죄, 대홍수의 꿈을 꾼 신부는 그곳이 진실로 성스러운 장소라고 확신했다. 그는 샌프란시스코로 돌아와 섀스타산에 선교회를 설립할 계획을 준비했다. 하지만 노인 한 명이 하기에는 일이 너무 많았다. 구원해야 할 영혼이 너무 많았고, 먹여야 할 입도 너무 많았다. 그는 2년 후 영면에 들었다. 하지만 동료 수도사에게 자신의 유지를 실행하라는 지시를 남겼다.

이 수도사가 1785년 최북단의 선교회를 떠난 후 돌아오지 않았다는 기록이 있었다.

인디언들은 1843년까지 산 위에서 살아간 그 성스러운 사람을 먹여 살렸다. 그때까지 이 수도사는 새로운 개종자들을 모으고 있었다. 인디언 세 명, 러시아인 한 명, 미국 북부의 산 사람 한 명이었다. 러시아인은 수도사가 죽은 후에도 계속 그곳에서 지내다 중국인 한 명이 합류한 후 자신에게 주어졌던 소명에서 벗어났다. 그 중국인은 그 후 몇 주 동안 러시아인이 반생에 걸쳐서 한 것보다 더 많은 진척을 이뤄냈다. 러시아인은 기꺼이 최고의 위치를 중국인에게 넘겨주었다.

중국인은 오래전에 관리 업무에서 은퇴했지만, 백 년이 지난 지금까지도 그곳에 있었다. 그는 미학과 유머를 가르쳤다.

"그리고 이 시설의 목적은 오로지 하나에요." 에브라임 장로가 계속 말했다. "우리의 목표는 무 제국과 아틀란티스에서 일어났던 일이 다시는 일어나지 않도록 하려는 것이지요. 그 '젊은 사람들'이 옹호했던 모든 것들을 우리는 반대해요.

우리는 세계의 역사라는 것이 반대되는 두 철학의 갈등에서 빚어진 일련의 사태라고 생각해요. 우리의 철학은 생명과 의식, 지성, 자아가 세상에서 가장 중요한 것이라는 개념을 토대로 하고 있지요." 잠시 그는 텔레파시로만 세 사람에게 말했다. 그들은 앰브로즈 비어스가 보여줬지만 언어로 그 뜻을 정의하지 못했던 활기찬 생기를 다시 느꼈다. "그래서 우리는 인간의 본성과 반대되도록 행동하게 만들거나, 인간의 정신을 파괴하거나 약하게 만들거나 퇴락시키는 경향이 있는 모든 힘과 충돌할 수밖에 없는 거예요. 우리는 또 다른 사태가 다가오고 있다는 사실을 알아요. 우리에게는 신참자가 필요해요. 그래서 여러분이 선택된 거지요.

이번 사태는 나폴레옹 이래로 꾸준히 커져왔어요. 유럽과 아시아는 권위주의와 '지도자 원리'* 같은 허튼소리, 전체주의에 투항했지요. 사람

* 지도자의 말이 법보다 중요하다는 나치의 기본적인 정치 이념

들을 개인으로서 중요히 여기지 않고, 경제적, 정치적 대상으로만 취급하며 자유를 온갖 속박으로 짓누르고 있어요. 인간의 존엄성이 사라진 거라오. '시키는 대로 해! 내 말을 믿고, 입 닥쳐!' 노동자, 군인은 사육 대상이 되고…. 그런 게 삶의 목적이라면, 의식이 존재할 이유가 전혀 없는 거지요!"

에브라임 장로가 계속 말했다. "이 대륙은 자유의 도피처였어요. 영혼이 성장할 수 있는 장소였지요. 하지만 다른 세계에서 깨달음을 죽였던 힘이 여기에서도 퍼져나가고 있어요. 조금씩 조금씩 그들이 인간의 자유와 인간의 존엄성을 깎아내고 있어요. 억압적인 법률, 위협적인 교육위원회, 박해의 고통을 받는다는 맹목적인 교리. 그 교리는 인간을 묶고 눈을 멀게 해서, 사람들이 다시는 잃어버린 유산을 찾지 못하도록 만들 거예요. 우리는 그런 것들과 맞서 싸우기 위해 도움이 필요하다오."

헉슬리가 자리에서 일어났다. "저희를 믿으셔도 됩니다."

조앤과 코번이 말하기 전에 장로가 막았다. "아직은 대답하지 마시오. 각자의 숙소로 돌아가 생각해보세요. 하룻밤 자면서 생각해봐요. 우리는 다시 이야기를 나누게 될 겁니다."

8장

교훈에 교훈을 더하며…*

섀스타산에 대학이 있고, 대학 편람이 있다면(그런 건 없었다), 아래와 같은 학과목들이 포함되었을 것이다.

— 텔레파시

시험을 통해 입학자격을 획득하지 않은 모든 학생에게 필요한 기본 과정. 교신을 할 수 있을 때까지 실습 교육. 모든 학과의 필수 과목. 실습실.

— 추론 I, II, III, IV.

I. 기억.

II. 직관: 투시력, 투청력, 질량과 시간, 공간에 대한 분별. 비수학적 관계와 질서, 구조. 조화로운 형태와 간격.

III. 이중 및 평행 사고 진행. 분리.

IV. 명상(세미나).

* 성경 〈이사야〉 28장 10절

— 자동운동학

운동 감각의 분리. 초감각을 이용한 내분비 제어. 정서적 감각과 피로의 억제에 응용, 재생, 변신(늑대로 변하는 둔갑술의 임상 의학 측면), 성 결정, 전환, 자아 마취, 회춘.

— 염력학

생명-질량-공간-시간 연속체. 자동운동학 사전 이수 필요. 염력 이동과 장거리 작용 일반. 투사. 동역학. 정역학. 방위 측정.

— 역사

선택 과목. 텔레파시 내력을 참조한 정신측정과 초심리학을 통한 특별한 대화. 평가는 이 학과의 모든 과정에서 필수.

— 인간 미학

세미나. 자동운동학과 (정신측정) 텔레파시 기록 기술 사전 이수 필요.

— 인간 윤리

세미나. 다른 모든 과정과 동시에 가능. 교사와 상담.

만일 교육 과정이 이처럼 종잡을 수 없이 나누어진 형태였다면 가르침의 가치를 잃어버리고 말았을 것이었다. 섀스타산의 숙련자들은 언제라도 이 모든 과목을 가르칠 수 있었으며, 실제로도 가르쳤다. 헉슬리와 코번, 조앤은 자신 스스로 가르치도록 유도하는 교사들에게서 배웠다. 그리고 세 사람은 바다를 찾는 장어처럼, 오랫동안 떠났던 고향으로 돌아가듯 그 교육을 받아들였다.

세 명 다 진도가 빨랐다. 초보적인 감각 능력과 텔레파시에 대한 지식을 어느 정도 가지고 있었기 때문에, 교육자들은 그들을 곧바로 가르칠 수 있었다. 먼저 세 사람은 자신의 신체를 제어하는 방법을 배웠다. 그리고 극동 아시아 오지에 있는 소수의 학자를 제외하고, 인간이라면 가지고 있어야 하지만 대체로 잊어버린, 신체 기관 각각의 기능과 근육, 조직, 분비선에 대한 통제권을 되찾았다. 육체가 기꺼이 복종하며 지시에 따르자 깊은 곳에서 솟아나는 기쁨이 느껴졌다. 그들은 자신의 육체에 대해 상세하게 알게 되었으며, 육체는 더 이상 그들 위로 군림하지 않았다. 피로와 허기, 추위 같은 것들은 더 이상 그들을 좌지우지하지 않았다. 오히려 좋은 엔진에 관심이 필요하다는 유익한 신호에 불과하게 되었다.

그러나 그 엔진은 예전처럼 많은 관심을 필요로 하지는 않았다. 육체는 그 능력과 한계를 정확히 알고 있는 정신에 의해 제어되었다. 더 나아가, 육체를 이해함으로써 그들은 육체의 능력을 최대한 끌어 올릴 수 있었다. 일주일 동안 쉬지 않고, 음식도 먹지 않고, 물도 마시지 않고 지속적으로 하는 활동도 하루 아침나절 일하는 것과 비슷한 정도로 쉬워졌다. 수면과 소화시킬 때의 나른함, 권태, 번민, 외부의 자극, 근육 활동 등에도 불구하고, 정신 활동은 그들이 의도하지 않는 한 절대 중단되지 않았다.

가장 큰 즐거움은 공중 부양이었다.

하늘을 날기, 구름 한가운데에 떠 있기, 무함마드처럼 천장과 바닥 사이에 둥둥 떠서 잠자기. 이는 이전에 결코 경험해보지 못했고, 꿈속에서만 흐릿하게 느꼈을 뿐이었는데, 예상치 못한 감각적 즐거움을 주었다. 조앤은 특히 활기찬 자유분방함과 함께 이 새로운 즐거움에 흠뻑 빠졌다. 한번은 이틀 동안 땅에 발을 딛지 않기도 했다. 그녀가 하늘과 바람을 나누고 삼키자, 높은 고도의 차가운 공기가 그녀의 눈부신 육체를 매끈하게 만들어주었다. 그녀는 다이빙했다가 솟아오르고, 회전하고, 나선으로 돌고, 무릎을 이마까지 올려 끌어안은 채 성층권에서 나무 꼭대기 높이까지 자유낙하로 떨어졌다.

밤사이 조앤은 맨눈으로 보이지 않는 1천6백 킬로미터 상공에서 대륙 횡단 비행을 왕복했다. 비행이 슬슬 지겨워지기 시작했을 때, 그녀는 비행기의 불이 켜진 창문에 잠깐 얼굴을 대고 안을 들여다봤다. 그녀와 눈이 마주쳐 깜짝 놀란 도매상은 천사를 보는 은혜를 입었다고 생각했다. 그는 목적지의 공항에 도착하자마자 자신의 변호사 사무실로 갔다. 그리고 변호사에게 신학생을 위한 장학금을 설립하도록 유언장을 작성시켰다.

헉슬리는 공중 부양을 배우는 게 어려웠다. 의지가 어떻게 엄혹한 중력의 '법칙'을 무시할 수 있는지, 그 근거를 요구하는 탐구 정신과 의심이 그의 의욕을 흩뜨려놓았다. 교사가 참을성 있게 헉슬리에게 이유를 설명해줬다.

"당신은 형태가 없는 의지가 3차원 연속체 안에 있는 질량의 움직임에 영향을 미칠 수 있다는 사실을 알고 있어요. 당신이 손을 움직일 때면 언제나 그 사실을 경험하지요. 당신이 그 수수께끼에 대해 이성적인 설명을 완전하게 할 수 없다고 해서 손을 움직이는 힘이 사라지던가요? 생물에게는 물질에 영향을 미칠 수 있는 힘이 있어요. 당신도 그 사실을 알아요. 그 사실을 직접 경험해왔으니까요. 그게 사실이에요. 지금 당신이 질문한 무제한의 감각에는 어떤 사실에 대해서도 '왜'가 없어요. 고요히 스스로를 증명하며 존재할 뿐이에요. 누군가는 사실들 간의 관계, 다른 사실들로 존재하는 관계를 관찰할 수도 있겠죠. 하지만 그런 관계를 최종적인 의미까지 추구하는 것은, 정신 그 자체도 관련되어 있으므로 불가능해요. 먼저 당신이 왜 존재하는지 내게 말해주면, 내가 당신에게 공중 부양이 왜 가능한지 말해주지요.

자, 오세요. 저와 교신하는 상태가 되어보세요. 그리고 제가 떠오를 때 어떻게 하는지 느끼려고 노력해보세요."

헉슬리가 다시 시도했다. "저는 못 하겠어요." 그가 비참한 목소리로 결론지었다.

"내려다보세요."

헉슬리가 지시대로 했다가 헉 소리를 냈다. 그리고 1미터 아래의 바닥으로 떨어졌다. 그날 밤 헉슬리는 하이 시에라 산맥 위를 날고 있던 코번과 조앤에 합류했다.

그들의 교사는 자신의 육체에 대한 지배력을 새롭게 획득한 사람들이 할 수 있도록 만들어진 스포츠에 뛰어들며 발산하는 신선한 자극을 몹시 재미있게 받아들였다. 교사는 그들이 즐거워하는 게 자연스럽고 건강하며 그들의 발전 단계에 어울린다고 생각했다. 그리고 그는 그들이 얼마 지나지 않아 그 능력의 적절한 가치를 스스로 깨우치고, 더욱 중요한 일에 마음을 기울일 준비를 하게 되리라는 것도 알았다.

*

"아, 아뇨. 후니페로 신부가 기록을 발견한 유일한 사람은 아니었어요." 화가인 찰스가 그림을 그리며 그들에게 말했다. "여러분도 모든 민족의 종교에서 고지대가 중요한 의미를 갖는다는 사실을 알고 있을 거예요. 그중 일부는 고대 기록의 저장소일 게 틀림없어요."

"당신도 확실하게는 모르시나요?" 헉슬리가 물었다.

"많은 경우를 알아요. 예를 들어 히말라야가 있죠. 난 지적인 사람이라면 누구나 알 수 있는 지식에서 추론해낼 수 있는 사례들을 말하는 거예요. 수많은 종교에서 중요하게 여기는 산들이 얼마나 많은지 생각해봐요. 그리스의 올림포스산, 멕시코의 포포카테페틀산, 하와이의 마우나로아산, 히말라야의 에베레스트산, 이집트의 시나이산, 중국의 태산, 터키의 아라라트산, 일본의 후지산, 그리고 안데스 산맥의 여러 지역까지요. 그리고 각 종교에는 높은 곳에서 계시나 영감을 받아 메시지를 가지고 돌아오는 스승의 이야기가 있어요. 석가모니, 예수, 공자, 모세, 몰몬교의 조셉 스미스. 그들은 모두 높은 곳에서 내려와 창조와 몰락, 구원의 이야기를 들려줬죠.

그 모든 옛날이야기들 중 최고는 창세기에서 찾을 수 있어요. 미개한 유목민들의 언어로 처음 쓰였다는 사실을 감안한다면, 나름 정확하고 꼼꼼한 설명이죠."

헉슬리가 코번의 옆구리를 쿡 찔렀다. "네 생각은 어때, 의심 많은 친구?" 그리고 찰스를 바라보며 말했다. "코번은 산타클로스가 가짜 수염을 달고 있다는 사실을 알게 된 이후부터 독실한 무신론자였어요. 가장

애착을 가져왔던 불신을 뒤집는 것은 이 친구에게 고통일걸요."

코번이 씩 웃으며 침착하게 말했다. "진정해, 인마. 네 도움이 없어도 내 불신에 대해서는 내가 말할 수 있어. 당신 이야기를 듣다 보니 다른 일이 떠올랐어요, 찰스. 이 산들 중에 일부는 그 고대 기록을 위해 사용하기에는 충분히 오래되지 않은 것처럼 보여요. 예를 들어 섀스타산은 화산인 데다, 생긴 지가 얼마 되지 않은 산이라 그 목적에는 부적합한 것 같은데요."

찰스는 빠르게 그림을 그리며 대답했다. "당신 말이 맞아요. 오랍은 자신이 발견한 원본 기록의 복제본들을 만든 것 같아요. 그리고 그가 보완한 복제본들을 지구의 몇몇 은신처에 넣어두었겠죠. 오랍 이후에, 하지만 우리 시대로 보면 오래전에, 다른 사람들이 기록을 읽고 안전하게 지키기 위해 옮겼을 가능성도 있어요. 후니페로 세라 신부가 발견한 기록은 아마 여기에 겨우 2만 년 정도 있었을 겁니다."

9장

미숙한 비행

"우리는 여기에 50년 동안 머물면서 새로운 것들을 배울 수도 있어. 하지만 그동안 아무런 성과도 이루지 못할 거야. 난 돌아갈 준비가 됐어." 헉슬리가 담배를 비벼 끄며 두 친구를 돌아봤다.

코번이 입술을 오므리고 천천히 고개를 끄덕였다. "나도 같은 생각이야, 헉슬리. 물론, 우리가 여기서 배울 수 있는 것들에는 한계가 없어. 그렇지만 배운 것들을 어느 정도 사용해야 하는 때가 오는 법이야. 안 그러면 속에서 끓어오를걸. 내 생각엔 장로님께 말하고 움직이는 게 좋을 것 같아."

조앤이 열정적으로 고개를 끄덕였다. "응, 그래. 나도 그렇게 생각해. 우린 해야 할 일이 있어. 그리고 그 일을 해야 할 장소는 여기 꿈의 나라가 아니라 웨스턴 대학이야. 우리가 브린클리 총장을 해치울 때, 그 늙은이의 얼굴을 빨리 보고 싶어서 견딜 수가 없어!"

헉슬리가 에브라임 하우 장로의 마음을 찾았다. 다른 둘은 텔레파시 대화에 끼어들려는 시도를 예의 바르게 자제하며, 헉슬리가 의논하는 동안 기다렸다. "장로님이 우리 소식을 기다리고 있으셨대. 그리고 장로님은 전체 회의를 열 계획이시래. 우리와 여기에서 만날 거야."

"전체 회의라고? 산 위에 있는 모든 사람이 참여하는 회의 말이야?"

"모든 사람. 산 위에 있든 없든. 난 새로운 회원이 자신의 일을 하겠다고 결심했을 때 관습적으로 그렇게 하는 모양이라고 이해했어."

"어휴!" 조앤이 소리쳤다. "생각만 해도 무대 공포증이 밀려오네. 누가 우리를 대표해서 말할 거야? 나는 겁이 많아서 안 되겠다."

"코번, 넌 어때?"

"글쎄…. 너희가 원한다면."

"그럼, 네가 맡아."

세 사람은 교신 상태를 그물처럼 엮었다. 그들이 그 상태를 계속 유지하는 한, 코번의 목소리는 세 명의 통합된 생각을 표현할 것이었다. 에브라임 하우 장로는 혼자 들어왔지만, 그가 교신 상태이며 산비탈에 있는 숙련자들뿐 아니라 미국에 흩어져 있는 2백여 명의 비범한 달인들까지 대변한다는 사실을 그들도 알았다.

회의는 정신과 정신을 직접 교환하면서 시작되었다.

「저희는 이제 일할 때가 되었다고 느낍니다. 저희가 여기서 배울 수 있는 모든 것들을 배운 것은 아닙니다. 그건 사실이에요. 그럼에도 불구하고, 저희는 현재 가진 지식을 이용해야 합니다.」

「그건 좋은 생각이고 전적으로 그렇게 되어야 하는 거야, 코번. 자네들은 이번에 우리가 가르쳐줄 수 있는 모든 것들을 배웠어. 이제 배운 것들을 세상으로 가져가 사용해야지. 그래야 지식이 무르익어 지혜가 될 수 있는 거야.」

「저희가 떠나려는 건 그 이유만이 아닙니다. 좀 더 급한 이유가 있어요. 여러분이 저희에게 가르쳐주셨듯이 중요한 시기가 닥치고 있잖아요. 저희는 그 사태에 맞서 싸우고 싶습니다.」

「결정적인 사태를 불러오는 힘에 맞서서 어떻게 싸우려는 건가?」

「글쎄요….」 코번이 그 말을 하지는 않았지만, 그의 생각이 지체되면서 그런 표현이 전달되었다. 「저희가 볼 때, 인간을 자유롭게 하려면, 동물로서가 아니라 인간으로서 발전할 수 있도록 자유로워지려면, '젊은 사람들'이 했던 짓을 원상태로 되돌려놓는 게 필요합니다. '젊은 사람들'은 자신들이 선택한 소수를 제외하고는 고대 지식이라는 인류의 유산을 공유하도록 허용하지 않았습니다. 인간이 다시 자유롭고 강하고 독립적인 존재가 되려면, 모든 인간에게 고대의 지식과 고대의 힘을 돌려줘야 합니다.」

「사실이다. 그것을 위해 자네들은 무엇을 하려는가?」

「저희는 밖으로 나가 그런 이야기를 할 겁니다. 저희 세 명은 모두 교육계에서 일하고 있기 때문에, 우리의 목소리를 낼 수 있습니다. 저는 웨스턴 대학의 의과대학에 있고, 헉슬리와 조앤은 심리학과에 있습니다. 여러분이 가르쳐준 훈련 덕분에, 저희는 전통적인 관념을 빠른 시간 안에 뒤집을 수 있습니다. 저희는 교육 르네상스를 열어서, 모든 사람에게 여러분 원로들이 제공해주는 지혜를 받을 준비를 시킬 수 있습니다.」

「그게 그렇게 간단할 거라고 생각하나?」

「그러면 안 되나요? 아, 그게 쉬울 거라고 예상하지는 않습니다. 모든 사람들이 소중하게 생각하는 잘못된 생각과 정면으로 충돌하게 되리라는 건 저희도 압니다. 하지만 바로 그 사실을 유리하게 이용할 수 있습니다. 화려한 구경거리가 될 겁니다. 그 과정을 통해 유명해져서 저희가 하는 일에 사람들의 관심을 불러일으킬 수 있습니다. 저희가 옳다는 사실을 증명할 수 있을 정도로 충분히 배웠습니다. 예를 들어, 사람들 앞에서 공중 부양 시범을 보여주고, 저희가 가능하다고 알고 있는 것들을 인간의 정신이 할 수 있다는 사실을 수천 명 앞에서 증명하면 어떨까요? 텔레파시 기술을 먼저 배운 사람이라면 누구든지 그런 것들을 할 수 있을 거라고 우리가 말해주면 어떨까요? 어쩌면 1년이나 2년 안에 나라 전체가 텔레파시를 배우고, 고대의 기록과 그 모든 함의를 이해할 준비를 할 수도 있어요!」

에브라임 장로의 정신이 한참 동안 침묵했다. 어떤 목소리도 그들에게 닿지 않았다. 생각에 잠긴 냉정한 그의 눈길을 마주한 세 명은 불안한 표정을 지으며 동요했다. 이윽고 장로가 입을 열었다.「그렇게 쉬운 일이라면, 우리가 이미 해내지 않았을까?」

이번에는 세 사람이 침묵했다. 에브라임 장로가 다정한 목소리로 계속 말했다.「말해봐, 얘들아. 겁먹지 말고. 너희 생각을 우리에게 자유롭게 말해줘. 우리는 너희가 어떤 이야기를 해도 불쾌하거나 성내지 않을 거야.」

코번이 주저하며 생각을 말했다.「어렵죠…. 여러분 중 많은 분들이 연세가 아주 많으십니다. 그리고 여러분 모두가 현명한 분들이라는 건 저희도 압니다. 그럼에도 불구하고, 젊은 저희가 보기에, 여러분은 너무 오래 행동하지 않고 기다린 것 같아요. 저희는…, 저희는 여러분이 이해를 추구하느라 여러분의 행동 의지를 약화시켰다고 생각합니다. 저희 관점에서 보면, 여러분은 절대로 완벽해질 수 없는 조직을 완벽하게 만드느라 여러 해를 보내며 기다려왔어요. 그사이 세상을 뒤집을 폭풍이 힘을 모으고 있었죠.」

원로들이 심사숙고한 후에야 에브라임 장로가 대답했다.

「너희 말이 맞을지도 몰라, 사랑하는 아이들아. 하지만 우리에게는 그렇게 보이지 않아. 우리는 고대의 지식을 모든 인간의 손에 쥐어주려 하지는 않았어. 그런 준비가 된 사람이 거의 없었기 때문이야. 어린아이 같은 정신에 그런 지식을 주는 건 어린아이의 손에 성냥을 쥐어주는 것만큼이나 위험하단다.

그래도… 너희 말이 맞을지 몰라. 마크 트웨인도 그렇게 생각했었지. 그래서 그에게 자신이 배운 것들을 모든 사람에게 말할 수 있도록 허락해줬어. 그리고 그는 실제로 그렇게 실천했어. 그 지식을 얻을 준비가 된 사람이라면 누구든 이해할 수 있는 글을 썼어. 하지만 아무도 이해하지 못했지. 자포자기 상태가 되어버린 그는 텔레파시를 어떻게 하는지 자세히 발표했어. 그래도 그를 진지하게 여기는 사람은 아무도 없었단다. 마크 트웨인이 더 진지하게 말할수록, 그의 독자들은 더 많이 웃었어. 그는 씁쓸하게 죽었어.

우리가 아무 일도 하지 않았다고 너희가 믿게 할 생각은 없다. 개인의 자유와 인간의 존엄성을 유달리 강조하는 이 단체는 우리가 돕지 않았더라면 버티지 못했을 거야. 우리는 링컨을 선택했었어. 올리버 웬들 홈스* 도 우리 회원이었지. 월트 위트먼**은 우리가 사랑하는 형제였단다. 필요할 때면 언제나 우리는 수많은 방법으로 지원하며, 노예제를 막고 어둠을 물리쳤어.」

그 생각이 잠시 멈췄다가 계속 말했다.

「하지만 각 회원은 자신이 이해하는 방식으로 행동해야 하는 거야. 여전히 너희 결심은 바뀌지 않았니?」

코번이 입으로 소리를 내어 말했다. 차분한 목소리였다. "그렇습니다!"

「그러면 그렇게 해! 세일럼의 역사를 기억하지?」

「오리건주의 세일럼 말인가요? 마녀재판이 열렸던…? 저희가 마녀로 처벌받을지 모른다는 경고를 하시려는 건가요?」

「아니야. 물론 오늘날에는 마녀를 처벌하는 법이 없어졌지. 차라리 그런 법이 있는 게 나았을 거야. 우리는 지식의 힘을 독점하지 않아. 결코 쉽게 이길 거라 기대하지 마. 고대 지식의 일부를 거머쥐고 비열한 목적에 사용하는 자들을 조심해. 마녀와 흑마술사들 말이다!」

회의를 마치자 교신이 풀렸다. 에브라임 장로는 세 사람 모두와 엄숙하게 악수를 하고, 작별 인사를 했다.

"난 너희가 부럽구나, 얘들아." 에브라임 장로가 말했다. "거인을 죽인 잭처럼 앞으로 나아가 교육 제도 전체와 맞서 싸우거라. 너희한테 딱 맞는 일이야. 마크 트웨인이 뭐라고 했었는지 아니? '신은 연습 삼아 바보

* 20세기 초반 미국 연방최고재판소 판사

** 19세기 미국 시인

를 만들고, 그 직후 교육위원회를 만들었다.' 나도 함께 가고 싶구나."

"같이 가시면 안 되나요?"

"응? 아냐. 안 갈 거야. 나는 진짜로 너희의 계획이 옳다고 생각하지는 않아. 예컨대, 내가 메인주에서 철물 행상을 하며 시간을 보낼 때, 사람들에게 더 나은 방식을 보여주고 싶은 유혹을 자주 느꼈었어. 하지만 난 그러지 않았지. 사람들은 과일칼과 아이스크림 냉장고에 익숙해. 그래서 너희가 그런 도구 없이 마음의 힘만으로 할 수 있는 방법을 보여줘도 고마워하지 않을 거야. 어쨌든 한꺼번에 되지는 않아. 사람들은 너희를 모임에서 제명하고, 린치를 가할 수도 있어.

아무튼 우리는 너희를 계속 지켜볼 거야."

조앤이 몸을 위로 올려 에브라임 장로에게 작별 키스를 했다. 그들은 떠났다.

10장

사자의 입

헉슬리는 학생이 가장 많은 수업시간을 골라 신문사들이 흥미를 가질 만한 시범을 보였다.

그들은 로스앤젤레스로 돌아와서 가을 학기가 시작될 때까지 신중하게 움직였다. 그리고 그들이 통상적인 수준을 벗어난 힘을 가지고 있다고 의심하는 사람이 생기지 않도록 주의했다. 조앤은 공중 부양을 하지 않기 위해, 무생물을 제어하는 장난에 탐닉하지 않기 위해, 어떤 종류든 이상한 능력으로 낯선 이들을 놀라게 하지 않기 위해 꼼짝도 못 하고 집에 있었다. 그녀는 금지 명령을 참을성 있게 받아들였다. 너무 고분고분해서 코번이 걱정할 정도였다.

"이건 정상이 아니야." 코번이 반대했다. "조앤이 이렇게 빨리 철이 든다는 건 말이 안 돼. 조앤, 혀를 내밀어봐. 아픈 데가 없는지 진찰해보자."

"흥!" 조앤이 진찰에 가장 어울리지 않는 자세를 취하며 대답했다. "링 사부님은 내가 너희 둘보다 훨씬 앞서 있다고 하셨어."

"그 이교도 중국인이 좀 특이하잖아. 아마 네가 철이 들도록 격려하기 위해 해준 이야기일 거야. 진지하게 하는 말인데, 헉슬리, 조앤에게 깊은 최면을 걸어 빨리 산으로 데려가서 진단과 치료를 하는 게 낫지 않을까?"

"벤 코번, 이쪽을 쳐다보기만 해봐. 내가 그 눈알을 뽑아버릴 거야!"

*

헉슬리는 중요한 시범을 신중하게 준비했다. 그의 강의는 학과장이 불쑥불쑥 들어와도 징계나 간섭을 걱정하지 않아도 될 정도로 무해했다. 그러나 각 과정의 통합된 효과는 앞으로 일어날 일에 대해 학생들을 정서적으로 준비시키기 위해 계획된 것이었다. 그는 신중하게 선택한 보조교재 독서 과제로 성공 가능성을 높였다.

"최면은 심리학의 연구 대상이지만 막연하게만 이해되고 있습니다." 헉슬리는 선택된 일자에 강의를 시작했다. "그리고 예전에는 바보 같은 미신으로 치부되어 마법이나 요술과 동류로 여겨졌었죠. 하지만 오늘날에는 평범한 일이 되었고, 쉽게 시연할 수 있게 되었습니다. 그 결과, 가장 보수적인 심리학자도 최면의 존재를 인정하고, 그 특성을 연구하려 애쓰고 있죠." 헉슬리는 진부하고 흔해빠진 이야기를 흥겹게 중얼거리면서 학생들의 정서적 태도를 평가했다.

학생들이 놀라지 않고 최면의 일반적인 현상을 받아들일 준비가 되었다고 느껴지자, 헉슬리가 조앤을 불렀다. 그 목적을 위해 수업에 참석한 조앤이 교실 앞으로 나왔다. 그녀는 쉽게 가벼운 최면 상태에 들어갔다. 학생들이 근육경직, 강박, 최면 후 암시 등 최면 현상의 작은 변화를 빠르게 살펴보는 동안, 헉슬리는 최면사와 대상자의 정신적 관계, 직접적인 텔레파시 제어의 가능성, 라인 박사의 실험과 비슷한 사건들, 그 자체로는 전통적이었지만 이단의 경계선에 근접한 이론들을 끊임없이 설명했다.

곧이어 헉슬리가 대상자의 정신에 텔레파시로 연결하는 시도를 해보자고 제안했다.

각 학생에게 뭔가를 종이에 쓰도록 했다. 자원한 학생들이 종이를 모아 한꺼번에 헉슬리에게 건넸다. 그가 진지한 표정으로 마술하듯 종이들을 훑어봤다. 헉슬리가 종이를 응시하고 있을 때 조앤이 목소리를 내어 읽었다. 조앤은 그럴듯하게 한두 번 실수했다. 「잘했어, 조앤.」「고마워. 내가 여기에 조금 더 생기를 불어넣으면 안 될까?」「네 기발한 생각은 그만둬. 지금 그대로의 모습을 유지해. 학생들은 지금 우리가 주는 걸 잘 받아먹고 있단 말이야.」

헉슬리는 그런 간단한 무대를 이용해서, 의지와 정신이 통상적으로 접하는 이론보다 훨씬 완벽하게 육체를 제어할 수 있다는 생각으로 학생들을 인도했다. 헉슬리는 허공으로 몸을 띄울 수 있고, 심지어 이곳에서 저곳으로 이동할 수 있는 힌두교의 성인 이야기를 슬쩍 흘렸다.

"그런 이야기들을 실제로 시험해볼 특별한 기회를 갖겠습니다." 헉슬리가 학생들에게 말했다. "저 시험 대상자는 최면사가 말하는 언술을 완벽하게 믿고 있습니다. 조앤 프리먼 씨에게 자신의 의지력에 영향을 행사해서 바닥에서 떠오르라고 내가 말할 거예요. 그녀는 자신이 그것을 할 수 있다고 믿을 게 틀림없습니다. 할 수만 있다면, 그녀의 의지는 내 명령을 실행할 최적의 상태가 될 겁니다. 프리먼 씨!"

"네, 헉슬리 씨."

"당신의 의지력을 발휘하세요. 공중으로 떠올라요!"

조앤이 약 2미터 가량 허공으로 곧장 떴다. 그녀의 머리가 천장에 거의 닿을 뻔했다. 「내가 하는 거 어때, 친구?」「멋져. 학생들이 너한테 열광하고 있어. 학생들을 봐!」

그 순간 분노로 눈을 이글거리며 브린클리 총장이 교실 안으로 벌컥 들어왔다.

*

"헉슬리 씨, 당신은 내게 한 약속을 어기고, 이 학교를 모독했어!" 그 시연이 낭패로 끝난 10여 분 뒤였다. 헉슬리가 총장실에서 브린클리를 마주했다.

“난 아무런 약속도 하지 않았습니다. 난 학교를 모독하지 않았어요.” 헉슬리가 똑같이 호전적인 태도로 대답했다.

“당신은 싸구려 거짓 마술 속임수에 탐닉해서 학과에 불명예를 안겼어.”

“그래서 내가 사기꾼이라는 건가요? 당신의 그 뻣뻣한 목에 달린 늙은 화석으로 이걸 설명해보시지!” 헉슬리가 공중 부양해서 양탄자 바닥에서 1미터 위로 떠올랐다.

“뭘 설명하라는 거야?” 헉슬리로서는 놀랍게도, 브린클리는 비정상적인 상황을 전혀 인식하지 못하는 듯했다. 그는 방금까지 헉슬리의 머리가 있던 지점을 계속 응시했다. 브린클리의 태도에서는 헉슬리의 부적절한 말에 약간 어리둥절하고 짜증이 났다는 것 외에는 아무런 징후도 보이지 않았다.

몸도 제대로 가누지 못하는 저 늙은 바보는 너무도 완벽하게 자기 기만적인 사람이라서, 자신의 편견에 어긋나는 일은 바로 눈앞에서 발생해도 보지 못하는 걸까? 그게 가능한가? 헉슬리는 브린클리의 정신으로 접근해서 그의 머릿속에서 무슨 일이 진행되는지 보려 했다. 헉슬리는 살면서 그렇게 놀란 적이 없었다. 헉슬리는 거의 노망에 가까운, 떠듬거리며 간신히 움직이는 정신 과정을 보게 되리라 예상했었다. 하지만 그가 발견한 것은 역겨울 정도로 순수한 악의 모체에 자리 잡은 냉철한 계산과 예리한 능력이었다.

슬쩍 봤을 뿐이었지만, 헉슬리는 두뇌를 마비시킬 정도의 고통과 함께 쫓겨났다. 헉슬리가 훔쳐본다는 사실을 파악하고 브린클리가 재빨리 방어태세에 들어간 것이었다. 훈련받은 정신의 단단한 방어막이었다.

헉슬리가 바닥에 떨어졌다. 그리고 그는 아무 말도 하지 않고, 돌아보지도 않고 그 방에서 나왔다.

사기 혐의로 심리학 교수 파면

…학생들의 이야기는 다양했지만, 괜찮은 쇼였다는 사실에는 모두 동의했다. 미식축구팀의 풀백을 맡고 있는 '버즈' 아놀드는 기자에게 이렇게 말했다. "그런 일이 일어나서 유감이에요. 헉슬리 교수는 좋은 사람이거든요. 그는 능숙한 무표정한 얼굴로 연기하며 재치 있는 촌극을 연출했어요. 물론, 저는 그 쇼가 어떤 식으로 진행되었는지 압니다. 지난봄에 오르페움 극장에서 '위대한 아투로'가 사용했던 기술과 같았어요. 하지만 저는 브린클리 총장님의 견해를 이해할 수 있어요. 엄숙한 배움의 전당에서 원숭이 쇼를 하게 놔둘 수는 없는 거죠."

브린클리 총장은 〈웨스턴 대학생〉 신문에 다음과 같이 공식적으로 의견을 밝혔다. "대학을 위해 헉슬리 씨와의 관계를 종료한다는 사실을 발표하게 되어 진심으로 유감입니다. 헉슬리 씨가 진행하는 일들에 대해 반복적으로 경고를 했었습니다. 하지만 그는 탁월한 능력을 가진 젊은이입니다. 저희는 그가 앞으로 어떤 일에 종사하든 이 경험이 하나의 교훈이 되기를 충심으로 바라며…."

— 〈웨스턴 대학생〉 10월 3일

✶

코번이 학보를 헉슬리에게 건넸다. "나한테는 무슨 일이 일어났는지 알아?" 코번이 물었다.

"새로운 소식이라도 있어?"

"나한테 사임하라는 요청이 있었어. 공개적인 요구는 아니었어. 그저 점잖게 넌지시 말한 것뿐이야. 너도 알다시피, 내가 수술을 하지 않았는데도 환자들이 너무 빨리 회복됐잖아."

"진짜 고약하네!" 조앤이 투덜거렸다.

"글쎄." 코번이 생각에 잠긴 투로 말했다. "난 의대 학장을 비난할 생각은 없어. 브린클리 총장이 압력을 넣은 거야. 우리가 그 늙은이를 과소평가했던 것 같아."

"코번, 더 정확히 말하자면, 그 사람은 어느 모로 보나 우리만큼 능력이 있어. 그리고 그 사람이 그러는 이유에 대해서는, 생각만 해도 구역질이 나."

"난 그 노인네를 그저 쥐새끼 같은 사람이라고 생각했었어." 조앤이 속상한 투로 말했다. "지난봄에 그 인간을 타르 웅덩이에 밀어 넣었어야 해. 내가 그러자고 했잖아. 이제 어떻게 하지?"

"계속 진행해야지." 헉슬리가 침울한 목소리로 대답했다. "이 상황을 우리에게 유리하게 바꿀 거야. 우리가 조금 유명해졌잖아. 그 상황을 이용해야지."

"무슨 말이야?"

"다시 공중 부양을 하는 거야. 우리가 대중에게 보여줄 수 있는 가장 환상적인 능력이잖아. 신문사들에 연락해서 우리가 내일 정오에 퍼싱 광장에서 공개적으로 공중 부양을 하겠다고 하자."

"신문사들이 그렇게 의심스러운 소리를 듣고 무모한 기사를 쓰는 건 꺼리지 않을까?"

"아마 그렇겠지. 그럼 문제를 이렇게 처리하자. 약간 정신 나간 짓을 해서, 기자들이 기사로 쓸 만한 재미있는 상황을 잔뜩 던져주는 거야. 그러면 기자들은 이걸 사건 보도가 아니라 특집 기사처럼 다룰 수 있을 거야. 다 보여줘, 조앤. 네가 하고 싶은 건 뭐든지 해도 좋아. 터무니없는 일일수록 더 좋아. 자, 시작합시다, 제군들. 난 통신사에 전화할게. 코번, 너하고 조앤은 신문사들을 나눠서 연락해줘."

기자들은 확실히 흥미롭게 생각했다. 그들은 조앤의 뛰어난 외모에 관심을 보였고, 헉슬리의 넘치는 붙임성과 허황된 주장을 빈정거리면서도 재미있게 즐겼으며, 그의 위스키 취향에 대해서는 진심으로 인상적으로 받아들였다. 기자들은 코번이 술병에 손을 대지 않고 그들에게 정중하게 술을 따랐을 때 긴장하기 시작했다.

조앤이 방을 둥둥 떠다니고, 헉슬리가 존재하지 않는 자전거를 타고 천장을 가로지르자, 기자들이 멈칫거렸다. "코번 씨, 솔직하게 말해줘요." 기자 한 명이 말했다. "우리는 먹고살아야 해요. 설마 신문사로 돌아가서 편집장에게 이런 걸 이야기하리라고 기대하는 건 아니겠죠? 솔직히 말해봐요. 이건 위스키 때문인가요, 아니면 그냥 간단한 최면술인가요?"

"여러분이 생각하고 싶은 대로 받아들이세요. 다만, 내일 정오에 퍼싱 광장에서 우리가 이 모든 것들을 다시 보여주리라는 것만 말해주세요."

헉슬리가 브린클리 총장에 대해 통렬한 비판을 쏟아내는 바람에 분위기가 급락하긴 했지만, 기자들은 그 말을 받아적었다.

*

조앤은 그날 밤 어렴풋이 가라앉은 기분을 느끼며 잠자리에 들 준비를 했다. 기자들을 즐겁게 할 때의 활기가 사그라졌다. 코번은 이제 유명해질 테니 사생활을 갖는 마지막 밤이 될 거라며, 만찬을 하고 춤추러 가자고 제안했다. 그러나 그 계획은 그렇게 성공적으로 진행되지 못했다. 가장 먼저, 그들이 비치우드드로의 가파른 곡선 길을 내려갈 때 타이어가 터졌다. 헉슬리의 회색 승용차가 구르고 또 굴렀다. 그들에게 반사적으로 육체를 제어할 수 있는 능력이 없었다면 심각한 부상을 입었을 것이었다.

헉슬리가 망가진 부분을 살펴보더니, 당혹스러운 표정으로 사고 원인에 관해 말했다. "저 타이어들은 모두 완벽하게 말짱해. 내가 오늘 아침에 모두 점검했었어." 하지만 헉슬리는 기분 전환을 위한 저녁을 계속 진행하자고 주장했다.

링 사부와의 교제를 통해 즐길 수 있었던 산뜻하고 섬세한 해학을 알게 된 이후였기 때문에, 그들에게 카바레에서의 쇼는 지루했고, 농담은 조잡하고 둔하게 느껴졌다. 합창단의 여성들은 젊고 아름다웠다. 조앤은 그들을 보며 즐거워했지만, 그들의 마음에 접근하는 실수를 저질렀다.

조앤은 그들의 마음속에서 활기 없고 무감각한 부조화를 발견했다. 거의 모든 합창단이 그랬다. 이 때문에 조앤은 더욱 울적해졌다.

쇼가 끝나고 코번이 춤을 제안하자 조앤은 안도감을 느꼈다. 두 남자는 모두 춤을 잘 췄는데, 특히 코번이 잘 췄다. 그래서 조앤은 그의 품 안에서 편안했다. 하지만 그녀의 즐거움은 오래가지 않았다. 술 취한 연인이 그들과 반복해서 부딪혔는데, 남자는 싸움꾼이었고, 여자는 새된 소리로 빽빽 소리를 질렀다. 조앤이 남자에게 여자를 집에 데려다주라고 부탁했다.

조앤이 잠자리에 들 준비를 할 때, 이런 일들이 떠올라 신경 쓰였다. 사는 동안 폭력적이고 극심한 공포를 알지 못했던 조앤은 오직 한 가지가 두려웠다. 정신적으로 빈곤한 자들의 신랄하고 불결한 감정이었다. 뒤틀리고 옹졸한 사람들의 원한과 질투, 앙심, 비열한 모독 같은 것들 말이다. 설령 그녀가 직접적인 공격 대상이 아닐지라도, 이런 것들이 눈앞에 있는 것만으로도 그녀는 상처를 입었다. 아직 조앤은 가치 없는 사람들의 의견을 막을 무관심이라는 부드러운 갑옷을 획득할 수 있을 만큼 충분히 원숙하지 못했다.

조앤은 호의적인 사람들의 집단 속에서 여름을 보낸 후였기 때문에, 술 취한 연인과의 사건이 당황스러웠다. 그녀는 그 접촉이 불쾌하게 느껴졌다. 게다가 더 안 좋은 것은, 그녀가 낯선 땅에 온 외지인, 이방인처럼 느껴진다는 사실이었다.

조앤은 그날 밤 외로운 느낌이 압도적인 수준까지 점점 커져 한동안 깨어 있었다. 자신을 둘러싼 3백만 명의 존재가 예민하게 느껴졌다. 도시 전체에 그녀를 질시하고, 비열한 상태로 끌어내리려 안달하는 악한 존재들만 살고 있는 것처럼 느껴졌다. 그녀의 영혼에 대한 이번 공격, 그녀 내면에 존재하는 신성함을 훼손하려는 이번 시도는 거의 집단적인 특성을 띠었다. 마치 마음의 가장자리를 조금씩 갉아먹고, 그녀의 방어선을 염탐하는 듯했다.

겁이 난 조앤은 코번과 헉슬리를 소리쳐 불렀다. 대답이 없었다. 조앤의 정신은 두 사람을 찾을 수 없었다.

조앤을 위협하는 추잡한 존재가 그녀의 실패를 알아챘다. 조앤은 그 존재가 흘겨보는 게 느껴졌다. 극심한 공황상태에 빠진 그녀가 장로를 불렀다.

대답이 없었다. 이번에는 그 존재가 말했다. "그쪽 길도 막혔어."

히스테리가 조앤을 덮쳤을 때, 그녀의 마지막 방어선이 무너졌을 때, 훨씬 강한 영혼의 팔이 그녀를 붙잡았다. 그 영혼의 차분하고 흐트러짐 없는 선함이 조앤에게 살금살금 다가오던 사악한 존재에 맞서 그녀를 감쌌다.

"링!" 조앤이 소리쳤다. "링 사부님!" 그녀가 격렬하게 흐느꼈다.

조앤이 링의 미소에서 평화롭고 안심이 되는 기운을 느끼는 동안, 그 마음이 손을 뻗어 공포로 인한 그녀의 긴장을 달래줬다. 이내 그녀가 잠들었다.

링의 마음은 밤새 조앤과 머물며, 그녀가 깨어날 때까지 대화를 나눴다.

✳

코번과 헉슬리는 지난밤의 이야기를 걱정스러운 얼굴로 들었다. "이제 분명해졌어." 헉슬리가 단호하게 말했다. "우리가 그동안 너무 부주의했어. 이제부터 이 상황이 끝날 때까지, 낮이든 밤이든, 잠을 자든 깨어 있든 교신 상태를 유지하자. 사실대로 말하자면, 나도 지난밤에 나쁜 꿈을 꿨어. 조앤에게 일어난 일들에 비길 만한 건 아니었지만."

"나도 그랬어, 헉슬리. 너한테는 무슨 일이 있었던 거야?"

"별로 대단한 일은 아니었어. 우리가 섀스타산에서 배운 것들을 무엇이든 할 수 있다는, 내 능력에 대한 확신을 계속 잃는 악몽을 연달아 꾼 것뿐이야. 넌 뭐였어?"

"비슷한 종류인데 차이가 있어. 나는 밤새 수술을 했는데, 내 환자들이 전부 수술대 위에서 죽어갔어. 별로 즐거운 꿈은 아니지. 하지만 꿈이 아닌 다른 일도 일어났어. 너희도 알다시피, 내가 아직도 오래된 구식 면도칼을 쓰잖아. 별로 주의를 기울이지 않고 면도를 하고 있을 때, 내 손 안에 있던 면도칼이 움찔하더니 내 목에 크고 깊은 상처를 냈어. 보여? 아직도 완전히 회복이 안 됐어." 코번이 목의 오른쪽 아래에 비스듬히 난 가느다란 빨간 줄을 가리켰다.

"이런, 코번!" 조앤이 빽 소리쳤다. "죽을 뻔했잖아."

"나도 그렇게 생각해." 코번이 건조하게 동의했다.

"얘들아, 너희도 알다시피." 헉슬리가 느리게 말했다. "이 일들은 우연히 일어난 사고가 아니니…."

"어이, 문 열어!" 문밖에서 외치는 소리가 들려왔다. 하나의 마음이 된 그들이 감각 능력으로 단단한 참나무를 관통해 발언자를 살펴봤다. 세 사람은 거기서 기다리고 있는 커다란 남자가 사복 차림일지라도 직업을 쉽게 알 수 있었다. 그 사람의 조끼에 있는 금빛 방패 배지를 보지 않고도 말이다. 조금 더 작지만, 똑같이 거만한 얼굴의 남자가 그와 함께 있었다.

코번이 문을 열고 점잖게 물었다. "무슨 일로 오셨나요?"

덩치 큰 남자가 안으로 들어오려 했다. 코번은 그 자리에서 꼼짝도 안 했다.

"내가 무슨 일이냐고 물었잖아요."

"눈치가 빠른 사람이네, 그렇지? 경찰본부에서 왔소. 당신이 헉슬리야?"

"아뇨."

"코번?" 코번이 고개를 끄덕였다.

"당신도 가야 돼. 당신 뒤에 있는 저 사람이 헉슬리인가? 당신들 둘 다 집에서 나온 거야? 밤새 여기에 있었나?"

"아뇨." 코번이 차갑게 대답했다. "당신이 상관한 일은 아니오."

"그건 내가 결정할 문제고. 당신들 두 사람과 이야기를 좀 하고 싶소. 난 사기 전담반에서 나왔어. 어제 기자들에게 무슨 장난을 친 거요?"

"당신이 이야기하는 그런 장난은 안 쳤어. 오늘 정오에 퍼싱 광장에 와서, 당신 눈으로 직접 봐."

"이봐, 친구. 당신들은 오늘 퍼싱 광장에서 아무것도 하지 못할 거야."

"왜 못 하는데?"

"공원 관리위원회의 명령이야."

"무슨 권리로?"

"뭐라고?"

"그 사람들이 무슨 법이나 규정으로 공적인 장소를 평화롭게 이용하려는 사적인 시민의 권리를 부정하는 건데? 당신과 같이 온 사람은 누구야?"

작은 사람이 자신을 소개했다. "내 이름은 퍼거슨이에요. 지방 검찰청에서 나왔습니다. 당신의 친구 헉슬리를 명예훼손 혐의로 조사하고 싶습니다. 당신들 두 사람의 증언도 필요해요."

코번의 눈길이 더욱 차가워졌다. "당신들 두 사람." 그가 은근히 무시하는 말투로 질문했다. "영장은 가져왔나?"

두 사람이 서로를 쳐다보며 대답을 못 했다. 코번이 계속 말했다. "그렇다면 이 대화를 계속해서 좋을 게 거의 없겠네. 그렇지?" 그리고 그들의 눈앞에서 문을 닫아버렸다.

코번이 친구들을 돌아보며 활짝 웃었다. "음, 저들이 더 가까이 접근했어. 신문에는 우리 이야기가 어떻게 실렸는지 보자."

그들은 기사를 하나밖에 못 찾았다. 그들이 제안했던 시연에 대한 이야기는 전혀 없었고, 헉슬리가 명예훼손을 저질렀다며 브린클리 박사가 비난했다는 기사였다. "난 중앙지가 그렇게 재미있는 기삿거리를 거부했다는 이야기를 들어본 적이 없어." 코번이 말했다. "브린클리의 명예훼손 고소는 어떻게 할 거야?"

"아무것도 안 할 거야." 헉슬리가 그에게 말했다. "한 번 더 명예훼손을 해주는 거 말고는 할 게 없어. 그 사람이 이런 식으로 밀어붙이면, 법정에서 우리의 주장을 증명할 아름다운 기회가 되겠지. 덕분에 기억이 났는데, 오늘 우리 계획은 방해를 받고 싶지 않아. 그 사냥개들이 머지않아 영장을 들고 돌아올 거야. 어디에 숨을까?"

코번의 제안으로, 그들은 오전에 시내 공공도서관에 숨어서 시간을 보냈다. 11시 55분, 그들은 택시를 잡아 퍼싱 광장으로 향했다.

그들이 택시에서 내리자마자 여섯 명의 건장한 경찰이 그들을 덮쳤다.

*

「코번, 헉슬리, 내가 얼마나 더 이 짓을 참아야 하는 거야?」

「진정해, 조앤. 화내지 마.」

「화 안 났어. 하지만 우리는 언제라도 도망칠 수 있는데, 왜 이렇게 잡혀 있어야 하는 거야?」

「바로 그거야. 우리는 언제라도 탈출할 수 있어. 우리는 한 번도 체포된 적이 없잖아. 어떻게 되는지 보자.」

그날 밤늦게 그들은 조앤의 벽난로 주변에 두런두런 모였다. 탈출은 전혀 어려움이 없었다. 그들은 유치장이 조용해지는 시간까지 기다렸다가, 돌로 만들어진 벽으로는 정신의 힘을 제어하는 데에 숙련된 사람을 가두어둘 수 없다는 사실을 증명했다.

코번이 말했다. "우리는 이제 계획을 짤 수 있을 정도로 충분히 정보를 모은 것 같아."

"어떤 계획?"

"네가 말해봐."

"알았어. 우리는 섀스타산에서 내려올 때 어리석음과 무지, 그리고 일반적인 인간들의 고집과 괴팍한 성미만 극복하면 될 거라고 생각했어. 이제는 그 당시보다 잘 알게 되었어. 일반인들의 손에 고대 지식의 핵심을 건네주려 시도할 때마다 그걸 막고, 그 시도를 한 사람을 파괴해서 불구로 만들려는 완강하고 조직적인 활동과 맞닥뜨렸어."

"그보다 더 심해." 코번이 보완했다. "유치장에서 시간을 보내고 있을 때 내가 도시를 살펴봤어. 지방 검사가 왜 우리에게 그렇게 관심을 가졌는지 궁금해서 그 사람의 마음을 들여다봤어. 내가 발견한 건 그 검사의 상관이 관심을 가진다는 사실이었어. 그래서 그 사람의 마음도 들여다봤지. 그 머리에서 찾아낸 게 너무 흥미로워서 수도로 달려가 거기서 무슨 일이 진행되고 있는 건지 살펴볼 수밖에 없었어. 수도에서는 맨해튼과 금융가로 이어졌어. 믿을지 모르겠지만, 거기에서 사회에서 가장 신성하게 대접받는 사람들을 살펴보게 됐어. 성직자, 사교계 여성, 기업가 같은 사람들 말이야." 코번이 잠시 말을 멈췄다.

"음, 그래서 어떻게 됐는데? 어중이떠중이 빼고는 다들 딴생각을 하고 있더라는 이야기는 하지 말아줘. 난 신경쇠약에 걸려서 울어버릴 거야."

"아냐. 그게 이상한 부분이야. 이 거물들은 거의 대부분 좋은 사람들이고, 네가 알고 싶어 할 만한 사람들이었어. 그런데 대부분이, 전부는 아니고 대부분의 좋은 사람들이, 자신들이 믿고 있는 누군가의 지배를 받았어. 그들이 그 자리까지 올라가도록 도와주었던 사람이었어. 그런데 이 지배자들은 좋게 말해서 착한 사람들은 아니었어. 그들의 마음속을 모두 들여다볼 수는 없었어. 하지만 내가 들어갈 수 있었던 마음에서는, 헉슬리가 브린클리의 머릿속에서 발견했던 것과 똑같은 걸 발견했어. 사람들을 무지한 상태로 두어야 자기들이 힘을 유지할 수 있다는 차갑고 계산적인 인식 말이야."

조앤이 몸을 떨었다. "코번, 아름다운 이야기를 해줘서 고마워. 정말 잠자리에 딱 어울리는 이야기네. 이제 우리가 뭘 해야 하지?"

"네 제안은 뭐야?"

"나? 난 어떤 결론도 내리지 않았어. 어쩌면 우리는 이 거친 녀석들을 한 번에 한 명씩 싸워서 해치워야 할지도 몰라."

"헉슬리, 네 생각은 어때?"

"더 나은 제안을 하지는 못하겠어. 그렇더라도 우리는 현명한 작전을 세워야 해."

“그렇군. 나한테 계획이 있어.”

“들어보자.”

“우리가 감당할 수 있는 수준 이상의 일에 무턱대고 달려들었다는 사실을 인정하고, 섀스타산으로 돌아가 도움을 요청하자.”

“이런, 코번!” 조앤의 실망한 목소리가 헉슬리의 불만스러운 얼굴과 어울렸다.

코번은 고집스럽게 계속 말했다. “물론, 나도 비굴해 보인다는 거 알아. 하지만 자존심을 세우기에는 그 대가가 너무 커. 그리고 그 일은 너무….” 코번이 조앤의 표정을 알아채고 말을 멈췄다. “무슨 일이야?”

“우리는 빨리 결정해야 해. 경찰차가 방금 집 앞에 멈췄어.”

코번이 헉슬리를 돌아봤다. “어떻게 할까? 남아서 싸우거나 돌아가서 지원을 받거나 둘 중 하나야.”

“그래, 네 말이 맞아. 난 브린클리의 마음속을 들여다봤을 때부터 알고 있었어. 하지만 그걸 인정하기 싫었던 거야.”

세 사람은 집 뒤쪽의 작은 안뜰로 걸어나갔다. 손에 손을 잡고 하늘로 곧장 솟아올랐다.

11장

"어린아이가 그들을 몰고 다니리라"*

"어서들 오너라!" 세 사람이 착륙하자 에브라임 장로가 그들을 맞았다. "너희가 돌아와서 기쁘구나." 장로가 그들을 자신의 숙소로 안내했다. "내가 불을 좀 피울 동안 쉬고 있거라." 그가 소나무 조각을 넓은 벽난로 속으로 휙 던져 넣었다. 그리고 낡고 편안한 흔들의자를 끌어와서 난롯불과 손님들을 마주 보는 자리에 놓고 앉았다. "자, 이제 나한테 모두 말해주렴. 아니, 다른 사람들과 교신 상태는 아니야. 너희가 준비되었을 때 평의회에 상세히 보고하면 돼."

"저희에게 일어난 일들을 이미 전부 알고 계시지 않나요, 장로님?" 헉슬리가 장로를 똑바로 바라보며 말했다.

"아니, 난 정말로 몰라. 우리는 너희 나름의 방식으로 열심히 하도록 놔뒀어. 너희가 다치는 일이 없도록 링이 계속 살펴보긴 했지만 말이야. 링은 나한테 전혀 보고하지 않았단다."

"알겠습니다." 세 사람은 교대로 자신에게 일어난 일을 장로에게 말해

* 성경 〈이사야〉 11장 6절

줬다. 때때로 그들은 장로가 세 사람의 정신을 읽어서 자신들이 참여했던 사건을 직접 볼 수 있도록 제공하기도 했다.

그들이 이야기를 마치자, 에브라임 장로가 묘한 미소를 지으며 질문했다. "그래서 너희는 다시 평의회의 관점으로 돌아온 모양이구나."

"아닙니다!" 그에게 대답한 사람은 헉슬리였다. "저희는 여기를 떠날 당시보다 단호하고 즉각적인 행동이 필요하다고 더욱 확신하게 되었어요. 하지만 또한 저희의 힘만으로 그 문제를 다룰 수 있을 정도로 저희가 현명하지 않고, 강하지도 않다고 확신합니다. 저희는 도움을 요청하러 돌아왔어요. 그리고 준비가 된 이들만 가르치는 평의회의 정책을 중단하자고 촉구할 겁니다. 대신 밖으로 뻗어 나가 여러분의 가르침을 받아들일 수 있는, 가능한 한 많은 사람을 가르쳐야 해요.

아시겠지만, 우리의 적들은 기다려주지 않아요. 그들은 언제나 활동 중이었어요. 그들은 아시아에서 승리했고, 유럽에서 우세한 위치를 차지했습니다. 여기 미국에서도 아마 이기겠죠. 우리가 기회를 기다리는 동안 말이에요."

"그 문제를 다루기 위해 제안할 방법이 있느냐?"

"아뇨. 그래서 저희가 돌아온 거예요. 저희가 아는 것들을 다른 이들에게 가르치려다 막혔거든요."

"어려운 문제지." 에브라임 장로가 동의했다. "나도 꽤 오랜 시간 동안 너희와 같은 의견이었어. 하지만 쉬운 일이 아니야. 우리가 전해야 하는 가르침은 인쇄해서 책으로 만들 수 없고, 전파로 방송을 할 수도 없어. 그 지식을 받을 준비가 된 마음을 찾을 때마다 반드시 정신에서 정신으로 직접 전달되어야 해."

그들은 해결책을 찾지 못한 채 대화를 마쳤다. 에브라임 장로는 그들에게 걱정하지 말라고 했다. "계속해." 그가 말했다. "그리고 몇 주 정도 명상과 교신으로 시간을 보내봐. 가능성이 있는 계획이 떠오르거든 가져와. 그러면 평의회를 불러 모아서 함께 검토해보자."

"그렇지만 장로님." 조앤이 세 사람을 대표해서 대꾸했다. "아시겠지만…. 음, 저희는 평의회의 조언을 받아 계획을 만들기를 바랐습니다. 저희는 어디서부터 시작해야 할지 모르겠어요. 그렇지 않았다면 돌아오지 않았을 거예요."

장로가 고개를 저었다. "너희는 이 단체에서 가장 신참이고, 가장 젊고, 가장 경험이 적어. 그건 장애가 아니라, 너희의 장점이야. 너희가 이 생애에서 오랜 기간을 영겁의 세월이나 인류에 관해 고민하며 보내지 않았다는 바로 그 사실이 너희에게 유리한 지점이야. 너무 폭넓은 관점, 너무 철학적인 견해는 의지를 마비시키지. 난 너희 셋이 다른 이들과 떨어져서 그 문제를 고민하길 바란다."

*

세 사람은 요청받은 대로 했다. 그들은 여러 주일 동안 그 문제를 토론했다. 각각의 마음으로 교신하고, 말로 하는 대화로 다시 이야기하고, 그 결과를 숙고했다. 그들은 정신으로 나라를 누비고 다니며 정치적·사회적 행동 뒤에 놓여 있는 인간의 내면을 살펴봤다. 자료실의 도움을 받아, 미국에서 자유로운 생각과 행동이 위협받았던 과거에 숙련자 동료들이 중재했던 기법을 배웠다. 세 사람은 수십 가지의 계획을 제안하고 폐기했다.

"우리는 정치계로 들어가야 해." 헉슬리가 다른 두 사람에게 말했다. "과거에 우리 형제들이 했던 것처럼 말이야. 만일 우리 원로 중에서 '교육부 장관'에 임명된 사람이 있다면, 그 사람은 자유로운 생각이 실제로 효력을 발휘하는 국립 학술원을 설립할 수 있을 거야. 그러면 그곳은 고대 지식을 확산시킬 수 있는 원천이 될 수 있어."

조앤이 반대했다.

"네가 선거에서 지면 어떡할래?"

"응?"

"우리 사람을 전당대회의 대의원으로 만들어서 후보로 지명받도록 하고, 온갖 정치 조직, 압력 단체, 신문사, 인기 있는 정치가 기타 등등, 기타 등등을 물리치고 당선시키는 건 숙련자들이 가진 특별한 능력을 전부 가지고 있어도 엄청나게 힘든 일이야.

그리고 이것도 잊지 마. 반대편은 원하는 대로 더럽게 싸울 수 있지만, 우리는 공정하게 싸워야 해. 안 그러면 우리의 목표를 헛되게 만드는 거니까."

코번이 고개를 끄덕였다. "유감이지만 조앤의 말이 맞아, 헉슬리. 하지만 너도 한 가지에서는 완벽하게 옳아. 이건 교육 문제야." 그는 명상하기 위해 말을 멈추고, 자신의 마음을 내부로 돌렸다.

이윽고 코번이 말을 이었다. "이 일을 바로 그 목표에서부터 시작하면 어떨까? 우리는 이미 사고방식이 굳어진 성인을 재교육하려는 생각을 하고 있었잖아. 어린아이들은 어떨까? 아이들은 생각이 굳지 않았으니까, 가르치는 게 쉽지 않을까?"

조앤이 똑바로 앉으며 눈빛이 밝아졌다. "코번, 바로 그거야!"

헉슬리가 완강하게 고개를 저었다. "아니야. 찬물을 끼얹기는 싫지만, 그걸 시작할 방법이 없어. 아이들은 언제나 어른들의 보살핌을 받잖아. 우리는 아이들에게 접근할 수 없어. 네가 들키지 않고 지역 교육위원회를 통과할 수 있을 거라고는 생각지도 마. 지역 교육위원회는 정치 체계 전체에서 가장 엄격한 소규모 과두 정치체야."

그들은 섀스타산의 낮은 경사면에 있는 소나무들 사이에 앉아 있었다. 아래쪽에서 작은 규모의 사람들의 모습이 눈에 들어왔다. 세 사람이 쉬고 있는 곳을 향해 그들이 서서히 올라왔다. 세 사람은 그들이 목소리를 들을 수 없는 곳으로 벗어날 때까지 대화를 멈췄다. 셋은 평상시처럼 친근한 눈빛으로 그들을 바라봤다.

그 집단은 열 살에서 열다섯 살가량의 소년들이었다. 다만 통솔자는 어린 참가자들의 안전과 안녕을 책임지는 사람에게 걸맞은 엄격한 위엄을 갖추고, 그런 생활로 16년을 보낸 사람이었다. 소년들은 모두 황갈색의 반바지와 셔츠, 전투모, 목수건을 했는데, 목수건에는 침엽수 그림과 '고산 순찰대, 1분대'라는 표지가 수놓아져 있었다. 아이들은 각자 등산용 지팡이를 들고 배낭을 멨다.

행렬이 어른들 옆을 지날 때, 순찰대 통솔자가 그들에게 손을 흔들어 인사했다. 그의 소매에 달린 공로배지가 햇빛을 받아 반짝였다. 세 사람도 손을 흔들고, 경사로를 터덜터덜 걸어가며 멀어져가는 그들을 바라봤다.

헉슬리가 아이들을 멍한 눈빛으로 쳐다봤다. "저때가 좋았었는데…. 난 재네들이 부러워."

"너도 저런 걸 했어?" 아직도 아이들에게서 눈을 떼지 않은 코번이 물었다. "난 응급처치로 공로배지를 탔던 날에 얼마나 자랑스러워했었는지 기억나."

"넌 타고난 의사구나, 코번." 조앤이 엄마 같은 눈길로 바라보며 말했다. "나는 안… 이것 봐!"

"무슨 일이야?"

"헉슬리! 그래, 저거야! 저게 부모와 교육위원회를 피해서 아이들을 만날 수 있는 방법이라고!"

조앤이 곧장 텔레파시로 접속해서, 흥분한 상태로 그들의 마음속으로 자기 생각을 쏟아냈다. 그들은 교신 상태를 유지하며 세부적인 사항을 다듬었다. 잠시 후 코번이 고개를 끄덕이며 큰 소리로 말했다.

"될 거 같아. 돌아가서 에브라임 장로님께 말해보자."

*

"몰턴 의원님, 이 친구들이 제가 이야기했던 젊은이들입니다." 조앤은 거의 경외감에 잠긴 눈빛으로 키가 작은 백발노인의 얼굴을 바라봤다. 몰턴이라는 그의 이름은 '청렴한 정치인'과 동의어나 마찬가지였다. 조앤은 링 사부에게서 배웠던, 두 손을 가운데로 모으고 절을 하고 싶은 충동을 느꼈다. 그녀는 코번과 헉슬리가 얼빠지고 미숙하게 보이지 않으려 애쓰고 있다는 사실을 알아챘다.

에브라임 장로가 계속 말했다. "이들의 계획을 살펴봤는데, 내 생각엔 현실적인 계획이었습니다. 당신도 같은 생각이라면, 평의회에서 이 계획을 진행할 겁니다. 하지만 이 계획은 많은 부분이 당신에게 달렸습니다."

몰턴 상원의원이 미소로 그들을 맞이했다. 두 세대에 걸친 강경한 정치인들의 마음을 녹였던 그 미소였다. "그 계획을 이야기해주세요." 그가 요청했다.

그들이 요청대로 했다. 웨스턴 대학에서 어떻게 시도했고 실패했는지, 그 과정에서 어떻게 머리를 짜냈는지, 산에 올라가는 소년들에게서 어떻게 영감을 받았는지 이야기했다. "의원님, 아시겠지만, 우리가 한꺼번에 여기로 아이들을 충분히 모을 수 있다면, 아이들은 너무 어려서 환경에 의해 타락하지 않았으므로, 인간의 존엄성, 귀중함, 자립심, 친절함 같은 고대의 이상을 충분히 교육하면, 이 모든 것들이 아이들에게 규범으로 자리 잡게 될 겁니다. 저희가 한꺼번에 여기로 5천 명이라도 모을 수 있다면, 아이들에게 텔레파시를 훈련시킬 수 있고, 다른 친구들에게 텔레파시를 알려주는 방법을 가르칠 수 있습니다.

아이들을 가르친 뒤에 가정으로 돌려보내면, 각 아이는 지식을 퍼뜨리는 중추가 될 겁니다. 적들은 결코 그걸 막지 못할 겁니다. 너무도 넓게 퍼져 유행이 될 테니까요. 몇 년 안에 전국의 모든 아이가 텔레파시를 하게 될 테고, 그 아이들이 어른들까지 가르칠 겁니다. 너무 굳어서 배울 수 없을 정도로 자라지 않은 사람들 말이에요.

그래서 일단 텔레파시를 할 수 있는 존재가 되면, 저희는 그 사람들을 고대 지혜의 길로 이끌고 갈 수 있어요!"

몰턴 의원이 고개를 끄덕이며 혼잣말을 했다. "그래. 정말 그렇네. 가능하겠어. 운이 좋게도, 섀스타산은 국립공원이지. 자, 보자. 그 위원회에 누가 있더라…. 양원 공동 결의 사항이겠네. 그리고 세출 승인이 조금 필요하겠어. 에브라임 장로님, 유감이지만 이걸 해내려면 다른 의원과 조금 짬짜미를 해야 할 것 같은데, 저를 용서해주시겠습니까?"

에브라임 장로가 활짝 웃었다.

"아, 농담이 아니에요." 몰턴 의원이 계속 말했다. "사람들은 정치적 편법에 아주 냉소적이고, 몹시 냉혹합니다. 우리 형제들도 그래요. 자, 보죠. 이건 약 2년 정도 걸리겠어요. 내 생각에는 첫 야영대회가 열리기 전에…."

"그렇게 오래 걸리나요?" 조앤이 낙담한 목소리로 물었다.

"아, 그럼요. 두 가지 법안이 의회를 거쳐야 하는데, 본격적인 의회 일정에 맞춰 그 법들을 통과시키려면 많은 준비가 필요해요. 아이들이 참여할 수 있도록 만들기 위해서는, 철도와 버스 회사들이 아이들에게 특별한 요금제를 실시하도록 합의를 해야 합니다. 우리는 그 생각을 대중들에게 알리기 위한 홍보 활동도 시작해야 해요. 그런 후 야영대회 집행부에 숙련자들을 넉넉하게 배치하기 위해서는, 우리 회원들을 그 조직의 행정부서에 가능한 한 많이 집어넣을 시간도 필요하죠. 다행히, 내가 그 조직의 국책 담당자가 될 거예요. 그래요, 내가 2년 안에 해낼 수 있어요. 장담합니다."

"맙소사!" 헉슬리가 항의했다. "아이들을 여기로 순간이동시킨 후에 가르치고, 다시 순간이동으로 돌려보내는 게 더 낫지 않을까요?"

"당신은 지금 자신이 무슨 이야기를 하는지 모르는 것 같군요. 무력을 사용해서 무력을 없앨 수 있을까요? 각 단계는 반드시 자발적인 참여로 이루어져야 하고, 논리와 설득으로 수행해야 합니다. 각 인간은 반드시 스스로 자유로워져야 합니다. 자유는 강요할 수 있는 게 아니에요. 게다가, 대홍수 이래로 지금껏 기다려온 일을 해내기 위해 기다리는 2년이 그렇게 긴 시간일까요?"

"죄송합니다, 의원님."

"사과할 필요 없어요. 여러분의 젊은이다운 조급함 덕분에 이 일을 할 수 있게 되었잖아요."

12장

너희는 진리를 알게 될 것이며*

매클라우드에 가까운 섀스타산의 낮은 언덕에 야영장이 서서히 건설되었다. 마지막 봄눈이 깊은 계곡과 산등성이의 북사면에 아직 숨어 있을 때, 지난가을 미군 공병들이 건설해놓은 도로 위로 미군 병참 트럭들이 느릿느릿 움직였다. 피라미드형 텐트들이 쏟아져 나와 완만하게 경사진 산봉우리 한가운데에 줄지어 세워졌다. 간이 취사장과 의무실, 본부 건물들이 모양을 갖췄다. 마크 트웨인 야영장이 청사진에서 현실로 바뀌어갔다.

몰턴 상원의원은 관복을 벗어두고, 승마용 바지에 각반을 차고, 황갈색 셔츠와 '야영장 감독관'이라고 적힌 모자를 쓴 모습으로 현장을 돌아다니며 격려하고, 조수들을 위해 결정을 내렸다. 그리고 어떤 목적으로든 야영장에 들어오거나 근처에 온 모든 사람의 마음을 계속 뒤졌다. 의심되는 사람은 없는가? 혹시 야영장의 진정한 목적에 반대하는 소수의 숙련자들과 관련된 사람이 몰래 숨어들지는 않았는가? 이제는 무엇이 되었든 숨어들도록 놔두기에는 너무 늦었다. 이제는 너무 많은 게 여기에 달렸다.

* 성경 〈요한복음〉 8장 32절

미국의 중서부에서, 최남단 지역에서, 뉴욕과 뉴잉글랜드에서, 산에서, 해안에서 아이들이 여행 가방을 싸고, 섀스타산 야영장 특별 왕복표를 사고, 부러워하는 친구들에게 야영장에 대한 이야기를 했다.

그리고 전국에서 인간의 자유와 인간의 존엄성에 대한 적대자들, 즉 협잡꾼과 비뚤어진 정치인, 사기꾼, 사이비 종교 교주들, 저임금 노동 착취 공장의 주인들, 옹졸한 권위주의자들, 인간의 불행과 인간의 억압을 거래하는 놈들 중 핵심 세력들, 정신을 다루는 기술에 어느 정도 숙달하고 자유로운 지식의 위험을 민감하게 인식하는 자들, 이 모든 불경스러운 종자들이 불안하게 휘젓고 다니며 무슨 일이 일어나고 있는지 궁금해했다. 몰턴 의원은 그들과 악감정 외에는 어떤 관계도 없었다. 섀스타산은 그들이 결코 접근할 수 없는 곳이었다. 그들은 이 장소의 이름 자체를 증오했다. 그들은 옛날이야기들을 떠올리고, 치를 떨었다.

그들은 무서워 벌벌 떨었지만, 행동에 나섰다.

선택된 아이들이 가득한 대륙횡단 특별 버스. 혹시 운전사가 타락한 사람일까? 혹시 운전사가 정신을 강탈당했을까? 혹시 타이어나 엔진이 손상되었을까? 젊은이들이 가득한 기차들. 혹시 스위치가 파괴되었을까? 혹시 음료수가 오염되었을까?

다른 눈들이 지켜봤다. 열차 한 량에 가득한 아이들이 서쪽으로 이동했다. 숙련자가 적어도 한 명 이상 배치되어, 열차 안에 타거나 그 위를 날며 감각 능력으로 주변 지역을 감싼 채 수 킬로미터 내에 존재하는 모든 마음의 동기를 확인하면서 그 아이들을 섀스타산까지 안전하게 도착하도록 지켜보는 걸 유일한 임무로 삼았다.

인간의 자유에 대한 적대자들이 평정을 잃지 않고, 의심하지 않고, 체계적으로 움직였다면, 아마도 그 소년들 중 몇몇은 결코 그곳에 도착하지 못했을 것이었다. 악덕은 그런 결점 때문에 진정으로 지적일 수 없었다. 악덕의 진정한 동기는 그 약함이다. 아이들이 섀스타산에 닿지 못하게 하려던 시도들은 지리멸렬하게 실패했다. 숙련자들은 일단 공세를 잡자 적들보다 빠르게 움직였으며 이성적으로 사고했다.

야영장에 들어가면 단단한 장막이 섀스타산 전체를 둘러쌌다. 몰턴 의원은 숙련자들에게 밤낮으로 순찰하며, 모든 감각을 총동원해서 비열하거나 악의적인 영혼을 감시하라고 지시했다. 야영장 그 자체도 정화되었다. 지도교사 두 명과 스무 명 남짓한 아이들을 집으로 돌려보냈다. 검사 결과 그들의 영혼이 손상된 것으로 나타났기 때문이었다. 아이들에게는 영혼의 손상에 대해 말하지 않고, 필요한 행동에 대한 그럴듯한 핑계를 댔다.

야영장은 겉으로 볼 때 수많은 다른 야영장과 흡사했다. 산악 생존기술 과정은 똑같았다. 진급 축하식에서도 다른 야영장처럼 후보자들을 검열했다. 저녁에는 캠프파이어에 둘러앉아 평범한 노래를 불렀다. 아침 식사 전에도 똑같이 체력단련 운동을 했다. 선서와 조직의 규칙에 대해서는 약간 더 강조했지만, 눈에 띌 정도는 아니었다.

모든 아이는 야영 도중에 적어도 한 번은 야간 산행을 했다. 아침에 열다섯 명이나 스무 명씩 무리를 지어 지도교사 한 명과 출발했다. 그 산행을 감독하는 각 지도교사는 겉으로 드러나지 않았지만, 숙련자로 배치되었다. 각 아이는 둘둘 만 담요, 휴대식량을 담은 배낭, 수통, 칼, 나침반, 손도끼를 가지고 갔다.

아이들은 그날 밤 산악 빙하에서 내려오는 개울의 둑 위에 텐트를 쳤다. 아이들이 저녁을 먹을 때 시냇물 소리가 그들의 귓전을 때렸다.

헉슬리는 야영장이 열린 첫 주의 어느 날 그런 아이들과 함께 출발했다. 그는 일반 관광객들의 출몰을 피하려 동쪽에 있는 산으로 갔다.

저녁식사 후, 그들은 캠프파이어 주위에 둘러앉았다. 헉슬리는 아이들에게 동양의 성인들과 그들의 유명한 힘에 관해 이야기해줬다. 그리고 성 프란치스코 수사와 새들에 대한 이야기도 해줬다.* 그가 한참 이야기를

* 12세기에 활동한 가톨릭 수사로 프란치스코회의 창설자. 새들에게 설교할 때 한 마리도 날아가지 않고 그의 설교를 들었다는 일화가 유명하다.

하고 있을 때, 캠프파이어 불이 비치는 원 안에서 어떤 형체가 나타났다.

혹은 형체들이라고 할 수도 있었다. 아이들이 데이비 크로켓*처럼 차려입은 노인을 쳐다봤다. 노인은 양쪽에 짐승을 데리고 있었다. 그의 왼편에 있는 퓨마는 불을 보더니 가르릉거렸다. 그의 오른편에 점이 세 개 찍힌 사슴은 부드러운 갈색 눈으로 아이들을 차분하게 응시했다.

몇몇 아이들이 처음에 깜짝 놀랐지만, 헉슬리가 그들을 조용히 시키며, 원을 넓혀 낯선 이들을 위한 공간을 만들어주라고 했다. 아이들은 한동안 얌전히 침묵을 지키며 앉아 있었다. 그러는 사이 아이들이 동물들의 존재에 익숙해졌다. 이윽고 한 소년이 소심하게 큰 고양잇과 동물을 쓰다듬자, 퓨마는 몸을 굴려 부드러운 배를 내미는 것으로 응답했다. 그 아이가 눈을 들어 노인에게 물었다.

"얘는 이름이 뭔가요, 할아버지…?"

"내 이름은 에브라임이야. 퓨마의 이름은 자유란다."

"이런, 그런데 자유는 온순해요! 어떻게 이렇게 온순하게 만들었어요?"

"자유는 내 생각을 읽고 나를 믿는단다. 대부분의 동물은 친근해. 그 동물들이 너를 알게 되면 말이야. 그리고 대부분의 사람들도 그렇지."

아이가 잠시 어리둥절한 표정을 지었다. "자유가 어떻게 할아버지의 생각을 읽을 수 있어요?"

"그건 간단해. 너도 자유의 생각을 읽을 수 있단다. 어떻게 하는지 배워보겠니?"

"정말요!"

"잠깐 내 눈을 들여다보아라. 자! 이제 자유의 눈을 봐."

"이런… 이런… 정말로 할 수 있을 것 같아요!"

「물론, 넌 할 수 있단다. 그리고 내 생각도 읽을 수 있지. 난 지금 입으로 말하는 게 아니야. 알아챘니?」

* 1836년 미국의 알라모 전투에서 전사한 군인이자 정치가

「맙소사, 정말로 그러네요. 제가 할아버지의 생각을 읽고 있어요!」

「그리고 난 네 생각을 읽고 있지. 쉬워, 그렇지 않니?」

헉슬리의 도움을 받아, 1시간이 채 되기 전에 에브라임 장로는 생각의 전달을 통해 아이들 모두와 대화를 할 수 있게 되었다. 그리고 아이들을 진정시키기 위해, 에브라임 장로는 1시간 더 아이들에게 이야기를 들려줬다. 그 이야기들은 그들의 교과과정에서 중요한 부분을 구성했다. 장로는 헉슬리를 도와 아이들을 재우고 떠났다. 동물들이 그의 뒤를 따랐다.

다음 날 아침 헉슬리는 어린 회의주의자들과 한꺼번에 마주했다. "저기요, 제가 할아버지와 퓨마와 사슴에 대한 꿈을 꾸었던 건가요?"

「그랬니?」

「선생님이 지금 텔레파시를 하고 있네요!」

「물론이지. 너도 하고 있잖아. 이제 다른 아이들과 텔레파시로 이야기해봐.」

아이들이 야영장으로 돌아가기 전에, 헉슬리는 아직 야간 산행을 가지 않은 아이들에게는 텔레파시에 대해 말하지 말고, 먼저 야간 산행을 다녀온 아이들에게 새로운 힘을 시험해보라고 조언했다.

*

한 아이가 아버지가 편찮으시다는 연락을 받고 집으로 돌아가야 할 때까지 모든 게 순조로웠다. 원로들은 그 아이의 마음에서 새로운 지식을 지우려 하지 않았다. 대신 조심스럽게 아이를 추적했다. 이윽고 아이가 다른 사람에게 말을 하자, 그 말은 거의 동시에 적들에게 닿았다. 에브라임 장로는 텔레파시 순찰대의 경계를 두 배로 올리라고 지시했다.

순찰대는 악의적인 사람들을 막아낼 수 있었지만, 모든 것들을 막아낼 수 있을 정도로 숫자가 넉넉하지는 못했다. 어느 날 밤늦은 시간에 야영장으로 바람이 불어오는 쪽의 숲에서 화재가 발생했다. 그 지점에 가까이 간 인간은 없었다. 염력이 사용된 게 틀림없었다.

그러나 먼 거리에서 물질을 통제해서 무언가 할 수 있다면, 되돌리는 것도 가능하다. 몰턴 의원은 의지로 화염을 몰아내고, 타오르려는 것을 용인하지 않았으며, 초자연적 기운을 멈추도록 명령했다.

*

한동안 적들이 아이들에게 육체적인 위해를 가하려던 시도가 중단된 것처럼 보였다. 그러나 그들은 포기하지 않았다. 헉슬리는 어린 소년이 자신이 있는 텐트로 즉시 와달라고 미친 듯이 말하는 전화를 받았다. 자기네 분대장이 매우 아프다는 이야기였다. 헉슬리가 살펴보니 분대장을 맡은 아이가 광적인 흥분 상태에서 자해하려는 것을 텐트 안의 다른 아이들이 붙잡고 있는 상황이었다. 분대장은 잭나이프로 자신의 목을 그으려 했는데, 다른 아이들이 팔을 붙잡자 미친 듯이 날뛰었다.

헉슬리는 재빨리 상황을 파악하고 코번을 불렀다.

「코번! 빨리 와. 네가 필요해.」

코번이 그 말을 따랐다. 그는 하늘을 가르고 날아와 텐트의 문을 그대로 통과했다. 헉슬리가 분대장을 간이침대에 누이고, 강제로 최면을 걸기 시작하기 직전이었다. 텐트 안에 있던 아이들은 분대장 때문에 놀라서 코번이 날아와 지도교사 옆에 아무렇지도 않게 서 있다는 사실을 알아챌 여유가 없었다.

코번은 아이들의 교신을 차단하고, 헉슬리에게 빈틈이 없는 교신망을 통해 물었다. 「무슨 일이야?」

「놈들이 이 아이에게 영향을 미쳐서… 거의 죽일 뻔했어.」

「어떻게?」

「아이의 마음을 괴롭혀서 자살을 시도하게 만들었어. 하지만 내가 접속을 역추적했어. 누가 이 아이를 이렇게 만들려고 했는지 알아? 브린클리 총장이야!」

「설마!」

「확실해. 네가 여기를 맡아. 난 브린클리를 뒤쫓을게. 장로님에게는 텔레파시에 민감하도록 훈련을 받은 아이들을 잘 살펴보라고 말해줘. 아이들에게 스스로 방어하는 방법을 가르쳐주기 전에 놈들이 덤벼들까 봐 걱정돼.」 그 말과 동시에 헉슬리가 떠났다. 아이들은 공중 부양을 반쯤 믿게 되었다.

✶

헉슬리가 그리 멀지 않은 곳에서 아직 속도를 올리고 있을 때, 머릿속으로 반가운 목소리가 들렸다.

「헉슬리! 헉슬리! 기다려.」

헉슬리가 잠깐 속도를 늦췄다. 그의 곁에 작은 형체가 갑자기 나타나 그의 손을 잡았다. "내가 너희 둘과 계속 연결을 유지해서 다행이야. 나를 빼놓고 그 더러운 늙은이 개자식과 싸우러 가려는 거야?"

헉슬리는 자존심을 내세웠다. "네가 이 일을 함께하는 게 좋겠다고 생각했다면 널 불렀을 거야, 조앤."

"허튼소리! 말도 안 돼! 네가 그 사람과 혼자 싸우다간 다쳐. 내가 그 인간을 타르 웅덩이에 쑤셔 넣을 거야."

헉슬리가 한숨을 쉬며 포기했다. "조앤, 이 녀석아, 넌 피에 굶주린 못된 여자라서 영원한 지복에 이르려면 만 번은 환생해야겠다."

"난 지복에 이르고 싶지 않아. 그 늙은 브린클리를 죽이고 싶어."

"그럼, 따라와. 속도를 좀 내자."

두 사람은 이제 테하차피 남쪽을 지나며 빠르게 로스앤젤레스로 다가갔다. 그들은 시에라마드레산맥을 넘어, 산페르난도계곡을 쏜살같이 가로지르고, 할리우드산 정상을 질주해서, 웨스턴 대학 총장 관사의 잔디밭에 착륙했다. 브린클리는 그들이 다가오는 것을 보거나 느끼고 도망치려 했다. 하지만 헉슬리가 그를 잡아챘다.

헉슬리가 조앤에게 생각을 날렸다. 「넌 내가 도움을 요청할 때까지 이 싸움에서 물러나 있어.」

브린클리는 쉽게 항복하지 않았다. 그가 마음의 손을 뻗어 헉슬리의 마음을 사로잡으려 했다. 헉슬리는 사악한 맹공격에 밀려 자신이 발을 헛디디는 게 느껴졌다. 마치 밑으로 끌려 내려가 더러운 모래 속에 빠져 죽는 듯한 느낌이 들었다.

그러나 헉슬리는 몸을 가누고 반격했다.

✳

헉슬리는 브린클리에게 당장 필요한 조치를 끝낸 후 일어나, 마치 달라붙어 있던 영적인 점액질을 씻어내듯 손을 닦았다. "자, 출발하자." 헉슬리가 조앤에게 말했다. "시간이 없어."

"헉슬리, 저놈에게 어떻게 한 거야?" 조앤이 땅바닥에 있는 놈을 역겨운 표정으로 뚫어져라 쳐다보며 물었다.

"그럭저럭, 저놈을 꼼짝 못 하게 만들었어. 아직 쓸모가 있어서 당분간 살려둘 수밖에 없어. 위로 올라가, 조앤. 들키기 전에 여기에서 빠져나가자."

두 사람이 위로 솟아오르자, 억센 염력으로 묶인 브린클리의 몸뚱이가 그들 뒤에서 미끄러지듯 따라갔다. 그들은 구름 위에서 멈췄다. 브린클리는 그들 옆에 둥둥 떠 있는데, 안구가 터져 눈이 움푹 들어가고, 입이 헤벌레 벌어졌으며, 반들반들한 분홍색 얼굴에는 표정이 없었다. 「코번!」 헉슬리가 생각을 보냈다. 「에브라임 장로님! 앰브로즈 씨! 저한테 오세요! 빨리요! 빨리!」

「갈게, 헉슬리!」 코번이 대답했다.

「들었다.」 강하고 차분한 생각에서는 장로의 자질이 드러났다. 「얘야, 무슨 일이야? 말해봐.」

「시간이 없어요!」 헉슬리가 날카롭게 말했다. 「장로님과 가능한 다른 모든 사람들. 집합! 빨리!」

「우리도 간다.」 그 생각은 여전히 차분하고 서두르지 않았다. 그러나 몰턴 의원의 텐트 지붕에는 구멍 두 개가 너덜거렸다. 몰턴 의원과 에브라임 장로가 벌써 마크 트웨인 야영장의 시야 밖으로 벗어났다.

불을 지키던 소수의 숙련자들이 공기를 가르고 자르며 날아왔다. 그들은 8백 킬로미터 떨어진 북쪽에서 서둘러 집으로 돌아가는 경주용 비둘기처럼 날아왔다. 야영장 지도교사들, 야영장의 여성 감독관 중 3분의 2, 대륙에 흩어져 있는 소수가 헉슬리의 도움 요청과 에브라임 장로가 전례 없이 울린 경보를 듣고 왔다. 한 가정주부는 오븐의 불을 끄고 하늘 위로 사라졌다. 택시운전사는 택시를 세우고, 말도 없이 승객을 놔두고 떠나버렸다. 섀스타산에 있던 연구 모임은 그들의 단단한 교신을 깨고, 그들이 사랑하는 연구를 버려둔 채 왔다. 빠르게!

"자, 헉슬리?" 에브라임 장로가 총알처럼 날아오던 속도를 늦추고 헉슬리 옆에 서며 구두로 말했다.

헉슬리가 브린클리를 손으로 가리켰다. "저 사람은 지금 우리가 어디를 공격해야 하는지 알고 있어요! 링 사부님은 어디 계시나요?"

"링 사부와 드레이퍼 부인은 야영장을 지키고 있다."

"링 사부님의 도움이 필요해요. 야영장은 드레이퍼 부인이 혼자 지킬 수 없나요?"

캘리포니아주의 절반을 가로지른, 맑고 온화한 그녀의 목소리가 헉슬리의 머릿속에서 울렸다. 「할 수 있어!」

「거북이가 날아간다.」 두 번째 생각에는 누구도 헷갈릴 가능성이 없는 고대 중국인 특유의 불멸의 유쾌함이 담겨 있었다.

조앤은 누군가가 자신의 마음을 부드럽게 건드리는 게 느껴졌다. 곧이어 링 사부가 그들 가운데에 나타나, 허공 위에 조심스럽게 책상다리를 하고 앉았다. "나도 참석했다. 내 몸은 천천히 따라올 거야." 그가 구두로 말했다. "그럼 진행해도 되겠지?"

그때 조앤은 링 사부가 자신의 정신 능력을 빌려 공중 부양으로 먼 거리를 오는 것보다 빠르게 그들 사이에 투사했다는 사실을 알아챘다. 조앤은 이유 없이 우쭐한 기분이 들었다.

헉슬리가 즉시 시작했다. "제가 저 사람의 정신을 통해…." 그가 브린클리를 가리켰다. "다른 많은 사람에 대해 알게 됐는데, 전쟁을 멈출 수 없는 자들이었어요. 놈들이 저 사람에게 일어난 일을 알아채고 집결하기 전에, 우리가 놈들을 찾아내서 하나씩 처리해야 합니다. 하지만 도움이 필요해요. 링 사부님, 현재를 확장해서 저 사람을 조사해주실래요?"

링 사부는 그들에게 시간의 분별과 현재의 인식에 대해 가르쳐준 교사였다. 그는 한 걸음 떨어져서 영겁으로부터 지속된 시간을 인식하도록 가르쳤다. 그는 자신이 가르친 학생들보다 믿기 힘들 정도로 월등한 능력의 소유자였다.

링 사부는 파리의 날갯짓 한 번을 천 개의 불연속적인 순간으로 쪼갤 수 있었고, 천 년의 시간을 순식간에 경험하는 일처럼 파악할 수 있었다. 시간과 공간에 대한 링 사부의 분별력은 그의 신진대사율이나 신체 크기에 얽매이지 않았다.

지금 링 사부는 쓰레기통에서 잃어버린 보석을 찾는 사람처럼 브린클리의 두뇌를 신중하게 뒤졌다. 링 사부는 이 남자의 기억 형태를 더듬어, 그의 삶을 하나의 그림처럼 들여다보았다. 경외감에 잠겨 있던 조앤은, 언제나 변치 않는 미소를 보여주던 링 사부가 혐오감으로 얼굴을 찌푸리는 모습을 봤다. 링 사부의 마음은 지켜보려는 사람이라면 누구에게든 열려 있었다. 조앤은 그의 마음속을 들여다보다가 중단했다. 세상에 정말로 그렇게 사악한 영혼들이 존재한다면, 그녀로서는 필요한 경우 한 번에 한 명씩 상대하는 게 나을 것 같았다. 그들 모두를 한꺼번에 경험하고 싶은 생각은 없었다.

링 사부의 신체가 날아와 사람들과 합류하며, 앞서 투사되었던 그의 모습에 녹아들었다.

헉슬리와 에브라임 장로, 몰턴 의원, 앰브로즈는 그 중국인의 정교한 작업을 주의 깊게 따라갔다. 에브라임 장로의 얼굴은 으스스할 정도로 무표정했다. 중성적인 감수성을 가질 정도로 나이가 든 몰턴 의원은 그런 사악함이 못마땅한 듯 혀를 끌끌 차며 고개를 좌우로 흔들었다. 앰브로즈는 그 어느 때보다 마크 트웨인처럼 보였다. 무언짢은 분노에 사로잡힌 무자비한 마크 트웨인.

링 사부가 고개를 들었다. "그래요, 알겠어요." 몰턴 의원이 말했다. "에브라임 장로, 우리가 움직여야겠네요."

"우리에게는 다른 선택지가 없습니다." 헉슬리가 무의식적으로 지금까지의 관례를 무시하고 끼어들었다. "장로님, 임무를 배정해주세요."

에브라임이 그를 날카롭게 쳐다봤다. "아냐, 헉슬리. 아니야. 자네가 계속 진행해."

헉슬리는 놀라서 잠시 멈칫했다가 이내 자신의 역할을 맡았다. "링 사부님, 저를 도와주세요. 코번!"

"대기 중!"

헉슬리는 마음과 마음을 그물로 엮고, 링 사부에게 부탁해서 코번에게 상대할 적들과 필요한 자료를 보여주도록 했다. 「받았어? 더 필요한 거 있어?」

「스톤벤더 할아버지면 충분해.」

「좋았어. 재빨리 가서 처리해.」

「1승 추가해.」 코번이 떠났다. 그의 뒤를 쫓아 바람이 몰아쳤다.

「이번 건은 당신 거예요. 몰턴 의원님.」

「알아.」 그리고 몰턴 의원이 떠났다. 헉슬리는 한두 명씩 임무를 할당했다. 그들은 해야만 하는 일을 하러 떠났다. 헉슬리가 나서기 훨씬 전부터 그들 중 많은 이들이 행동할 날이 결국 오리라는 것을 알고 있었다. 하지만 시간이 그 씨앗을 부화시킬 때까지 차분히 당장 해야 할 일을 묵묵히 분주하게 해나가며 이날을 기다려왔다.

*

롱아일랜드에 있는 저택에서 창문이 없고 방음이 되며 화려하게 장식된 가구를 두른 은밀한 서재의 문을 꽉꽉 잠그고 다섯 사람이 모였다. 남자 셋, 여자 하나, 그리고 하나가 휠체어에 앉아있었다. 휠체어에 앉은 이가 증오에 찬 분노로 다른 네 명을 노려봤다. 매끈하고 널찍한 이마가 누르스름한 광대뼈까지 곧장 내려갔기 때문에 존재하지 않는 눈으로 노려보는 것이었다.

무릎담요로 휠체어의 안장을 느슨하게 감싸 덮었지만, 그 피조물에게 다리가 없다는 사실이 숨겨지지는 않았다.

그가 의자의 팔걸이를 움켜잡았다. "내가 너희 바보들을 위해 대신 생각을 전부 해줘야 하나?" 그가 상냥하고 부드러운 목소리로 물었다. "아서슨. 넌 몰턴이 섀스타산 법안을 상원에서 통과시키도록 내버려뒀어, 얼간아." 그는 사랑하는 사람을 쓰다듬듯 욕설을 했다.

아서슨이 의자에서 뒤척였다. "몰턴의 정신을 검사해봤는데, 그 법안은 해로울 게 없었어요. 그 법안은 미주리 밸리 건과 맞바꾼 겁니다. 제가 예전에 말씀드렸잖아요."

"네가 그 사람의 정신을 검사했다고? 흠…. 멍청한 자식. '섀스타산' 법안이잖아! 대체 너희 어리석은 멍청이들은 언제쯤이나 되어야 섀스타산에서 좋은 게 나온 적이 없었다는 사실을 깨달을 거야?" 그가 칭찬하듯 미소를 지으며 말했다.

"글쎄요, 제가 어떻게 알았겠어요. 그 산 가까운 곳에 야영장에 생기면 그들을 혼란스럽게 만들 수도 있다고 생각했죠."

"어리석은 멍청이야. 내가 너 같은 녀석은 더 이상 필요 없다고 판단하는 때가 올 거야." 그는 그 위협이 충분히 이해될 때까지 기다리지 않고 계속 말했다. "지금으로선 그 정도면 됐어. 우리는 그 피해를 만회하기 위해 움직여야 해. 지금은 그것들이 공세를 취한 거야. 애그니스…."

"네." 여자가 대답했다.

"네 설교가 더 강해져야겠어."

"저는 최선을 다했어요."

"그것으로는 충분하지 않아. 섀스타산 야영장이 여름에 방학에 들어가기 전에, 종교적인 히스테리를 일으켜 권리장전을 쓸어버려야 해. 우리는 그때가 되기 전에 빠르게 행동해야 해. 그리고 만연한 법치주의 때문에 방해받아선 안 돼."

"그럴 수 없어요."

"닥쳐. 그럴 수 있어. 너희 사원은 이번 주에 전국적인 텔레비전 네트워크에 사용할 기부금을 받을 거야. 적절한 때가 되면 넌 새로운 메시아를 발견하는 거야."

"누구요?"

"아르테미스 수도사."

"그 촌구석의 졸부요? 제가 이걸 어떻게 이해해야 하죠?"

"너에겐 따로 몫이 있을 거야. 그렇지만 넌 이 운동을 지휘할 수 없어. 이 나라는 여자에게 가장 높은 자리를 주지 않거든. 너희 둘이 워싱턴으로 가는 행진을 이끌고 장악해. '76의 아들들'이* 너희의 대오를 채우고 길거리 싸움을 전개할 거야. 윔스, 그게 네 일이야."

그 남자가 이의를 제기했다. "그 사람들을 세뇌하려면 석 달, 아니 넉 달은 걸릴걸요."

"너한테 3주를 줄게. 실패하지 않는 게 좋을 거야."

마지막의 세 번째 남자가 침묵을 깼다. "두목, 왜 그렇게 서두르는 건가요? 내 생각엔 두목이 애들 몇 명 때문에 공황 상태에 빠진 것 같아요."

"판단은 내가 한다. 이제 너는 워싱턴으로 행진할 때 이 나라를 묶어두기 위해 파업을 급속히 확산시켜야 해."

* 남북 전쟁 이후 존재했던 백인들의 운동 단체로서 KKK와 흡사하다.

"사고들이 좀 터져줘야 합니다."

"그렇게 될 거야. 넌 노조들이나 걱정해. 상인연합회는 내가 처리할 테니. 너는 내일 작은 파업 하나를 일으켜. 피켓을 꺼내 들면, 내가 네다섯 명을 총으로 쏠 거야. 선전도 준비될 거다. 애그니스, 넌 그 문제에 대해 설교를 해."

"어느 쪽 편을 들어줘야 하나요?"

그가 존재하지 않는 눈을 들어 천장을 바라봤다.

"내가 전부 다 생각을 해줘야 하나? 기본이잖아. 네 머리를 써."

마지막 남자가 말을 하기 위해 담배를 조심스럽게 내려놓았다. "두목, 서두르는 진짜 이유가 뭐예요?"

"말해줬잖아."

"아뇨, 안 해주셨어요. 두목은 마음을 꼭 닫고 있어서, 지금까지 한 번도 우리가 생각을 못 읽었어요. 두목은 몇 달 전부터 섀스타산의 야영장에 대해 알고 계셨잖아요. 왜 이렇게 갑자기 흥분하시는 거예요? 뭔가 실수하신 건 아니죠? 자, 털어놔요. 두목이 실수했다면, 우리가 마냥 따라가지는 않을 겁니다."

눈이 없는 이가 그 남자를 주의 깊게 살펴봤다. "핸슨." 그가 더욱 부드러운 목소리로 말했다. "넌 지난 몇 달 동안 계속 네 힘을 재고 있었지. 나하고 한번 겨뤄보겠다는 거야?"

다른 남자가 담배를 쳐다보며 말했다. "그것도 괜찮겠네."

"그렇게 될 거야. 하지만 오늘 밤은 안 돼. 부관을 새로 뽑아서 훈련시킬 시간이 없어. 그러니까 왜 급한 건지 너희한테 이야기해주마. 브린클리에게 연락이 닿지 않아. 우리에겐 시간이 없어…."

"네 말이 맞아." 새로운 목소리가 말했다. "시간이 없어."

다섯 명이 강아지처럼 움찔하며 그 목소리가 나오는 방향을 돌아봤다. 서재에 나란히 서 있는 사람들은 에브라임 장로와 조앤이었다.

*

에브라임 장로가 그를 쳐다봤다. "이 만남을 기다려왔다." 장로가 유쾌하게 말했다. "내 즐거움을 위해 너를 남겨놨었지."

그 피조물이 휠체어에서 나와 허공을 가르며 장로를 향해 움직였다. 그 높이와 위치 때문에 보이지 않는 다리로 걷는 듯한 불쾌한 느낌을 줬다. 에브라임 장로가 조앤에게 신호했다.

「시작됐어. 얘야, 다른 녀석들을 붙잡아둘 수 있겠니?」

「그럴 수 있을 것 같아요.」

「지금이야!」 에브라임 장로는 130년 동안 배워온 모든 것들을 쏟아내 염력 통제라는 한 가지 문제에 집중했다. 그는 앞에 있는 사악한 존재의 정신과 접촉하는 상황을 피하고, 자신의 주의를 그 육체적 외피를 파괴하는 방향으로 돌렸다.

그 사악한 존재가 멈췄다.

급격한 내파(內波)에 사로잡힌 심해의 잠수사처럼, 압착 기계 안의 오렌지처럼, 천천히, 천천히, 그것이 존재하고 있던 공간적 범위가 줄어들었다. 그 피조물을 둘러싼 공간적 위치가 축소되었다.

그 존재가 점점 안으로, 안으로 빨려들어 갔다. 자라지 않은 다리의 남은 부분이 두꺼운 몸통 속으로 접혔다. 머리가 쉴 새 없는 압박에 밀려 가슴을 향해 숙여졌다. 짧은 한순간, 그것이 엄청나게 사악한 힘을 그러모아 반격했다. 조앤은 악의 역류 때문에 당황해서 순간적으로 구역질이 났다.

그러나 에브라임 장로는 표정 하나 변하지 않고 그 반격을 이겨냈다. 구가 다시 쪼그라들었다.

눈이 없는 두개골이 쪼개졌다. 그 즉시 구체는 가능한 최소의 부피로 줄어들었다. 지름 50센티미터의 공이 허공에 떠 있었다. 혐오스러운 외피의 세세한 부분까지 살펴보고 싶은 생각은 들지 않는 공이었다.

에브라임 장로가 무해하고 역겨운 덩어리를 마음의 한 귀퉁이를 이용해 제자리에 붙잡아두고, 물었다.

「얘야, 괜찮니?」

「네, 장로님. 도움이 필요했을 때 링 사부님이 즉시 도와주셨어요.」

「나도 그러리라 생각했다. 이제 다른 녀석들을 처리하자.」 에브라임 장로가 큰 소리로 말했다. "너희는 어느 쪽이 좋겠어? 너희 두목에게 합류할 거야? 아니면 알고 있는 것들을 잊어버릴래?" 그가 손가락으로 허공을 움켜쥐며 쥐어짜는 몸짓을 했다.

담배를 들고 있는 남자가 비명을 질렀다.

"그걸 대답으로 받아들이마." 에브라임 장로가 말했다. "좋았어, 조앤. 저 녀석들을 한 번에 하나씩 나한테 넘겨줘."

장로는 그들이 육체적인 경험으로 쌓아온 두뇌 피질의 주름을 매끈하게 펴고, 그들의 마음을 섬세하게 수술했다.

몇 분 후 그 방에는 사고방식이 건전한 유아 같은 성인 네 사람과 양탄자 위의 피투성이 덩어리가 남았다.

✶

코번이 초대받지 않은 방으로 걸어 들어갔다. "얘들아, 학교 끝났다." 코번이 흥겹게 소리쳤다. 그가 손가락으로 한 사람을 가리켰다. "이건 너를 위한 거야." 코번의 손가락 끝에서 불꽃이 타닥타닥 튀더니 적을 덮쳤다. "그래, 그리고 너도." 불꽃이 두 번째로 뿜어져 나왔다. "그리고 이건 너를 위한 거지." 세 번째가 코번의 마지막 청소 대상이었다.

✶

아르테미스 수도사가 '하느님의 성난 신하'를 자청하며 텔레비전 방송 카메라를 바라봤다. "그리고 이 말들이 진실이 아니라면." 그가 우레같이 외쳤다. "주님께서 나를 쓰러뜨려 죽이리라!"

심장 마비라는 검시관의 소견은 그의 유해가 검게 탄 상황을 충분히 설명해주지 못했다.

✴

주요 발언자가 나타나지 않은 탓에 정치 집회가 일찍 해산했다. 이름 모를 걸인이 자신의 연필과 껌 위에 쓰러져 있는 모습이 발견되었다. 대기업 열아홉 개를 경영하는 사람이 비서에게 받아적을 말을 불러주다가 갑자기 중단하더니 쾌활한 백치로 변하는 바람에, 그의 비서가 히스테리 발작을 일으켰다. 라디오와 텔레비전에서 유명한 연예인 한 명이 사라졌다. 의원 일곱 명, 판사 여러 명, 주지사 두 명에 대한 부고 기사가 급하게 작성되었다.

✴

그날 밤 마크 트웨인 야영장에서 사람들은 야영장의 책임자인 몰턴 의원이 참석하지 않은 상태에서 평소처럼 저녁 노래를 불렀다. 몰턴 의원은 수년 만에 처음으로 육체를 가지고 모여든 숙련자들의 전체 회의에 참석했다.

조앤이 회의장으로 들어가며 둘러봤다. "링 사부님은 어디 계세요?" 그녀가 에브라임 장로에게 물었다.

에브라임 장로가 잠시 그녀의 얼굴을 살폈다. 조앤은 장로를 알게 된 지 2년 만에 처음으로 그가 순간적으로 당황한 것 같다는 느낌이 들었다. "얘야." 장로가 조용히 말했다. "너는 링 사부가 자신을 위해서가 아니라, 우리를 위해 우리 곁에 남아 있었다는 걸 알고 있겠지. 사부는 기다려왔던 위기에 대처했어. 이제 남은 일들은 우리끼리 해나가야 해."

그녀의 손이 입으로 올라갔다. "장로님…, 장로님 말씀은…?"

"링 사부는 매우 늙고, 몹시 지친 상태였어. 사부는 지난 40년 동안 지속적인 통제력으로 자신의 심장을 뛰게 하고, 육체를 기능하게 했단다."

"그렇지만 링 사부님은 왜 치유하고, 재생하지 않으셨던 건가요?"

"링 사부는 그러길 원하지 않았어. 그가 장성한 이후에는 이곳에 영원히 남아 있으라고 우리가 요구할 수 없었어."

"안 되죠." 조앤이 떨리는 입술을 깨물었다. "그러면 안 되죠. 그건 맞는 말이에요. 우리는 어린아이이고, 사부님께는 해야 할 다른 일이 있으시죠. 그렇지만…, 아, 링! 링 사부님!" 그녀는 에브라임 장로의 어깨에 얼굴을 파묻었다.

「왜 우느냐, 작은 꽃아?」

조앤이 고개를 번쩍 들었다. 「링 사부님!」

「지금까지 있었던 일이 아닐 수 있느냐? 과거나 미래가 존재하느냐? 너는 내 수업을 그렇게 어설피 배웠느냐? 내가 언제나처럼 지금 너와 함께 있지 않으냐?」 그녀는 그 생각 속에서 점잖은 중국인의 특질을 나타내는, 시간을 벗어난 생생한 유쾌함과 삶의 활기를 느꼈다.

그녀는 마음의 한 부분으로 장로의 손을 꼭 쥐었다. "죄송해요." 그녀가 말했다. "제가 틀렸어요." 조앤은 링 사부에게 배웠던 대로 긴장을 풀었다. 그리고 그녀의 의식이 불멸하는 유일한 현재의 시간을 둘러싼 명상 속에서 흐르도록 했다.

에브라임 장로는 그녀가 평안해진 모습을 보고 회의로 주의를 돌렸다.

장로가 마음의 손을 뻗어 사람들을 전체 회의의 텔레파시 네트워크로 모았다. 「왜 우리가 모였는지 아시리라 생각합니다. 저는 맡은 시간 동안 헌신했습니다. 우리는 더욱 활동적인 시기로 접어들고 있으므로, 저와는 다른 자질을 가진 사람이 필요합니다. 여러분께 제 후임자 선정을 검토해 판단을 내려달라고 연락드렸습니다.」

헉슬리는 그 생각의 메시지가 이상하게 따라가기 어렵게 느껴졌다. 그는 자신이 활동 때문에 지친 모양이라고 생각했다.

그러나 에브라임 장로가 다시 큰 소리로 생각했다. 「그렇다면 좋습니다. 저희는 동의합니다.」 장로가 헉슬리를 바라봤다. 「헉슬리, 자네는 그

의무를 수용할 텐가?」

"뭐라고요?"

"자넨 이제 장로야. 만장일치로."

"하지만… 하지만…. 저는 준비가 안 됐어요."

"우리는 되었다고 생각해." 에브라임이 차분하게 대답했다. "이제 자네의 재능이 필요해. 자네는 책임감 속에서 성장하게 될 거야."

「기운 내, 친구야!」 코번이 사적으로 보낸 생각이었다.

「괜찮아, 헉슬리.」 이번엔 조앤이었다.

순간적으로 헉슬리에게 링 사부의 건조한 웃음소리와 차분한 동의 소리가 들리는 듯했다.

"해보겠습니다!" 헉슬리가 대답했다.

야영 대회의 마지막 날 조앤은 계곡이 내려다보이는 섀스타산의 숙소 테라스에서 드레이퍼 부인과 함께 앉아 있었다. 조앤이 한숨을 쉬었다. 뜨개질하던 드레이퍼 부인이 고개를 들어 미소를 지었다. "야영 대회가 끝나서 슬프니?"

"아, 아뇨! 전 기뻐요."

"그럼, 그 한숨은 뭐야?"

"저는 그냥 생각 중이었어요…. 이 야영장을 만들기 위해 온갖 노력과 고생을 했잖아요. 그리고 우리는 이 야영장을 안전하게 지키기 위해 싸웠어요. 내일 아이들이 집으로 돌아가잖아요. 아직도 세상에 존재하는 모든 사악한 것들로부터 스스로를 보호할 수 있을 정도로 성장할 때까지, 이 아이들 하나하나를 살펴줘야 할 테죠. 내년에는 다른 아이들이 올 테고, 또 다른 아이들, 또 다른 아이들이 오겠죠. 이 일에 끝은 없는 걸까요?"

"분명히 끝은 있어. 고대 기록에서 원로들이 어떻게 됐는지 기억 안 나? 우리가 여기에서 해야 할 일들을 다 끝내면, 우리는 할 일이 더 많은 곳으로 이동할 거야. 인류는 여기에 영원히 머물지 않을 테니까."

"여전히 끝이 없는 걸로 보이네요."

"네가 그런 식으로 생각한다면, 그렇지. 그 일을 좀 더 짧고 재미있게 만드는 방법은 다음에 뭘 할지 생각하는 거야. 예를 들어, 넌 이제 뭘 할 거야?"

"저요?" 조앤이 당황한 얼굴이었다. 그녀의 얼굴이 밝아졌다. "이런…, 저는 결혼을 할 거예요!"

"그럴 줄 알았어." 드레이퍼 부인의 뜨개질바늘이 딸가닥거렸다.

13장

"진리가 너희를 자유케 하리라!"*

지구는 여전히 태양의 주위를 돌았다. 계절이 오고, 계절이 갔다. 태양은 여전히 산비탈을 비추고, 언덕은 푸르렀으며, 계곡은 흘렀다. 강은 깊은 바다를 찾고, 구름을 올라타고, 비가 되어 언덕을 찾았다. 소는 갈색 평원에서 풀을 뜯어 먹고, 여우는 관목을 헤치며 토끼를 쫓았다. 파도가 달의 움직임에 응답하면, 갈매기는 파도의 뒤를 따라 젖은 모래를 들쑤셨다. 땅은 가득 차고, 땅은 풍족했다. 생명으로 충만했고, 가득 찼으며, 풍요로웠다. 개울이 범람했다.

어디에도 인간은 없었다.

높은 언덕에서 찾아도, 평원을 수색해도, 푸른 정글에서 발자취를 쫓아도, 소리쳐 불러도, 지구의 중심부에 인간이 있었던 곳을 지켜보아도. 어둑한 깊은 바다를 조사해도.

인간이 사라졌다. 집은 비었고, 문은 열려 있다.

* 성경 〈요한복음〉 8장 32절

✶

필요 이상으로 큰 두뇌와 그를 괴롭히는 영혼을 가진 한 위대한 유인원이 부족을 떠나 정글 위에 마련된 높은 장소의 고요함을 찾았다. 그는 반쯤 이해한 어떤 욕구에 자극을 받아 그곳으로 오르고, 또 올랐다. 그는 자신의 집인 푸른 나무 위 높은 곳에 있는 안식처에 닿았다. 그의 종족이 올랐던 어떤 곳보다 높았다. 거기에서 그는 햇볕을 받아 따스하며 넓고 평평한 돌을 발견했다. 그는 그 위에 누워 잠을 잤다.

그러나 그의 잠은 편치 않았다. 이상한 꿈을 꾸었다. 그가 아는 어떤 것과도 달랐다. 그 꿈들은 그를 깨우고, 그에게 두통을 안겨주었다.

많은 세대가 지난 후 그의 대를 이은 한 명이, 떠난 이들이 그곳에 남겨둔 것을 이해할 수 있게 될 것이다.

로버트 A. 하인라인 중단편 전집 6

자신의 구두끈을 당겨서

초판 1쇄 발행 2023년 4월 4일

지은이 로버트 A. 하인라인
옮긴이 배지훈, 최세진
펴낸이 박은주
편집 강연희, 설재인, 이다영, 최지혜
표지 디자인 김선예
본문 디자인 서예린, 오유진, 이수정, 장혜지, 황혜나
마케팅 박동준

발행처 (주) 아작
등록 2015년 9월 9일 (제2021-000132호)
주소 04050 서울특별시 마포구 양화로 156 LG팰리스빌딩 1428호
전화 02.324.3945-6 **팩스** 02.324.3947
이메일 arzaklivres@gmail.com
홈페이지 www.arzak.co.kr

ISBN 979-11-6668-726-6 04840
979-11-6668-777-8 04840 (세트)

책 값은 표지 뒤쪽에 있습니다.
잘못 만들어진 책은 구입하신 서점에서 교환해 드립니다.